U0109792

# 民國文化與文學研究文叢

十七編

李　怡 主編

## 第6冊

## 延安文藝教育研究（1936～1949）（下）

翟二猛 著

國家圖書館出版品預行編目資料

延安文藝教育研究（1936～1949）（下）／翟二猛 著 -- 初版
-- 新北市：花木蘭文化事業有限公司，2024〔民 113〕
目 2+142 面；19×26 公分
（民國文化與文學研究文叢 十七編；第 6 冊）
ISBN 978-626-344-846-9（精裝）
1.CST：文學 2.CST：文藝思潮 3.CST：文學思想史
4.CST：教育史
820.9 113009391

ISBN-978-626-344-846-9
9 786263 448469

民國文化與文學研究文叢
十七編 第 六 冊 ISBN：978-626-344-846-9

**延安文藝教育研究（1936～1949）（下）**

作 者 翟二猛
主 編 李 怡
企 劃 四川大學中國詩歌研究院
總 編 輯 杜潔祥
副總編輯 楊嘉樂
編輯主任 許郁翎
編 輯 潘玟靜、蔡正宣 美術編輯 陳逸婷
出 版 花木蘭文化事業有限公司
發 行 人 高小娟
聯絡地址 235 新北市中和區中安街七二號十三樓
電話：02-2923-1455／傳真：02-2923-1452
網 址 http://www.huamulan.tw 信箱 service@huamulans.com
印 刷 普羅文化出版廣告事業
初 版 2024 年 9 月
定 價 十七編 11 冊（精裝）台幣 28,000 元 

# 延安文藝教育研究（1936～1949）（下）

翟二猛 著

# 目次

## 上冊

## 下　冊

# 第四章　走向深化的延安文藝教育

作為整個解放區文學事業的領導核心與精神堡壘，從革命戰爭中成長起來的延安文藝教育往往天然地具有典範意義。從中央蘇區到延安，革命戰爭的發展不斷提出「革命需要……」的現實母題，列寧政黨政治美學的中國化則為之掃清了理論陰霾。黨的文學和黨的教育先後進入中國共產黨的革命議題，並因為革命戰爭服務的共同使命而融合開拓出黨的文學教育。在這種召喚、融合中，政黨政治和革命話語介入文學，並逐步確立了新的文學發展方向、美學規範，塑造了新的文學家，文學話語也得以革新重置。這種變化，深刻地反映出中共領導的左翼文學視野從地方轉向中國、從世界轉向民族，進而在很長一段時間內左右了中國現代文學的面貌和進程。因為延安文藝教育與中國抗戰和革命鬥爭現實關聯非常緊密，所以我們說革命和戰場的變化推動和「期待」著延安文藝教育走向深化。

日本戰敗投降，國共開始由合作最終走向全面內戰。整個解放區的文藝隊伍經歷了較大規模的調整，並在新的戰場落地生根。此間的文藝教育總的基調是為促進民主與和平而奮鬥。

1945 年 8 月 21 日，延安魯藝文學系主任荒煤帶領延安魯藝部分人員開赴山西太嶽地區。9 月 2 日，舒群、田方率領的東北文藝工作團開赴東北。9 月 20 日，艾青、江豐率領華北文藝工作團開赴華北，11 月 8 日抵達張家口。山城張家口一時間成為解放區文藝活動中心，文藝界人士群賢畢至，於 1946 年 1 月 3 日召開盛會，商討組建新的文藝組織、開展文藝互動事宜。1945 年 10 月 21 日，中華全國文藝界協會（前身是中華全國文藝界抗敵協會）晚會上，周恩來首次談到了延安文藝的分期問題。11 月，延安魯藝隨其所在的延安大學奉命整體遷往東北新解放區，延安魯藝結束在延安城的教學活動。與此同時，周恩來三次組織重慶文藝界座談會，要求國統區文藝界學習毛澤東文藝思想以改善今後的文藝工作。11 月，東北文藝工作團到達瀋陽，向當地文藝界傳達了《講話》精神與延安文藝界的工作和鬥爭經驗。

1946 年 2 月，北方文化社創辦，推成仿吾為社長，出大型綜合性文藝期刊《北方文化》。4 月 13 日，晉冀魯豫邊區文聯成立。4 月 24 日，中華全國文藝協會張家口分會（簡稱「張家口文協」）成立，旨在組織文藝運動，促進民主和平。同月，中華全國文藝協會晉冀魯豫邊區分會成立。5 月 4 日，中共中央發布《關於清算減租減息及土地問題的指示》，改變抗日時期的減租減息為沒收土地給農民，同時要求各單位全部到基層就近參加土改。受此影響，作家們紛紛投入土改運動，進而創造出一批反映土改鬥爭的作品，以丁玲的《太陽照在桑乾河上》和周立波的《暴風驟雨》為代表。7 月，周揚的《論趙樹理的創作》發表於《長城》，高度肯定了趙樹理創作的意義，引發評論界的關注，並最終引出對「趙樹理方向」的倡導。8 月，張家口文協組晉冀魯豫邊區魯迅學會聯合舉辦暑期文藝講談會，意在培養愛好文學的青年自修。10 月，陳湧的《三年來文藝運動的新收穫》，指出三年來延安文學運動在毛澤東文藝為工農兵服務的精神指引下，不斷取得新收穫。10 月 19 日，蕭軍、羅烽等人在哈爾濱組織魯迅紀念大會，並於當天成立中華文藝協會東北分會，準備組織人員到前線勞軍，《東北文化》也在隨後創刊。

1947 年 1 月，人民文藝工作團成立，後改稱華北人民文藝工作團，成為北京人民藝術劇院的前身。7 月底至 8 月初，晉冀魯豫邊區文聯召開文藝工作座談會，陳荒煤在會上首次提出了「趙樹理方向」，應「向趙樹理方向邁進」，「作為邊區文藝界開展創作運動的一個號召」〔註 1〕。12 月，毛澤東在對晉綏平劇院演出隊的講話中要求，平劇院的同志要在政治上提高以後，改造舊的藝術，並創造新的藝術。

1948 年 1 月 18 日，毛澤東在為中央起草的決定草案中，提到教育問題時指出，對學生、教員、教授、科學工作者、藝術工作者和一般知識分子，必須

〔註 1〕陳荒煤：《向趙樹理方向邁進》，復旦大學中文系《趙樹理研究資料編輯組》編：《中國當代文學研究資料　趙樹理專集》，福州：福建人民出版社 1981 年版，第 198 頁。

採取慎重態度，必須分別情況，加以團結、教育和任用〔註2〕。是年，解放軍對國民黨軍隊逐漸顯出勝勢，開始由守轉攻，因而毛澤東和黨中央開始考慮新中國的工作和人員安排。8月，由於兩大解放區連成一體，晉察冀邊區和晉冀魯豫邊區的文藝組織合併，改組為華北文藝界協會，出版了機關刊物《華北文藝》，編輯出版了大型叢書《中國人民文藝叢書》。

1949 年 7 月，第一次全國文代會召開，來自解放區、國統區的文藝界人士首次勝利大會師。在 7 月 1 日的賀電中，毛澤東強調，革命勝利是文學藝術工作展開的前提，革命勝利以後的主要任務是發展生產和文化教育。7 月 6 日的現場講話裏，毛澤東表示，與會者是「人民的文學家、人民的藝術家或者是人民的文學藝術工作者的組織者」,「對於革命有好處，對於人民有好處」〔註 3〕。

在這一時期，黨的文學教育從文學藝術隊伍的大規模調整開始，奔赴新的戰場並播下革命文學的種子、生根發芽，不斷開拓進取，迎來解放戰爭的勝利，又以全國文藝界人士的首次勝利會師（「第一次文代會」）而告終結，並對新中國文學事業作出了規定和人員安排，展望和平時期的文學發展面貌。

## 一、作為典範經驗的延安文藝教育

抗戰時期，中國共產黨及其領導的革命軍隊以陝甘寧邊區為核心，在百廢待興中一面開展政治、經濟、文教事業建設，一面積極抗日，成為中國積極抗日的主導力量。具體到文化藝術工作領域，延安的革命文化工作從無到有，進而發展到參與建構戰後中國的政治架構和思想意識形態，在整個解放區乃至戰時中國都具有典範意義。作為其中的堡壘和核心，延安文藝教育的典範經驗不論在戰時還是在戰後，都具有相當高的普範意義。

如果說延安文藝教育在整個抗日革命根據地中具有普範意義，那麼延安魯藝則可以說是延安文藝教育的標杆和範本。延安魯藝不僅承擔著為抗戰培養文藝人才的任務，同時也承擔著為未來新中國的文化建設打下基礎的責任。除了培養各類文藝幹部、充實文藝工作者隊伍，更為重要的是，延安魯藝往往

〔註 2〕毛澤東：《關於目前黨的政策中的幾個重要問題》，人民教育出版社編：《毛澤東論教育》，北京：人民教育出版社 2008 年版，第 218 頁。

〔註 3〕毛澤東：《在中華全國文學藝術工作者代表大會上的講話》，中共中央文獻研究室編：《毛澤東文藝論集》，北京：中央文獻出版社 2002 年版，第 131 頁。

成為其他教育單位的母體學校或師資輸出單位。這是一個分享教育資源、傳播教育經驗的過程，也是延安魯藝「遍地開花」的過程。據一份資料統計顯示，延安魯藝前四期畢業生共 502 人，其中派往八路軍新四軍工作者 116 人，派駐各抗日根據地工作者 146 人，去友軍友區工作者 55 人，轉學他校者 28 人，留校研究或工作者 157 人。〔註 4〕

在延安文藝教育的經驗中，尤為突出的是從客觀現實需要出發制定及時有效的教育計劃、實施有針對性的教學方法。說得更具體一點，延安文藝教育是從革命戰爭中生成和發展起來的，是革命戰爭出現了新的變化、新的形勢之後才出現的專門教育，是服務於抗日戰爭和無產階級革命鬥爭的藝術教育。隨抗戰形勢變化而及時調整教育教學策略，是延安文藝教育最成功也是最主要的經驗。在具體的運作模式上，延安文藝教育主要採用了兩種辦法，一是在根據地開設相對固定的短期訓練班，定期招收工農兵幹部；二是組建各類藝術院團分赴各根據地、抗戰前線廣泛開展文藝宣傳與戰鬥鼓動，在文學「實戰」中養成各類文學人才與幹部，而且這些院團中的一部分還另外組建了一些院校〔註 5〕。

從延安文藝教育的生成背景和運行邏輯來看，它中間曾進行了相對超前的自由探索，而這種探索雖然溢出了抗戰教育的要求，但它教育實踐的邏輯是自洽的，只是顯得有些「不合時宜」而已。時過境遷之後，它在自由探索中的某些經驗仍然具有鏡鑒意義。

總結起來，延安文藝教育的典範經驗主要在以下幾個方面得到了推廣與發揚。

1. 籌辦部隊藝術學校

延安魯藝的創辦初衷就是要培養一批從事抗戰文藝宣傳的藝術幹部，決定了延安魯藝的一個重要的學員輸出單位就是部隊，成為部隊藝術幹部，給不能從事實際戰鬥的文學青年提供了一條重要的抗戰路徑。為此，延安魯藝除嚴格入學要求、加強政治教育、保障學員赴前線實習等措施外，還專門舉辦針對部隊戰士的藝術短訓班。1938 年 6 月 11 日公布的延安魯藝第二期教育計劃草案，擬定了一個短訓班計劃，目的「在於以較短時間（兩個月）幫助一些由部

〔註 4〕《魯迅文藝學院概況》，谷音、石振鐸合編：《魯迅文藝學院文獻》，瀋陽音樂學院《東北現代音樂史》編委會，1986 年，第 216 頁。

〔註 5〕如在延安魯藝木刻工作團基礎上成立了晉東南魯藝。

隊送來之宣傳員習得音樂戲劇之門徑」〔註6〕。延安魯藝提出了培養要求並初步擬好了課程和時間安排表。不過這個計劃最終並未落實，目前掌握的材料尚不知具體原因。從這個時間大體可以推斷，抗戰初期，戰事非常緊張和艱苦，中國共產黨領導的部隊兵力不足，尚沒有餘力抽調戰士專門進行藝術培訓。

該計劃最終落實是在 1940 年 5 月 20 日，延安魯藝發布「藝字第八號」公告，「為培養部隊藝術工作幹部，本院決定成立部隊藝術幹部訓練班；除著手籌備開始招生外，特此公告」〔註7〕。6 月 11 日，延安魯藝公布了《魯藝部隊藝術幹部訓練班招生章程》，其設立宗旨是「今日文化工作，須首先服務於抗戰。本院有鑑於此，特於一面提高研究的任務中，決定更增設部隊藝術幹部訓練班，一則以培養大批部隊藝術工作者，再則以廣泛吸收工作經驗，隨時總結，以便於抗戰過程中發展新民主主義文化。提高與普及在此種有機結合中可互相發展」。〔註8〕此訓練班簡稱「魯藝部藝班」，暫定招生二百人，凡年齡在 15 至 25 歲的身體健全的男女青年，志願從事部隊藝術工作，並持有單位介紹信，均可報名。入學考試包括作文、政治測驗、藝術常識測驗和體格檢查四個部分，如有軍事機關及部隊保送，可免試入學。魯藝部藝班學制一年，開設 7 門課程，有政治課、部隊藝術工作、戲劇、美術、文學、音樂和軍事常識。

「魯藝部藝班」的開辦為專門培訓部隊藝術工作者積累了寶貴的經驗。在此基礎上，1941 年初，中共中央和中央軍委決定成立專門的部隊藝術幹部培訓學校，責成「魯藝部藝班」和八路軍後方留守兵團政治部烽火劇團合併，並抽調部隊部分文藝骨幹，組建部隊藝術學校，簡稱「部藝」。部藝在 1941 年 4 月正式開學。部藝雖然從延安魯藝獨立出來，但在教學過程中依然得到了延安魯藝的大力支持。部藝初期教員比較少，一般每班兩到三名，不足的便需從延安魯藝調進，或從其他單位聘請作專題報告。曾從延安延安魯藝借調的文學教員有：何其芳、嚴文井主講文學創作，天藍主講詩歌與文學理論，周立波、陳荒煤主講文學創作與外國文學，曹葆華主講文學理論和作品分析。他們大致每週講一次課。此外，為了促進學員們學習，部藝允許學員選修延安魯藝的課程，

〔註 6〕《魯迅文藝學院文獻（內部資料）》，谷音、石振鐸合編：《魯迅文藝學院文獻》，瀋陽音樂學院《東北現代音樂史》編委會，1986 年，第 17 頁。

〔註 7〕《魯迅文藝學院文獻（內部資料）》，谷音、石振鐸合編：《魯迅文藝學院文獻》，瀋陽音樂學院《東北現代音樂史》編委會，1986 年，第 106 頁。

〔註 8〕《魯藝部隊藝術幹部訓練班招生章程》，谷音、石振鐸合編：《魯迅文藝學院文獻》，瀋陽音樂學院《東北現代音樂史》編委會，1986 年，第 79 頁。

延安魯藝開設的而部藝沒有的課程，根據個人需要，都可以去旁聽，如周揚主講的《馬克思主義與文藝》。

2. 援助星期文藝學園

星期文藝學園由文抗作家丁玲、舒群、蕭軍等推動創辦於 1941 年 6 月。星期文藝學園是一個文藝補習培訓班，它的成立，實際上是對延安魯藝的補足。它主要面向「熱心文藝因工作不能進魯藝的文學青年」〔註 9〕，宗旨是「開展文藝運動和幫助文學青年等學習與寫作」〔註 10〕。為了更好地實現這一目標，星期文藝學園廣泛邀請在延文學家來校講課，延安魯藝教員自然也在受邀之列。

星期文藝學園的教員根據任務不同主要分為兩部分，報告講師和看稿委員會，有的從事其中一種工作，有的同時兼顧。由於自身工作較為繁忙，延安魯藝教員一般只擔任報告講師。參與援助星期文藝學園的教員有周揚、何其芳、周立波、陳荒煤、嚴文井、曹葆華、李又然等，當時已離開延安魯藝的蕭三也在報告講師之列。延安魯藝教員所作報告約占星期文藝學園全部課程的十分之一，其中，李又然參加了第一學期的看稿委員會和第二學期的報告，其報告題目是《修辭學》。周揚在第一學期作了報告，題目是《王國維美學思想》。其餘教員在第二學期為星期文藝學園學員作報告，何其芳報告的題目是《詩與散文》，周立波的是《關於報告文學》，陳荒煤的是《語言》，嚴文井的是《童話》。

3. 組成華北聯合大學

整個國際國內戰略局勢的變化使得中共領導的敵後抗日根據地日益困難。中共奉行鞏固根據地的戰略，其實施和開展急需大量基層幹部。正是在此背景下，延安魯藝普通部大部分師生，奉命與其他三個在延安的幹部學校組成華北聯合大學，即刻開赴華北敵後抗戰一線，開展國防教育。

合併組成華北聯合大學，延安魯藝奉獻出了大部分力量，其中光學員就約有一百人，占延安魯藝當時在校學員的三分之二以上。延安魯藝普通部師生構成了華北聯大文藝部，首任部長是沙可夫，副部長呂驥。此外，延安魯藝部分師生和陝公劇團組成了華北聯大文工團，以方便開展宣傳工作。經過為期半年左右的學習，1940 年 4 月，延安魯藝原普通部學員正式以華北聯大第一期一

〔註 9〕《第五次文藝月會例會》，《文藝月報》第 4 期，1941 年 4 月。
〔註 10〕《擬創辦「星期文藝學園」座談會紀要》，《文藝月報》第 4 期，1941 年 4 月。

隊名義畢業，他們很快充實到晉察冀邊區黨政軍各部門和學校、劇團等宣傳單位。延安魯藝原教員則繼續培訓新的學員。1940 年 10 月，華北聯大擴建，設立文藝學院等四個學院，其中文藝學院即以延安魯藝原教員為基礎而建成，下設文學、戲劇、音樂、美術四個系及文藝工作團。1942 年以後，隨著敵後陷入極大困難，難以保證正常教學，華北聯大不得不分散開展游擊，文藝學院一度取消。1945 年底，華北聯大到達張家口。隨後不久，奉命遷往東北解放區的延安魯藝也到達山城。其中部分師生留下來，與華北聯大組建了新的華北聯大文藝學院，擴充為文學、新聞、美術、戲劇、音樂、舞蹈等六個系。其中，周揚擔任華北聯大副校長，沙可夫繼續擔任文藝學院院長，艾青任副院長，陳企霞擔任文學系主任，呂驥任文工團團長。內戰爆發後，華北聯大繼續在各地輾轉遷徙。

4. 遠赴東北開枝散葉

1945 年冬，中共中央著眼在新解放區開闢文藝戰場，決定延安大學所屬學院到新解放區，其中魯迅文藝學院奉命遷往東北辦學。中途，周揚奉命留在張家口擔任華北聯大校長。魯迅文藝學院在呂驥和張庚帶領下於 1946 年 6 月 19 日到達齊齊哈爾。後在哈爾濱短暫逗留後，1946 年 7 月，延安魯藝奉命轉移到佳木斯。1946 年秋，中共東北局決定將原東北大學、延安大學和華北聯合大學部分院系合併，組建新的東北大學，校址暫時設在佳木斯的一座原偽滿醫院。此時的文藝學院稱為東北大學魯迅文藝學院，簡稱「東北魯藝」。東北魯藝首任院長是蕭軍，後改由呂驥擔任。此時的東北魯藝仍設文學、戲劇、音樂和美術四系，文學系主要由王季愚負責。東北魯藝教員陸續創辦了《東北文藝》、《東北文化》等期刊，發起成立了中華全國文藝協會佳木斯分會。

1946 年 11 月，中共合江省委決定抽調東北魯藝師生組建東北魯迅文藝工作團，遷往山區配合三五九旅的剿匪鬥爭，具體任務是慰問部隊、發動群眾、瓦解敵人。1946 年 12 月，中共中央東北局宣傳部決定魯迅文藝學院脫離東北大學建制，正式改為魯迅文藝工作團。1947 年 10 月，根據革命形勢的變化，中共東北局決定撤銷魯迅文藝工作團總團部，分組成四個文藝工作團，一團是牡丹江魯迅文藝工作團，在牡丹江一帶活動；二團是合江魯迅文藝工作團，在合江一帶活動；三團是松江魯迅文藝工作團，在松江一帶活動；四團是東北魯迅文藝工作團，在遼東南一帶活動；另有一個音樂工作團，主要從事戲劇音樂創作和演出，共創作三十多個歌劇劇本。這樣，作為文藝培訓學校，東北魯藝結束其教學活動，轉入文藝宣傳活動。各個魯迅文藝工作團轉戰基層，包括農村、廠礦、部隊，積極創作、排演節目。資料顯示，到 1947 年 12 月，僅牡丹江團、合江團、松江團就到達 23 縣，演出 256 場，觀眾達 417000 人。〔註 11〕而到 1948 年 11 月，總演出場次則大幅增加到 808 場，總觀眾人數達到 1533085 人。〔註 12〕此外，文工團還一面指導當地劇團、進行思想教育工作，一面展開生產工作。

1948 年以來，魯迅文藝工作團各團在各自工作總結中，陸續提出了恢復「魯藝」辦學的意見。據此，魯迅文藝工作團總團要求各團在總結各自工作時，研究恢復辦學的各種具體問題，包括組織形式、領導機構、招生資格、招考形式、生源、學制、培養辦法等，並酌情制定教育計劃。1949 年 2 月，總團公布了《魯迅文藝學院教育方針及教育計劃實施方案（草案）》，學校擬定名「魯迅文藝學院」，對外仍簡稱「魯藝」，我們仍稱其為「東北魯藝」或新魯藝。該方案擬定新魯藝的教育目的是「培養與提高新民主主義的文藝運動所需要的各種專門人材，致力於新的人民文藝運動之開展與建設」，其教育方針是「以馬列主義與毛主席的思想和方法，進行社會歷史、中國革命理論與實際的教育，培養革命的人生觀與正確的思想方法，……培養正確的藝術觀點與實事求是的工作作風」，選用教材「以適合併服務於新中國建設與當前的實際需要為原則，並採取各種方式與當前的實際鬥爭及文藝活動相結合」。〔註 13〕新魯藝只設戲劇、美術、音樂三系及舞蹈班，各系學制三年，舞蹈班學制一年。新魯藝雖未重新開設文學系，但各系共同必修課都開設了文學課程，包括文藝座談會講話 40 課時，魯迅研究 40 課時，文學選讀 140 課時，其中文學選讀課所需課時最長，且每個學期都有排課。此外，各系專修課跟文學課程有關的還有：戲劇系有劇本選讀 120 課時，劇做法 60 課時，寫作練習 90 課時，劇本創作 290 課時，名著選讀 60 課時；音樂系有詩歌選讀 20 課時。〔註 14〕正式開學

〔註 11〕《魯迅文藝學院文獻（內部資料）》，谷音、石振鐸合編：《魯迅文藝學院文獻》，瀋陽音樂學院《東北現代音樂史》編委會，1986 年，第 233 頁。

〔註 12〕《魯藝各團演出場次總統計（一九四八年十一月）》，谷音、石振鐸合編：《魯迅文藝學院文獻》，瀋陽音樂學院《東北現代音樂史》編委會，1986 年，第 240 頁。

〔註 13〕《魯迅文藝學院教育方針及教育計劃實施方案（草案）》，谷音、石振鐸合編：《魯迅文藝學院文獻》，瀋陽音樂學院《東北現代音樂史》編委會，1986 年，第 279 頁。

〔註 14〕《魯迅文藝學院文獻（內部資料）》，谷音、石振鐸合編：《魯迅文藝學院文獻》，瀋陽音樂學院《東北現代音樂史》編委會，1986 年，第 281～283 頁。

後，東北魯藝又開設了文學研究室，以補全學校專業設置缺陷。1950 年公布的《東北魯迅文藝學院教育計劃和工作方針（草案）》，正式恢復了文學系的建制，並增設普通部和輪訓班，其中普通部學制一年，輪訓班學制三個月至半年，各系學制則為三年。普通部旨在文藝「普及」，文學系等四系和輪訓班則旨在文藝「提高」。文學系的教育目標是「培養各種文學創作幹部」，主要課程包括文藝概論、中國小說史、名著選讀、創作實習等。此時的東北魯藝，基本複製了延安魯藝第三期普及與提高雙軌並行的教育體系。在《關於東北魯迅文藝學院性質的幾點說明》裏，東北魯藝的定位與文化職能是「舊藝術專家的改造，新藝術幹部的培養和新文藝工作上較高級創作的實驗演出，以提高現有的幹部，以及對各種專門問題（包括文、音、美、劇的創作、演出、運動、教育）進行長期研究以加深教學質量」。〔註 15〕

5. 挺進華中地區

魯迅藝術學院華中分院自 1940 年秋籌備，正式創建於 1941 年 1 月 25 日，簡稱「魯藝華中分院」，也稱「華中魯藝」。華中魯藝最初在今江蘇鹽城辦學，院長由時任中共中央華中局書記、新四軍政委劉少奇擔任，邱冬平擔任教導主任（後由黃源接任），下設文學、戲劇、音樂、美術四系，以及普通班和少年班兩個班。文學系主任是陳島。華中魯藝第一期原計劃學制一年，但在 1941 年 7 月，學校受到日軍「掃蕩」的巨大衝擊，邱冬平、許晴、劉保羅等人在救護學生的戰鬥中犧牲，學校被迫分散轉移。劉少奇認為，華中魯藝採取學校的組織形式並不適合複雜的敵後戰鬥環境，該校因而於 1941 年 8 月正式停辦。該校所有師生除分散到各個部隊或地方基層外，改編為兩個魯迅藝術工作團，分屬新四軍軍部和三師。

華中魯藝的籌辦，主要是受毛澤東《新民主主義論》中對魯迅的高度評價的啟發。劉少奇和陳毅對此非常重視，陳毅甚至強調，「情願少一個旅，也要去上海禮聘文學藝術界知名的先進人士來華中根據地辦魯迅藝術學院」。〔註 16〕劉少奇擔任院長，在人力物力和政策方面盡可能滿足華中魯藝教學需要。難能可貴的是，其吸收延安魯藝的教學經驗，同時兼顧了普及與

〔註 15〕《魯迅文藝學院文獻（內部資料）》，谷音、石振鐸合編：《魯迅文藝學院文獻》，瀋陽音樂學院《東北現代音樂史》編委會，1986 年，第 300 頁。

〔註 16〕上海市新四軍歷史叢刊社編：《搖籃與熔爐》，香港：香港文匯出版社 2007 年版，第 273 頁。

提高，在這一重大原則問題上處理得很好。

華中魯藝的成立，推動了華中地區革命文藝的發展。它的教員和骨幹學員基本上都成長為華中革命文藝界的骨幹。其中，戲劇系創作、排演了多部抗戰話劇，建立了「魯迅藝術劇院」，一度成為新四軍、華中文藝界的活動中心。蘇北詩歌協會成立大會即在華中魯藝召開，華中魯藝成為促成類似文學活動的主幹力量。

### 6. 其他解放區也成立了一些「魯藝」分院或以魯迅命名的藝術學校

如前所述，延安魯藝曾組建多種藝術工作團分赴各抗日前線展開抗戰文藝宣傳。因革命形勢需要，其中一些工作團後來進一步擴充為藝術院校。例如，延安魯藝木刻工作團於 1938 年冬開赴晉東南地區，在中共北方局和八路軍總司令部領導下開展敵後抗日宣傳。後來，在充分總結工作戰鬥經驗後，為適應抗戰文藝運動的需要，中國共產黨在延安魯藝木刻工作團的基礎上組建了晉東南魯迅藝術學校，即晉東南魯藝分校，一般簡稱「晉東南魯藝」。該校由李伯釗擔任校長，陳鐵耕為副校長。為配合與推動學校工作，該校還曾創辦《魯藝校刊》。1942 年春，因延安文藝座談會召開在即，羅工柳、楊筠等骨幹調回延安，木工團結束活動。1942 年 7 月，晉東南魯藝結束辦學，陳鐵耕等人也調回延安。

1939 年 3 月 27 日，八路軍山東縱隊主導成立了山東魯迅藝術學校，簡稱「山東魯藝」。山東魯藝以曾參加「左聯」文藝活動的王紹洛為校長，最初在山東沂水縣辦學。在教學活動中，山東魯藝以延安魯藝為榜樣，秉持延安抗大的「團結、緊張、嚴肅、活潑」的校風，旨在為山東部隊培訓基層文藝幹部，推動抗日文化宣傳。山東縱隊政委黎玉指出，山東魯藝的主要任務是服務於抗戰，培養出一批藝術幹部和藝術家，教職學員要在戰爭中學習、成長，創作出優秀的抗戰作品。山東魯藝首期招收學員 150 多人，主要來自山東縱隊各支隊選送的愛好文藝的優秀青年和傾向革命的進步學生。山東魯藝的入學考較為簡單，筆試題目是要求考生寫作一篇抗戰題材的作文，隨後進行面試並審查簡歷。在教材選用上，山東魯藝因陋就簡，主要以教員搜集掌握的材料為基礎，在編排上儘量照顧學員的接受程度，做到通俗易懂。山東魯藝較為重視學員的政治學習和軍事訓練，每週安排三個半天學習並討論黨史、近代史、唯物辯證法等，以及毛澤東《論持久戰》等論著，課後要求做筆記分析；軍事訓練則包括隊列、行軍宿營、地圖和方位識別、投擲訓練等。

由於山東是敵後抗戰的主要戰場之一，山東魯藝的變動很大。1939 年 6 月，山東縱隊黨委抽調部分學員組建了山東縱隊宣傳隊，其餘師生組建「魯藝」教導大隊。同年底，經歷日軍「掃蕩」衝擊，兩個文藝宣傳團體連同當時在山東從事文藝宣傳的戰地服務團，合併組建了八路軍山東縱隊宣傳大隊，山東魯迅藝術學校正式宣告結束。

1942 年 10 月 19 日，在魯迅逝世六週年紀念日當天，在賀龍主持下，魯迅藝術文學院晉西北分院正式成立，簡稱「晉西北魯藝」。晉西北魯藝初在山西興縣辦學。學校設立董事會，賀龍任董事長，周文、甘泗淇、林楓等任董事，首任院長是話劇藝術家歐陽山尊。晉西北魯藝是中國共產黨在延安整風運動後創辦的藝術學校，因此，晉西北魯藝在踐行延安文藝座談會精神和毛澤東文藝思想上比較徹底，相應地受形勢與政策變化也更加明顯。晉西北魯藝旨在培養從事文藝普及工作的革命藝術幹部，主要招收了一批地方和部隊文藝工作者學習。隨著整風運動在晉西北的深入開展，晉西北魯藝師生於 1943 年秋參加了晉綏邊區的整風運動，學校的業務學習不得不中止。晉西北魯藝因此停辦。

## 二、延安文藝教育的歷史特徵

中國文學教育的歷史傳統裏，文學教育原本就是「游於藝」的動態系統工程，不論是教學方法、教學工具還是教學途徑和教育場景，都不是靜觀論道式的。直到晚清以來，隨著西方知識分化趨勢下現代學校將文學獨立為一門學科，文學教育才被「收束」在課堂與教材裏。整體而言，延安文藝教育是現代中國的文學教育裏的一個特例。〔註 17〕延安文藝教育的實踐性色彩非常濃鬱，除必要的思想意識形態教育外，它更加注重實際應用技能的短期強化訓練。與課堂和教材相比，延安文藝教育更加重視生活訓練與生活教育，因而它整體上經歷了從「深入理論」到「深入生活」的轉變。總結起來，它具有以下歷史特徵：

### （一）教育過程多權宜

1939 年 12 月，延安解放社出版了一部詳細介紹邊區情況的《陝甘寧邊區實錄》，頗有意味的是毛澤東為該書的題詞：「邊區是民主的抗日根據地，是實

〔註 17〕本節根據本人拙作《論延安時期文學教育的歷史特徵》修改而成，該文刊載於《西北師大學報（社會科學版）》2016 年第 4 期。

施三民主義最徹底的地方」〔註 18〕。這種頗為「令人意外」的表述，充分體現著我們黨在宣傳教育等具體事務上的權衡。延安文藝教育的開展，既是形勢所需，又是革命戰爭的戰略一環。在延安文藝座談會之前，毛澤東和黨中央在處理文學問題和人才問題時，一直處於一種「摸著石頭過河」的狀態，這就有一個從被動應變到主動設計的轉變過程。所以，我們說延安文藝教育始終隱含著在歷史契機和客觀限制之間的權宜之計。

延安最初百業待興，黨的文藝人才極度匱乏。為配合抗戰、打開文藝工作局面，我們黨以極誠懇、極寬容的姿態「招賢納士」。而各類人才湧入延安的規模和速度超出了中國共產黨預期，使得黨在政策制定和工作安排上的權宜色彩更加顯明。1939 年 12 月，毛澤東定下了「大量吸收知識分子」的政策。1940 年 1 月的陝甘寧邊區文化界救亡協會第一次代表大會上，名義上仍是中共最高領導人的洛甫作了大會主題報告，代表著《講話》之前我們黨對文化藝術問題所持的基本觀點。文中對文化人的理解與寬容姿態非常引人注目：「對於自己所工作的文化部門，應具備一般的知識與素養，最好自己還有一方面的特長，這樣就容易團結文化人」〔註 19〕。為了貫徹落實這一精神，中央宣傳部、中央文化工作委員會聯合發布指示，要求「應該用一切方法在精神上、物質上保障文化人寫作的必要條件，使他們的才力能夠充分的使用，使他們寫作的積極性能夠最大的發揮。……黨的領導機關，除一般的給予他們寫作的任務與方向外，力求避免對於他們寫作上人工的限制與干涉。我們應該在實際上保證他們寫作的充分自由。……對於文化人的作品，應採取嚴正的、批判的、但又是寬大的立場……估計到文化人生活習慣上的各種特點，特別對於新來的、及非黨的文化人，應更多的採取同情、引導、幫助的方式去影響他們進步」〔註 20〕，態度之誠懇實屬罕見。總政治部、中央文委也發文要求部隊政治工作的領導者應發揮民主作風，「以極熱忱的、虛心的態度去對待」「外來的知識分子、文藝工作者、以及文藝工作的實習觀察團體」，「不要使他們與群眾脫離聯繫，

---

〔註 18〕鍾敬之、金紫光主編：《延安文藝叢書 · 文藝史料卷》，長沙：湖南文藝出版社 1987 年版，第 46 頁。

〔註 19〕洛甫：《抗戰以來中華民族的新文化運動與今後任務——一九四〇年一月五日在陝甘寧邊區文化界救亡協會第一次代表大會上的報告大綱》，《解放》第 103 期，1940 年 4 月 10 日。

〔註 20〕《中央宣傳部中央文化工作委員會關於各抗日根據地文化與文化人團體的指示》，《共產黨人》第 12 期，1940 年 12 月 1 日。

而陷於孤獨的生活，因而發生煩悶苦惱等等現象」;「在部隊中分配他們的工作時，要顧慮到他們創作上的便利，要使他們比較有自由的時間和必要的物質條件」；部隊黨員文藝工作者在完成工作之餘，必須虛心向非黨員文藝工作者學習。〔註21〕直到 1941 年 6 月 10 日的《解放日報》社論《歡迎科學藝術人才》，中國共產黨仍在強調對知識者的寬容與優待。

這種寬容與優待既有精神層面的歡迎、肯定，也有物質待遇上的高標準。1942 年 5 月中央書記處出臺《文化技術幹部待遇條例》〔註22〕，把文化技術幹部分為甲乙丙三類，對津貼、伙食、住房、衣服、特別補助等作了詳細規定，其待遇標準甚至較中央政治局委員還要高，對知識者的優待可見一斑。

凱豐在《關於文藝工作者下鄉的問題》中，道出了黨的人才政策的玄機：1942 年之前，黨「和文藝工作同志講話，不管黨員也好，非黨員也好，總是客氣。中央文委覺得自己沒有盡到責任」。而到了延安文藝座談會之後，「說了大家不會見怪，不會有什麼反感，因為在思想上有了認識一致的準備。在今天來說大概是可以說得通。說了以後雖然也許有些同志還不免一時難過，但是過後冷靜一想還是有好處的，所以現在應當說了。」〔註23〕可見，延安文藝座談會和文藝界整風是中國共產黨對知識者和文學青年隱忍到一定程度的戰術層面的對策，或許並不在戰略設想裏。我們甚至可以說，延安文藝教育也只是一種過渡。毛澤東對中國革命階段的戰略設想決定了延安的所有工作最終都要服務於民族戰爭和革命戰爭，而戰爭的勝利是最終會導致經由新民主主義階段而走向社會主義的。這樣，未達到終極目標，往往有折衷或臨時舉措，比如文藝政策和人才政策的曲折演進，突擊文化的形成，短訓班的頻頻開辦，學制和教育方針的一再調整，在具體的教育教學上打破了課堂和教材的限制，在創作上大力提倡民族形式和俗文學，等等。

權宜之計還體現在對魯迅的「改造」上。無論是從「五四文學」是延安文藝精神原點這一角度來說，還是從魯迅被無數深受「五四文學」洗禮的知識者奉為精神導師這一現象來談，中國共產黨要力行黨的文學教育、要建設黨的文學、毛澤東要塑造老師的形象，均要解決如何安置「魯迅」的問題。因而，如

〔註21〕《關於部隊文藝工作的指示》，《八路軍軍政雜誌》第 3 卷第 2 期，1941 年 2 月 15 日。

〔註22〕陝甘寧邊區財政經濟史編寫組、陝西省檔案館編：《抗日戰爭時期陝甘寧邊區財政經濟史料摘編》，西安：陝西人民出版社 1981 年版，第 604～607 頁。

〔註23〕凱豐：《關於文藝工作者下鄉的問題》，《解放日報》1943 年 3 月 26 日。

何「正確」解讀魯迅在延安文藝教育中佔有重要地位。

實際上，考慮到魯迅與中國共產黨特殊的精神聯繫〔註 24〕，早在中央蘇區時期，中國共產黨就在實際工作中開探討這一問題。當時一些人對蘇區教育「事務主義」有諸多詬病，博古提議請魯迅來主持教育工作。這個提議最終雖然沒有落實，但當時受排擠的毛澤東是不同意這種意見的。毛澤東顯然有更長遠的考慮，他認為，「魯迅當然是在外面作用大」。〔註 25〕這種認識的逐步深化、擴展，決定了魯迅在陝甘寧邊區及以後很長歷史時期的面貌。「生理魯迅」去世後，我們黨在領導無產階級革命鬥爭時便有了給「文化魯迅」蓋棺定論的客觀條件。至少在延安，「改造」前的魯迅是塑造毛澤東文學導師形象的主要障礙之一。相比於魯迅在文壇享有的崇高地位，前文已述說，毛澤東的文化理想顯然包羅更深更廣。文化魯迅的命運取決於他能否進一步「融入組織」。然而，魯迅的個人主義立場是相當強烈的〔註 26〕，決定了「改造魯迅」必然是一種趨利避害的權宜。有學者指出，魯迅有三個特點，即政治遠見、鬥爭精神和犧牲精神，最為毛澤東重視的則是鬥爭精神〔註 27〕。正是在這一特性上，毛澤

---

〔註 24〕魯迅曾說，「中國目前的革命的政黨向全國人民所提出的抗日統一戰線的政策，我看見的，我是擁護的，我無條件地加入這戰線」。當涉及魯迅在統一戰線中的作用時，魯迅則保持一貫的清醒，「我想，我做一個小兵還是勝任的，用筆！」（轉引自陳瓊芝：《在兩位未謀一面的歷史偉人之間——記馮雪峰關於魯迅與毛澤東關係的一次談話》，《中國現代文學研究叢刊》1980 年第 3 期。）可以說魯迅是中國共產黨的同路人，但其同樣對雙方的分歧有比較清醒的認知。這個分歧就是魯迅追求文學的自由和個性的獨立，對共產黨高度集體化、組織化的形式是較為抗拒的。這樣，魯迅從始至終沒有在組織上「入黨」。

〔註 25〕陳瓊芝：《在兩位未謀一面的歷史偉人之間——記馮雪峰關於魯迅與毛澤東關係的一次談話》，《中國現代文學研究叢刊》1980 年第 3 期。

〔註 26〕辛曉征在《國民性的締造者——魯迅》中說到，據胡風回憶，1936 年前後有黨的領導人約談魯迅，希望魯迅把個人的工作統一到組織裏，這引來魯迅的牴觸和反感。魯迅認為這個領導和組織運動有為階級投降主義服務的危險。魯迅不能將接受黨的統一領導，根源在於他仍然是「五四」知識分子。他思想上接近共產黨後，並不能放棄個人立場，充當政治鬥爭的工具。（筆者注：聯想到在日本期間退出同盟會，便更能理解其對組織運動的抗拒。）魯迅還對胡風說，他所以放棄去蘇聯的機會，是擔心「吃了麵包回來，還能不完全聽話嗎？」從此被「捆得手腳不能動彈」。（參見辛曉征：《國民性的締造者——魯迅》，武漢：湖北教育出版社 2000 年版，第 289～290 頁。）所以，魯迅自言只能勝任「一個小兵」。

〔註 27〕張緒山：《毛澤東棋局中的魯迅——從「假如魯迅還活著」說起》，《炎黃春秋》2009 年第 6 期。

東和魯迅是心意相通的。以此為突破口，毛澤東和共產黨先是將魯迅定性為民族解放的「最前進最無畏的戰士」〔註 28〕，進而利用其民族解放戰士的形象激發人們全民抗戰的民族情緒；由其對托派的批判〔註 29〕，發掘出魯迅深刻的批判精神，用以打擊革命的敵人；再通過創辦以魯迅命名的文藝學院，突出了魯迅是馬克思主義藝術論者的定性。〔註 30〕這樣，通過不斷突出強化魯迅的革命立場〔註 31〕，魯迅的「黨性」得以被開掘出來〔註 32〕，甚至被拿來去驗證毛澤東文藝思想的正確性，對魯迅的定位逐漸去掉魯迅思想的複雜性和豐富性，其評價在《新民主主義論》裏達到頂峰。經過全黨上下的共同努力，文化魯迅終於納入毛澤東文藝思想體系。

從《講話》開始，中國共產黨對魯迅的描述就發生了微妙的變化：「中國的革命的文學家藝術家，有出息的文學家藝術家，必須到群眾中去，必須長期地無條件地全心全意地到工農兵群眾中去，到火熱的鬥爭中去，到唯一的最廣

---

〔註 28〕張聞天：《為追悼與紀念魯迅先生告全國同胞和全世界人士書》，收入《張聞天文集》時改名為《哀悼魯迅》，張聞天選集編輯組：《張聞天文集（第二卷）》，北京：中共黨史出版社 1993 年版，191 頁。

〔註 29〕據陳瓊芝分析，《答托洛茨基派的信》實為馮雪峰代為筆錄的。

〔註 30〕毛澤東在 1938 年 4 月 28 日在延安魯藝的講話中便指出，魯迅先生是馬克思主義藝術論者。參見《毛澤東文藝論集》，第 15 頁。

〔註 31〕毛澤東《論魯迅》指出，魯迅「近年來站在無產階級與民族解放的立場，為真理與自由而鬥爭」，巧妙地將魯迅的個人主義自由置換為共產黨的「黨性」自由。（中共中央文獻研究室編：《毛澤東文藝論集》，第 9 頁）

〔註 32〕支撐這一論點的主要是《答托洛茨基派的信》和《答徐懋庸並關於抗日統一戰線問題》兩篇文章。周文撰文指出，魯迅「是堅定不移的站在無產階級的立場——他雖然不是共產黨員，卻是更加明確的站在黨的立場，雖在大病中，也要挺身而出，不怕那時的白色恐怖怎樣厲害，他公開地宣布他是共產黨的同志：『為著現在中國人的生存而流血奮鬥著，我得引為同志，是自以為光榮的。』他就以這樣堅定的黨的立場，把托派打擊得體無完膚，狗形畢露，以保衛黨，保衛無產階級，保衛統一戰線。」「這就真正是魯迅先生的偉大。而這也就是魯迅先生的黨性。」（周文：《魯迅先生的黨性》，《解放日報》1942 年 6 月 22 日。）為彰顯這種「發現」，包括毛澤東在內，經常將魯迅的語句跟共產黨的話語並置一起使用，斷章取義成為「改造」魯迅的必用手段。如毛澤東在《反對黨八股》裏說，「黨八股也就是一種洋八股。這洋八股，魯迅早就反對過的。」「魯迅曾經批評過」裝腔作勢的人，他說，「辱罵和恐嚇決不是戰鬥。」《講話》中頁提到，「魯迅曾說：『聯合戰線是以有共同目的為必要條件的。……我們戰線不能統一，就證明我們的目的不能一致，或者只為了小團體，或者還其實只為了個人。』」（參見子通主編：《魯迅評說八十年》，北京：中國華僑出版社 2005 年版，第 375～381 頁。）

大最豐富的源泉中去，……然後才有可能進入創作過程。否則你的勞動就沒有對象，你就只能做魯迅在他的遺囑裏所諄諄囑咐他的兒子萬不可做的那種空頭文學家，或空頭藝術家。」這只是借用魯迅話語從正反兩方面闡述論證「深入生活」的必要性和正確性。顯然，毛澤東並沒有停留於「引用」這一淺表層面，而是更進一步、直接拿魯迅來「現身說法」:「一切共產黨員，一切革命家，一切革命的文藝工作者，都應該學魯迅的榜樣，做無產階級和人民大眾的『牛』，鞠躬盡瘁，死而後已」。顯然是在用魯迅來敲打警示延安乃至全國的知識者們完成自我改造，成為黨的忠實文藝戰士，成為毛澤東文藝思想的信奉者和踐行者。

### （二）理論實踐間隙小

以此我們便能理解延安文藝教育的艱難及其所面臨的歷史局限。一般而言，文學教育的理論構想與教育教學實踐之間是有較大的理論間隙的。不論是文學一般教育還是文學專業教育，它都是一種自由有序的教育活動，較少受群體約束性的限制。但在延安，戰爭是最大的常態，所有的活動都難免受其干擾，彌漫著緊張、迫切的情緒。此外，集體話語被推到空前地位，文學教育的發生即是集體運作而非自發。文學教育便「勉為其難」地承擔了服務於戰爭的功能和快速培養人才隊伍的壓力。相應地，文學教育的各個環節都不得不做出調整。實用性和迫切性是時刻懸在延安文藝教育頭上的兩把尖刀，做出犧牲的必然是藝術性和獨立性，卻有效地促成文學隊伍變得純潔、壯大。

我們以延安魯藝在體制化與專門化上的掙扎和《講話》對於民族形式和普及問題的妥協為例。陝甘寧邊區成立伊始，便面臨著「亭子間的人」和「山頭的人」、「筆桿子」和「槍桿子」的融合。設計文學藝術教育之初，便不斷有來自前線的對於文藝宣傳幹部和培養問題的直接訴求，前線總是嫌後方效率拖沓。《創立緣起》已經明言，黨對延安魯藝的定位是培養文學藝術幹部的學校。由於前線急需文藝人才，學制設置上便設定為六個月學習，三個月出外實習。1938 年 11 月，應前線部隊要求，部分尚未結業的延安魯藝學生便由沙汀和何其芳帶領奔赴晉西北和冀中抗日根據地實習，實習期滿後又因戰場複雜滯留到次年 7 月，且部分學生從此長期隨軍。受此影響，延安魯藝在教育計劃中便將教育目的改為「為培養出文藝普及運動所需要的藝術文學幹部」〔註 33〕，並對各系提出了具體要求，逐步加強了思想政治教育。即便如此，來自前線將士的壓力仍始終存在。延安魯藝建院二週年慶上，八路軍總司令朱德在賀詞中有這樣一番話，「在前方，我們拿槍桿子的打得很熱鬧，你們拿筆桿子的打得雖然也還熱鬧，但是還不夠。這裡，我們希望前後方的槍桿子和筆桿子能親密地聯合起來。……打了三年仗，可歌可泣的故事太多了，但是好多戰士們英勇犧牲於戰場，還不知道他們姓張姓李，這是我們的罪過，而且也是你們的罪過。」〔註 34〕。這樣，延安魯藝便不斷派出畢業學員和文藝骨幹等組織文藝工作團（隊）支持前線，在此基礎上成立了魯迅藝術學院華中分院、東北魯迅文藝學院等文藝院校和若干文藝工作團，在後方也建立了星期文藝學園、延安魯藝部隊藝術幹部訓練班等文藝短訓班。而文學系第二期後負責人荒煤帶學員組成文藝工作團上前線實習，由於後方人員緊缺，文學系不能不暫時停辦。即便到了後來解放區日益鞏固，延安魯藝出現正規化、專門化的努力，仍然可以看出延安魯藝的辦學一直是在彌合理論追求、藝術衝動和現實要求之間的差距。

「意外」發生的延安文藝座談會的議題也經歷了表述的變化。最初中共中央書記處工作會議上議定的議題是「作家立場、文藝政策、文體與作風、文藝對象、文藝題材」〔註 35〕，而 5 月 2 日提交大會討論的是「立場問題、態度問題、工作對象問題、工作問題、學習問題」。「在這個看似簡單的文字表述變化中，其實蘊藏著延安文藝運動轉向的關鍵性歷史玄機，這就是將文藝問題徹底納入無產階級革命工作語境，納入延安政治文化語境」〔註 36〕。由這一闡釋，我們可以得出這樣的判斷，《講話》更多是一種藝術策略而不是文藝主張。仔細分析兩套議題便會發現，議題的前後變化提現出的是背景、語境、藝術範疇的由大變小、由抽象變具體、由偏理論到偏實踐，後面一套議題的討論「只能放置在革命鬥爭和革命工作的語境中展開」，「後者的參照

〔註 33〕《魯藝第二期教育計劃草案》，谷音、石振鐸合編：《魯迅文藝學院文獻（內部資料）》，瀋陽音樂學院《東北現代音樂史》編委會，1986 年，第 7 頁。

〔註 34〕原載《新中華報》1940 年 6 月 18 日，轉引自艾克恩編纂：《延安文藝運動紀盛》，北京：文化藝術出版社 1987 年版，第 195 頁。

〔註 35〕中共中央文獻研究室編：《毛澤東年譜》，北京：人民出版社、中央文獻出版社 1993 年版，第 374 頁。

〔註 36〕高傑：《延安文藝座談會紀實》，西安：陝西出版傳媒集團，陝西人民出版社 2013 年版，第 200 頁。

系統則只能是無產階級革命鬥爭和革命工作的經驗」〔註 37〕。在事關新民主主義文藝方向的論述時，為了盡可能地突出工農兵的地位，便不得不降低藝術趣味，而選擇為工農兵喜聞樂見的民族形式，這種理論的空白和漏洞顯然是有意為之。再聯繫到毛澤東講話中不諱言「功利主義」，可見毛澤東對座談會和《講話》的定位完全是折衷的對策，是戰術而不是戰略，是策略而不是主張，其根本無意使《講話》權威化、真理化，其理論構想緊扣實踐，可操作性非常強。

### （三）學習改造無止境

中共分階段的革命戰略構想決定了每個階段都有不同的具體任務、都會提出新的要求。從革命戰爭中成長起來的黨的文學教育必然會隨著革命的演進和任務的變化而有所調整。這樣，不論是已經完成一個階段學習的新學員，抑或已經成名於文壇的來自「亭子間」的人，他們都需要不斷學習，不斷進步，以滿足革命和時代的新要求，永無止境。正如《講話》指出的，過去幾十年革命文學最大的問題在於沒有與革命戰爭融合。這同時指出了黨的文學教育的基本要求，即不斷與革命戰爭融合，不斷總結和發揚革命戰爭中的鬥爭經驗。

具體到延安文藝座談會之延安的特殊語境來看，隨著整風的推進和整個解放區思想意識形態的日趨規範、統一，傳統知識者的知識和道德優勢都被推翻，進而形成一種「前教育機制」。這種氛圍下的教育近於一種未完成狀態。因為在教育內容上偏重道德意識形態教育，受教者不管技巧純熟與否，都需要持續學習以葆有正確的道德和思想。黨的文學教育的終極目標就是確立文學的黨性原則。在這一過程中，知識者或被動或主動地褪去其固有的啟蒙者和批判者屬性，徹底成為無產階級化，參與新的文學範式的建構，從而建立一種可以規範當下和未來的文化體系〔註 38〕。毛澤東思想體系指導下的革命戰爭不

〔註 37〕高傑：《延安文藝座談會紀實》，第 213 頁。

〔註 38〕例如周揚闡釋《講話》時，頗為自信地預言道，「文藝應為大眾，這就是新文藝運動的根本方針。在戰爭和農村，以及國內政治環境的種種限制之下要堅持這個方針，在戰後和平建國回到大都市的新環境之下仍然要，而且更要堅持這個方針。所以我們今天在根據地所實行的，基本上就是明天要在全國實行的。為今天的根據地，就正是為明天的中國。」參見周揚：《藝術教育的改造問題——魯藝學風總結報告之理論部分：對魯藝教育的一個檢討與自我批評》，谷音、石振鐸合編：《魯迅文藝學院文獻（內部資料）》，瀋陽音樂學院《東北現代音樂史》編委會，1986 年，第 150 頁。

斷取得突出成績，先驗地證明了作為毛澤東思想體系有機部分的毛澤東文藝思想的正確性。這樣，將革命文學納入毛澤東文藝思想體系成了黨的文學教育最迫切的任務。

知識者改造的迫切性和難度也決定了延安文藝教育是永無止境的。毛澤東對左翼作家的定位，明白無誤地宣告，即便這些知識者身在無產階級，卻極有可能留存著一顆小資產階級的心靈。因而，這些知識者的政治身份是存疑的，他們在實際教學中的「施教者」身份自然也會發生猶疑。隨著延安文藝座談會的召開及其經驗的推廣，中共在文學藝術方面的理論自信日益堅固，「小資產階級」知識者在文學教育中的身份便悄然發生轉換，將永遠都是黨的文學教育的受教者。而在受教過程中，這些知識者需要從根本上「向無產階級投降」，需要持續不斷地學習與自我改造。這個學習過程同樣是無止境的。

延安文藝教育造就了第一批堅定的毛澤東文藝思想的信奉者、實踐者。〔註 39〕他們在實習之後，或者留在前線部隊隨軍工作，或留在後方，在各自崗位上發揮示範性作用。這樣，在壯大黨的文藝工作者隊伍之餘，他們在受教前後，思想政治水平上的變化，更加跟傳統知識者形成一種對比，從而對傳統知識者的思想轉變形成一種敦促和示範作用。但對於傳統知識者來說，「即便是『紅色的』文化人，到了延安以後也必然開始一個認識和形式技巧上的藝術轉型過程。這種轉型有極強的政治色彩和政治意義。與單純批判資本主義、資產階級，鼓吹無產階級革命文學的左翼文學不同，它體現的是以『黨的文學』為標誌的無產階級文學秩序、法則和模式的建設問題。」〔註 40〕

黨通過思想教育和道德情感教育，逐步建立起新民主主義革命的道德情感聯繫。而這種「道德關聯是純粹主觀臆斷的事物，隨著個人智育水平的不斷成熟，將逐步被分析的力量所消解。假如義務感與功利原理的關聯看上去同樣充滿隨意性，假如我們本性中的主導因素和情感中強有力的一面無法與這一關聯融為一體，那麼我們就不會認同這種關聯，既不會珍惜自己身上的這種關聯，也不會提倡他人發展這種關聯。總之，假如功利道德缺乏一種自然的情感

〔註 39〕以延安魯藝文學系為例，自 1938 年 8 月成立以來，僅前兩期便培養出 90 餘名學員，並在短期培訓之後便奔赴前線實習。

〔註 40〕李潔非、楊劼：《解讀延安——文學、知識分子和文化》，北京：當代中國出版社 2010 年版，第 56 頁。

基礎，那麼即使通過教育灌輸，這種關聯也很可能被分解。」〔註 41〕也就是說，不僅被改造的傳統知識者存在著從黨所著力建構的道德體系中逆反的可能性，就連延安魯藝等院校培養的第一批毛澤東文藝思想的信奉者也都有失去現實支撐的危險。因而，延安文藝教育更注重實踐〔註 42〕，要求廣大受教者不斷在實踐中接受工農兵和實際生活的再教育。《講話》指出，「中國的革命的文學家藝術家，有出息的文學家藝術家，必須到群眾中去，必須長期地無條件地全心全意地到工農兵群眾中去，到火熱的鬥爭中去，到唯一的最廣大最豐富的源泉中去，觀察、體驗、研究、分析一切人，一切階級，一切群眾，一切生動的生活形式和鬥爭形式，一切文學和藝術的原始材料，然後才有可能進入創作過程。」〔註 43〕正是在後來踐行《講話》精神的促成下，文藝工作者隊伍與工農兵之間的自然情感基礎日益濃厚。

順著服務工農兵的問題，《講話》思考如何服務時，著力解決了「普及與提高」的辯證關係。普及與提高的正確關係應該是從工農兵出發，學習工農兵，沿著工農兵自己前進的方向去提高，沿著無產階級前進的方向去提高〔註 44〕。在普及與提高的辯證的循環上升的過程中，延安文藝教育必然也是持續上升的過程。

〔註 41〕〔英〕約翰·斯圖亞特·穆勒：《功利主義》，北京：中國社會科學出版社 2009 年版，第 50 頁。

〔註 42〕學員經過短期培訓便隨各個文藝工作團奔赴前線隨軍宣傳，而在培訓期間也會不定期下鄉體驗生活。不過在對待文化人工作上，黨曾經走過彎路。1943 年 4 月 22 日的黨務廣播稿《關於延安對文化人工作的經驗介紹》在總結文化人工作經驗時指出，延安文藝座談會前，黨對文化人給予太大自由，既提供他們赴前線的方便，也放任他們自由，導致他們「脫離工作、脫離實際」。所以黨決定將他們分散開，讓他們從事勞動、從事實際工作，期待他們脫胎換骨而成為群眾的一份子。（參見唐天然：《有關延安文藝運動的「黨務廣播」稿——兼及由此引起的考查》，《新文學史料》1991 年第 2 期。）在黨的倡導下，在邊區，尊重勞動、參加勞動成為一種社會風習。而自 1943 年春以來，延安文藝界掀起一股「到農村、到工廠、到部隊中去，成為群眾的一分子」的熱潮。其中，延安魯藝 1943 年 4 月便派遣 30 餘名學生下鄉或到部隊，另有幾十人組隊秧歌隊到南泥灣。金盆灣慰問勞軍，當年 12 月又有 40 多人組成工作團到綏德、米脂地區進行宣傳、慰問。

〔註 43〕毛澤東：《在延安文藝座談會上的講話》，中共中央文獻研究室編：《毛澤東文藝論集》，北京：中央文獻出版社 2002 年版，第 63～64 頁。

〔註 44〕毛澤東：《毛澤東文藝論集》，中共中央文獻研究室編：《毛澤東文藝論集》，北京：中央文獻出版社 2002 年版，第 62～63 頁。

## （四）文藝工作政治化

列寧非常強調文學的黨性原則，認為「文學事業應當成為無產階級總的事業的一部分，成為一部統一的、偉大的、由整個工人階級的整個覺悟的先鋒隊所開動的社會民主主義機器的『齒輪和螺絲釘』。文學事業應當成為有組織的、有計劃的、統一的社會民主黨的工作的一個組成部分。」〔註45〕文學既是黨的事業的一部分，也關乎黨的存亡，因為「黨是自願的聯盟，假如它不清洗那些宣傳反黨觀點的黨員，它就不可避免地會瓦解，首先在思想上瓦解，然後在物質上瓦解。」〔註46〕

此後列寧信徒出於各自實際對此說展開了不同的闡釋。葛蘭西強調要在奪取政權之前佔領文化領導權，毛澤東更加強調文學的工農兵方向，強調文學事業之於革命事業的絕對從屬地位和工具性質，突出了政黨政權對於文學事業的介入，將文學問題上升到關乎國家存亡、命運攸關的戰略地位。在此問題上的高度敏感與佔領文化領導權、建設新意識形態規範的迫切性，促使無產階級政黨更加充分利用文學作為革命鬥爭的武器之一，無產階級政治領袖也往往親自參與制定文學政策，甚至創作方法〔註47〕。在這裡，他們既是政治領袖的身份，又是文學導師的身份，前者制定文藝政策，考量方向問題；後者參與文學發展，考量技術問題。這就帶來了文學教育的泛政治化，主要有以下幾個方面：

其一，經由《講話》的倡導，形成了延安文學的泛政治化，包括文學觀念的政治化、創作批評的組織化、作家隊伍的體制化。「文學為政治服務」的口號規定了，整個的新民主主義文學應當成為黨的文學，黨性原則成為第一標準，以至於形式技巧、語言、題材、體裁、主題等的選擇都具有政治屬性〔註48〕。黨的文學隊伍不僅強調文學觀念和創作上的融合、規範，更加強調

〔註45〕列寧：《黨的組織和黨的文學》，《馬恩列斯文藝論著選講》編寫組編：《馬克思　恩格斯　列寧　斯大林　文藝論著選講》，瀋陽：春風文藝出版社1981年版，第378～379頁。

〔註46〕列寧：《黨的組織和文學》，《馬克思　恩格斯　列寧　斯大林　文藝論著選講》，第380頁。

〔註47〕如毛澤東在給延安魯藝題詞時，提出了「抗日的現實主義和革命的浪漫主義」兩結合的創作方法，後改為「革命的現實主義和革命的浪漫主義相結合」。

〔註48〕比如解放區雜文創作在延安文藝座談會後遭遇「重創」，而報告文學迎來繁榮；一度興旺的「大劇熱」也很快被打壓下去，代之以秧歌劇創作演出蔚為大觀。這背後不是文學規律的演進，而是黨的文學趣味的變遷，不是純粹的文學問題，而更多是政治問題。

個人生活習性、思想氣質融入集體生活，符合黨性要求。文學創作成了政治任務，便自然引出創作批評的組織化。在創作和批評上集體行為的突出代表，前者是新歌劇《白毛女》的創作和演出，後者則是「趙樹理方向」的定義和倡導。在黨的文學的構想裏，作家是應該體制化的。實際上，在對傳統知識分子改造之前，黨便陸續進行他們的安置工作，他們分別被安排進黨領導的各個院校、各類文藝團體工作或學習，有的則進入各級黨政機關。1942 年 5 月出臺的《文化技術幹部待遇條例》，對他們劃分了待遇級別，予以物質保障，對津貼、伙食、住房、衣服、特別補助等作了詳細規定。整風運動後，這種體制內成員的屬性更加強化，作家藝術家完全歸屬於各種可操控的組織架構內，成為名副其實的黨的機器上的「齒輪和螺絲釘」。

其二，施教者本身可能身兼政治職務。例如毛澤東、周恩來、朱德、賀龍等黨政軍領導人，除了參與制定文藝方針政策，還走進學校發表演講、就教學提出意見等，實際參與教學活動。例如周揚的本職曾是陝甘寧邊區教育廳長，在延安魯藝曾兼任副院長和文學系主任，同時一直堅持主講延安魯藝各系共同必修課，可以說一人兼具教員、校領導和黨政領導三種身份。

其三，文學教育的教材、教育方針往往升級為文藝政策，或者說，從文藝政策的制定與落實到文學教育實踐的實施，往往沒有緩衝，時效性很強。例如《在延安文藝座談會上的講話》，既是最重要的文藝政策文獻，又是最重要的文學教育教材。

其四，領導人的意願、政治運動等對文學教育影響很大。比如抗戰初期，前線急缺文藝宣傳幹部，賀龍、朱德等將領多次向後方要人，對其教育提出批評，後方文學教育也不得不多次改變教學計劃」，魯藝文學系還曾因此臨時停辦。再如整風運動中」，魯藝成了整個藝術教育領域重點針對的所在，因此進行了全校範圍的反思和整改，教育方針、學制、教學內容等都經歷了重大調整。

### （五）教學高度靈活性

這是延安文藝教育給我們留下的最可寶貴的教育經驗。受限於延安時期的物質匱乏、形勢緊迫而任務繁重等客觀條件，人們充分發揮主觀能動性，因時因地制宜，打破傳統課堂教學的局限，開展了多種形式的文學教育。可以說，延安時期，時時處處皆可為課堂。

延安整體的社會氛圍就有一種教育特性，首先就給人以一種情緒的感染。「延安時期的學校生活充滿著朝氣……到了延安，第一課就是勞動。打窯洞，開荒，種地，紡線，一切自己動手。延安沒有多少房子，宿舍是窯洞，露天作課堂。」課程設置也根據現實需要而比較靈活，「課程有抗日民族統一戰線、政治常識、群眾工作、哲學、游擊技術等。」在學制設計上，並不死板，「學習期間不能太長。三個月、半年技術一期，有時短到三個星期。學一年，那是很例外的事。」〔註 49〕為彌補教育計劃的不足，還會根據實際教育教學所需，開設少藝班、蒙藝班、短訓班、業餘愛好者培訓班、學術報告會等。

在具體教學方法上，以」魯藝」為例，「『延安魯藝』並不採取『填鴨式』的教學法，它是以學生自動研究、各自發揮其所長為主體，而以教師的講解指導為輔佐的」〔註 50〕。」魯藝」的教學是非常注重實踐的，「以理論與實際密切結合為最高教學原則」。在教的方面，力爭「教學做統一」，「課堂以集體教學為主，課外以個別輔導為主」，尤其考慮到教員與學員程度懸殊的情況。在學的方面，力求實現主動自學和集體互助相結合。每個人根據個人情況和整體教學進度制定學習計劃，另外分成若干小組，全體學員和小組內部均有互幫互助，不定期舉行準備充分的討論會。〔註 51〕課外，教員和學員的活動也是靈活多樣的：「晚飯以後，自由活動，延安和兩岸歌聲不絕」；「參見社會活動，深入到工農兵中間去，向群眾學習，與他們打成一片……在華北的時候，經常派同學到新區工作，訪貧問苦，住到最貧苦的農民家裏，跟部隊參見作戰，照顧傷兵，與群眾同甘共苦，一起生活，一起種田，一起衝鋒殺敵。在戰場上，同學們勇敢得很戰士到哪裏，他們到哪裏」，前線的洗禮使學員們快速成熟起來〔註 52〕；課餘，學員們還可以根據興趣組織或加入文藝社團、組織文藝沙龍，比如延安魯藝文學系創辦的「路社」、「草葉社」，創辦牆報、出文學期刊，提供了創作和批評的空間，擴展了課堂；傍晚在延河旁的漫步，也不失為文學課堂的另一種擴展，「文學創作、藝術理論、學習中的難題、生活裏的煩惱、前方的戰爭、延安的新聞、青春的歡樂和未來的憧憬，都是他們談說議論的話題。

〔註 49〕成仿吾：《延安作風和延安時代的學校生活》，《文史哲》1984 年第 1 期。

〔註 50〕茅盾：《記「魯迅藝術文學院」》，《榕樹文學叢刊》1981 年第 2 期。

〔註 51〕《魯藝第二期教育計劃草案》，谷音、石振鐸合編：《魯迅文藝學院文獻》，瀋陽音樂學院《東北現代音樂史》編委會，第 7～8 頁。

〔註 52〕成仿吾：《延安作風和延安時代的學校生活》，《文史哲》1984 年第 1 期。

中是散步，更是思想和精神的漫遊」〔註 53〕。

在教材選擇上也非常靈活，除理論課教材要符合馬列主義觀點外，技術課教材則可根據實際工作需要而選擇，避免了教材的單一死板，是教學靈活而有效的又一保證。

文學教育中，創作、欣賞、批評是非常重要的環節。延安魯藝文學系非常注重創作實踐，據岳瑟回憶，「入學不久，兼系主任的周揚同志，要每人按自己喜愛的形式寫一篇習作」，並擇優表彰。而且，沙汀、何其芳等作家教員，直接指導學員們寫作，比如沙汀便對岳瑟的小說非常關心，不僅提出修改意見，還「數次促我著手」，拳拳之心可鑒〔註 54〕。文學系還安排有創作實習，作為學習任務之一，要求學員每月至少交兩篇習作，可多交，題材和體裁都不作限制。陝甘寧邊區開創了下鄉體驗生活的創作模式，作家教員們將其應用於創作教學中。為了加深和擴展學員生活體驗、調動學員創作靈感，偶而還會將創作實習課帶到課外。秋收來臨，沙汀、何其芳等教員帶領學員到延安郊外參加秋收，出發前教員們就觀察人物、選取視角等創作問題布置任務、組織討論、聽取彙報，準備非常充分。〔註 55〕

對受教者來說，以延安魯藝為例，除必修課外，可經教務科及系主任和教員允許根據自己需要選課；如有特殊情況，學生還可向教務科提出申請免修任意課程，當然，前提是經教員考核合格。〔註 56〕

## 三、延安文藝教育的歷史意義

文學教育在中國古代主要扮演道德教化的角色，在現代則主要發揮了思想啟蒙的作用。一般而言，文學教育的價值的實現，必然導致受教者個體素質和群體素質的整體提高，進而促進整個社會文化的發展，從而帶動其精神文明和物質文明的全面進步。正因為延安文藝教育是整個無產階級革命戰略中的權宜之計，所以我們評價其價值時，我們的思考便不得不從其本身的目的或定位出發。

〔註 53〕王培元：《延安魯藝風雲錄》，桂林：廣西師範大學出版社 2004 年版，第 52 頁。

〔註 54〕岳瑟：《魯藝漫憶》，《中國作家》1990 年第 6 期。

〔註 55〕岳瑟：《魯藝漫憶》，《中國作家》1990 年第 6 期。

〔註 56〕《魯藝第二期教育計劃草案》，谷音、石振鐸合編：《魯迅文藝學院文獻》，瀋陽音樂學院《東北現代音樂史》編委會，第 9 頁。

「文學競爭的中心焦點是文學合法性的壟斷，也就是權威話語的權力的壟斷，包括說誰被允許自稱『作家』等，甚或說誰是作家和誰有權利說誰是作家；或者隨便怎麼說，就是生產者或產品的許可權的壟斷。」〔註 57〕延安文藝教育的目的，可以在延安文藝座談會的召開和《講話》的發表上突出表現出來。此時，無產階級政權雖獲得合法地位，但仍然不是執政黨，而且在奪取全國政權之前仍然面臨奪取文化領導權的任務，而黨內和黨領導的文學藝術界思想意識形態並不統一。黨的文學教育的展開就是要收攏文學合法性的壟斷，從文學發展方向的確認、文學隊伍的構建、文學新範型的確立等幾個方面予以規定，從而服務於民族和革命戰爭，服務於新意識形態的建構，為未來新中國打下堅實基礎。延安文藝教育在這深廣的歷史語境中更充分地展開，這意味著獲得了寬廣的生長空間，人們開始系統地想像和構建新中國。但戰爭的無所不在，規約著這種想像的形式、特性和傾向。功利主義、迫切性是應對這一課題的自然而然的選擇。環境的殘酷與緊張，使延安時期理論構想與具體實踐之間的間隙變得更小。這或許會損失文學藝術和教育的獨立性，卻會獲得文化發展的有效性。綜上，延安文藝教育的價值主要體現在以下幾個方面。

### （一）培養無產階級文藝隊伍

總結起來，延安文藝教育主要有兩個部分，即工農兵學員的選拔、培養和持續教育，及傳統文人的改造。這兩個部分的展開和完成，決定了「誰被允許自稱『作家』等，甚或說誰是作家和誰有權利說誰是作家；或者隨便怎麼說，就是生產者或產品的許可權的壟斷」〔註 58〕。

第一個部分，從中央蘇區時開始，黨的文學教育就非常重視學員的選拔。這體現在兩個方面，一是思想和政治上要進步，二是技術上有一定文學基礎。如高爾基戲劇學校簡章對入學資格作了如下規定：「曾在革命機關或群眾團體工作或參加革命鬥爭，積極工作的」，「須得當地政府機關的介紹」。〔註 59〕延安魯藝學員的要求也非常嚴格，如第二期教育計劃規定，所有學員必須具備：（一）正確的為人民服務的政治思想，基本的馬列主義的觀點；（二）正確的

〔註 57〕〔法〕皮埃爾·布迪厄（Pierre Bourdieu）著；劉暉譯：《藝術的法則：文學場的生成和結構》，北京：中央編譯出版社 2001 年版，271～272 頁。

〔註 58〕〔法〕皮埃爾·布迪厄（Pierre Bourdieu）著，劉暉譯：《藝術的法則：文學場的生成和結構》，北京：中央編譯出版社 2001 年版，第 271～272 頁。

〔註 59〕陳元暉等編：《老解放區教育資料（一）》，北京：教育科學出版社 1981 年版，第 244 頁。

為工農兵服務的文藝方向；（三）基本的業務工作的技能；（四）實際的業務工作作風。〔註 60〕可見，對思想政治水平的要求要高過實際技能。入學之前會組織政治測驗和創作測驗。經過層層考核選拔，再經過團結、緊張而活潑的思想和業務培訓，工農兵學員不斷壯大著無產階級文學工作者隊伍。據統計，僅延安魯藝文學系便在抗日戰爭時期開設四期，共培養入冊學員 197 人，另有旁聽者無法統計確切數字。

第二個部分便是吸納現有人才，因為黨「懂得他們的重要性，沒有這一部分人就不能成事。……任何一個階級都要用這樣的一批文化人來做事情，……要有為他們使用的知識分子」。〔註 61〕當知識者大規模來延之後，將他們改造成為無產階級使用的知識者，便是另一個層面的文學教育。作為整風運動的一部分，對傳統知識分子的改造是黨實現思想文化界思想統一的重中之重，更是佔領文化領導權的最主要工作。當左翼文學部分遺留問題得以解決，當作為五四知識者明燈的魯迅投入黨的懷抱、代表新民主主義文學方向，當丁玲、蕭軍、艾青等作家明確了立場或走上戰場或參加勞動之後，便徹底宣告了傳統知識分子融入工農兵，從另一個方面壯大了黨的文學工作者隊伍。

### （二）促成文學範型的轉型

20 世紀，中國文學曾發生了兩次大的轉型。「五四」完成了中國文學現代化的價值體系轉換，文學由「古代」進入「現代」。無疑，延安文藝完成了 20 世紀中國文學從「現代」到「當代」的轉折。經由《講話》的張揚，「五四」的充滿啟蒙理性氣息的自由、開放、多元的價值體系被批判地否定，取而代之的是延安文藝整體上呈現的一種帶有底層的泥土的民族化的剛健、質樸的風格。這種轉折是全面而徹底的，無論是文學主題、形式技巧還是文學語言，以及文學創作方式、環境等，都發生了徹底的改頭換面。這種轉變，是由思想整風帶動的、自上而下發起的。這中間發揮作用的，除了政黨政權，最為重要的便是黨的文學教育，或者更為確切地說，這種轉變的完成，便意味著以政黨政治美學為主導的黨的文學的建立。在黨的文學的概念裏，文學被視為意識形態的有機元素。黨所要建立的意識形態是無產階級的意識形態，表現在文學領

〔註 60〕《魯藝第二期教育計劃草案》，谷音、石振鐸合編：《魯迅文藝學院文獻》，瀋陽音樂學院《東北現代音樂史》編委會，1986 年，第 7 頁。

〔註 61〕毛澤東：《文藝工作者要同工農兵相結合》，中共中央文獻研究室編：《毛澤東論文集》，北京：中央文獻出版社 2002 年版，第 95～96 頁。

域，便是文學為政治服務，工農兵的方向是文學的新方向，這種方向不僅適用於新民主主義革命時期，也適用於未來新中國成立以後。

如前所述，這一範型得以確立的主要障礙便是「五四」以來成名的來延作家。正是在以他們為主要教員的主導下，延安文藝教育一度跟黨的預期產生較大偏差，引來朱德、賀龍、王震等黨和軍隊領導人的極大不滿。而黨的領導人認為這主要原因在於這些作家教員們並未真正融入工農兵以及由此帶來的自由化傾向。頗為耐人尋味的是，這些人之所以來到延安，無一不是嚮往革命，與共產黨有強烈的情感共鳴，甚至很多原本就是共產黨員。這些人很多早年曾參見革命文學運動，自我標榜為無產階級，言必稱革命。正是這種經歷構成他們自我調適以跟上延安文學節奏的障礙，他們所凝聚的文學趣味也成為確立黨的文學範型的主要障礙。他們的自我標榜僅限於語言包裝而缺乏實際支撐，他們的思想內核仍然未褪掉小資產階級色彩。黨的文學教育以此為突破口，逐步建立起一種類似宗教情懷的前教育機制，徹底擠破了文學的自由主義泡沫的生存空間，傳統的知識分子趣味消失於無形，這些被改造的作家們不再游離於黨的文學之外，從而成為黨的機器上的「齒輪和螺絲釘」。知識者改造的完成，就意味著文學藝術轉型的完成。〔註 62〕

在這個過程中，文學批評教育發揮了很大作用。延安的文學批評範式主要是以現實主義的方法論為主，主要從社會學歷史學的角度，以表現人民大眾的現實生活為主題要求，以契合時代發展要求為價值標準，以此來探討作品主題與時代要求的契合度，衡量作品的社會價值（主要是認識和教育作用）。文學批評教育中，一方面敦促創作者提高創作水平，另一方面可以引領文學理論的發展和文學趣味的確立。因為文學批評本身是一種雙向互動的精神歷程，它既是批評者通過一定的價值尺度評價作品而發掘和實現作品價值的過程，同時也是批評者通過參與作品價值創造而實現自身價值和實現自我調適的過程。文學批評教育中，可以通過批評實踐使受教者獲得培養和塑造。具體來說，這在延安時期就是《講話》權威性的確立，這一過程有破有立，由毛澤東出了「考題」，而主要由周揚等毛澤東文藝思想的闡釋者來完成。破的方面，主要是清算小資產階級趣味和反動階級趣味，主要代表是王實味、丁玲、蕭軍、艾青等，

〔註 62〕值得指出的是，與新的文學範型相伴生的是語言變革，也就是「毛文體」的產生。

尤以王實味典型〔註 63〕；立的方面，主要是工農兵方向的確立，其中的突出代表就趙樹理方向〔註 64〕。

### （三）參與新民主主義文化創造

文學教育是一種文化現象，因而文學教育負有一定的社會文化使命。一定的文化為社會創造一定的意義世界，而文學教育正是把人們引向這個世界的階梯。

在延安時期，文學開始被理解為一種意識形態，一種無產階級的思想意識形態。在這個話語體系裏，肯定什麼，讚揚什麼，提倡什麼文學趣味，都具有鮮明的價值取向。就延安文藝而言，它作為無產階級的意識形態，體現了無產階級和勞動人民的審美理想和審美趣味，它莊嚴宣告為無產階級服務。它的文藝教育，從學員考核選拔，到課程設置、教材篩選、文學課堂，再到文學創作與批評、文學社團和期刊的創辦，既是知識生產，更是隊伍擴建，它的根本導向是參與新民主主義革命與文化的發展。在藝術性與革命性之間，延安文藝教

〔註 63〕在《講話》裏，毛澤東正面確立了作家的立場問題，申明了文藝為工農兵服務和如何為工農兵服務的主張，確立了「政治標準第一」、「藝術標準第二」的範式。在《文藝工作者要同工農兵相結合》中，毛澤東則指出了問題的嚴重性：「最近一個時期，某些文章，某些文學作……發生了一些問題……但是我們的政治嗅覺相當靈敏，什麼風氣不好，我們一嗅就嗅出來了。……個別比較嚴重的就是王實味這個同志，他的思想是比較成系統的，似乎壞的東西比較更深一些。其他作品都與此不同，只是部分的問題，不是什麼了不起的問題」。「再一種就是問題嚴重的。他們離徹底地運用馬列主義的思想，達到革命性、黨性與藝術工作的完全的統一還差得很遠，就是說，頭腦中間還保存著資產階級的思想和小資產階級的思想。這個東西，如果不破除，讓它發展下去，那是相當危險的。」（參見毛澤東：《文藝工作者要同工農兵相結合》，選自《毛澤東文藝論集》，89～90 頁。）受此指示，周揚寫了《王實味的文藝觀與我們的文藝觀》、《藝術教育的改造問題》等文章，在更為周密的理論邏輯中釐清了小資產階級根性的弊端及其可能的危險，同用革命現實主義的概念彌補了毛澤東在革命性與藝術性關係論述上的漏洞，進一步整合了革命話語語境，將之籠在毛澤東文藝思想體系之內。

〔註 64〕文學的工農兵方向提出以後，延安文藝一直在努力在創作和批評實踐中踐行這一規範，直到趙樹理攜《小二黑結婚》、《李有才板話》等作品出世，工農兵方向才找到了絕佳範本。1947 年晉冀魯豫邊區文聯召開文藝工作座談會，首次提出了「趙樹理方向」。荒煤在《向趙樹理方向邁進》裏作了更為具體的闡述，它主要表現在三個方面：一是具有鮮明的政治傾向性，愛憎分明地反映解放區農民積極和地主階級的矛盾；二是在文學語言上選用勞動人民的口頭語言，創造出為人們喜聞樂見的典型；三是作家具有全心全意為工農兵服務的精神，能夠秉持革命功利主義長期埋頭實幹。

育選擇了革命性，從而確保了黨的文學教育的有效性。「充分的文學教育在良性循環過程中，不僅對文化傳承、文化創造具有重要作用，而且對培養學生和激發教師自身的創造性，也都有著非同小可的重要意義。」〔註 65〕

作為最重要的文學教育範本，《講話》「真正關心的問題只有一個，即如何在中國建立起符合馬克思主義社會模型的黨對文化的領導權……它極其自然地選擇了利用和弘揚一切為知識分子價值觀所排斥所貶低的東西，以顛覆知識分子價值觀的統治地位……一切以抵消知識分子立場為本。」〔註 66〕以抵消知識分子立場為手段和必要過程，黨對文化的領導權得以確立，並進一步領導共和國走向社會主義，延安文藝教育的文化使命得以最終實現。

〔註 65〕李繼凱等著：《20 世紀中國文學的文化創造》，第 442 頁。

〔註 66〕李潔非、楊劼：《解讀延安——文學、知識分子和文化》，北京：當代中國出版社 2010 年版，第 143 頁。

# 第五章　青春氣息與延安文藝教育

## 一、青春氣息與樂觀精神

1930 年代末，隨著中共進駐延安並加強抗日民族統一戰線的宣傳，延安以「赤都」聞名天下，成為苦悶彷徨的年輕人心中的「聖地」。從很多親歷者後來的回憶文字中，我們基本能夠感知到這一特殊的情感。儘管這些文字不乏回憶審美化的傾向，但結合一些文獻資料及當時革命形勢的發展，上述結論還是基本成立的。很多愛國青年在苦苦尋索之後，喊出了「我要去延安」的心聲，並陸續從四面八方匯聚延安。後來成為延安魯藝文學系教師的何其芳，在到達延安不久〔註 1〕後寫下了著名的《我歌唱延安》，其中一段形象地描繪了青年到達延安後的景象，頗有代表性：

> 延安的城門成天開著，成天有從各個方向走來的青年，背著行李，燃燒著希望，走進這城門。學習。歌唱。過著緊張的快活的日子。然後一群一群地，穿著軍服，燃燒著熱情，走散到各個方向去。
>
> 在青年們的嘴裏，耳裏，想像裏，回憶裏，延安像一隻崇高的名曲的開端，響著洪亮的動人的音調。〔註 2〕

在這篇飽含深情的文章內，我們既能感知到奔赴延安的青年的精神面貌，也能捕捉到抗戰初期大量青年奔赴延安的歷史細節〔註 3〕。對於後者，由於陝

〔註 1〕何其芳 1938 年 8 月底到達延安，這篇文章寫於 1938 年 11 月 16 日。

〔註 2〕何其芳：《我歌唱延安》，《文藝戰線》（創刊號），1939 年 2 月 16 日。

〔註 3〕《文藝戰線》刊發這篇文章時，將其列入「報告」，從另一個側面說明這篇文章並非純粹的抒情性文字，還是能夠反映一些歷史細節的。

甘寧邊區人口統計工作較差〔註4〕，目前尚未發現關於奔赴延安青年的權威統計資料。我們只能根據各類提及這一現象的史料來整體把握。

據《延安自然科學院史料》記載，「1938 年上半年一直到秋天可以說是一個高潮。……像 1938 年夏秋之間奔赴延安的有志之士可以說是摩肩接踵，絡繹不絕的。每天都有百八十人到達延安。……在赴延安的這些人員中，有很大一部分都是知識分子，從國內外的大學畢業生到高中、初中甚至小學畢業的學生都有。」〔註5〕「絡繹不絕、摩肩接踵」是修飾詞語，而「百八十人」是一種粗略估計，得到的仍是一種偏於主觀的「來了很多知識分子」的模糊判斷。不過，這段史料的價值還在於，它對奔赴延安青年的成分和背景作了分析。這些人大多數是知識分子，經歷了五四的洗禮或啟迪，或者說他們大多數是「五四」培養的學生。這些人中，有各級黨組織委派而來的，而更多的是慕名自發而來。需指出，這段史料對赴延安的人員主要冠以「知識分子」而沒有從年齡層作區分和分析。

另據胡喬木回憶，截止 1943 年底，抗戰以來到延安的新知識者有四萬餘人。〔註6〕這是整風運動進入審幹階段後中共中央書記處 1943 年 12 月 22 日的工作會議上，任弼時發言時提到的數據。任弼時作為當時的中央書記處、中央組織委員會成員，具體負責陝甘寧邊區和八路軍駐西安辦事處〔註 7〕等工作，其掌握的情況應該是最為詳盡的。這些知識者大約占陝甘寧邊區直屬分區人口的十分之一，甚至超過了延安縣和延市除了「公家人」以外的人口總和〔註8〕。1944 年 6、7 月隨中外記者西北參觀團到延安訪問的趙超構在其《延安一月》側面印證了這一數字。趙超構提到當時陝甘寧邊區的共產黨員約有四萬人〔註9〕。這四萬名黨員中，除了隨工農紅軍進駐陝北時原有黨員以外，有相當一部分是由這些新知識者發展而來。從任弼時提供的數據來看，這些到延安的新知識者文化程度整體還是較高的，其中初中以上占 71%，初中（不含）以下

〔註 4〕曹占泉：《陝西省志．人口志》，西安：三秦出版社，1986 年版，118 頁。

〔註 5〕《延安自然科學院史料》編集委員會編：《延安自然科學院史料》，北京：中共黨史資料出版社，北京工業學院出版社 1986 年版，384 頁。

〔註 6〕胡喬木：《胡喬木回憶毛澤東》，北京：人民出版社 1994 年版，279 頁。

〔註 7〕八路軍駐西安辦事處是抗戰時期青年奔赴延安的主要渠道之一。

〔註 8〕1941 年 2 月 20 日的統計顯示，陝甘寧邊區直屬分區人口為 410531 人，其中延市 5092 人，延安縣 28301 人。參見曹占泉：《陝西省志．人口志》，西安：三秦出版社，1986 年版，111 頁。

〔註 9〕趙超構：《延安一月》，北京：中國國際廣播出版社 2013 年版，87 頁。

約 30%。〔註 10〕這對延安文化環境的改良程度是可想而知的。

不過，我們仍然無法知悉這些知識者的年齡狀況。而同樣是在 1943 年 12 月 22 的中央書記處工作會議上，周恩來提到的另一組數據有助於解開這一難題。由於審干時這些知識者成為被重點審查的對象，周恩來出於保護同志的目的為這些新知識者說好話。周恩來特意提到了國民黨的黨員情況作為對比，「截止 1943 年，國民黨員有一百幾十萬人，其中學生黨員約有三萬人，主要在 1940 年以後發展的。國民黨決不會把三萬學生黨員都送到延安來，何況來延安的知識分子多數是在 1937 年和 1938 年來的。」〔註 11〕因為在審幹中有人提出抗戰初期到延安的知識者中有百分之八十是國民黨特務，即與周恩來提及的三萬名國民黨學生黨員是同一批人，所以周恩來才特意否定了這一看法。由這一細節可以推斷，1937 年以後到延安的知識者中，絕大多數都是青年學生。程朝雲對此作了專門研究，同樣可以得出這一結論〔註 12〕。

我們之所以特別分析奔赴延安的知識者的年齡層次和文化程度，是為了探討這些青年身上的青春氣息怎樣影響了延安文藝教育的發展，或者說這些青年怎樣將個人的理想追求傾注到延安文藝教育實踐中去。實際上，中共自醞釀階段即非常重視青年。早期共產黨組織成員多為青年，而且很多早共組織還組建社會主義青年團、創建幹部學校等〔註 13〕，為革命發展培養了大批有生力量。

整風之前延安的生活是相對安寧、穩定、自由的，奔著理想而來的青年們「一到邊區境內，活像小鳥出籠」〔註 14〕。戰爭的衝擊、奔赴延安前後社會環境的強烈反差，使得這些青年的「奔赴延安」行為本身便已包含情緒化、理想化的成分，甚至成為「理想」實現的象徵。時隔多年之後，這些當事人審美化

---

〔註 10〕不能不承認歷史局限性的存在。20 世紀三、四十年代的中國，文化普及程度仍然較低。而這種情況在貧瘠的西北邊陲延安地區表現得尤甚，小學文化程度的人都可稱為知識分子。這與我們現在一般意義上的「知識分子」內涵是有所差異的。

〔註 11〕胡喬木：《胡喬木回憶毛澤東》，北京：人民出版社 1994 年版，279 頁。

〔註 12〕參見程朝雲：《抗戰時期知識分子奔赴陝甘寧邊區研究》，選自任文主編：《我要去延安》，西安：陝西師範大學出版總社有限公司 2014 年版，264～284 頁。

〔註 13〕中共中央黨史研究室著：《中國共產黨歷史・第一卷（1921～1949）上冊》，北京：中共黨史出版社 2011 年第 2 版，57～66 頁。

〔註 14〕袁靜：《延安生活片斷》，選自王文主編：《延安時期的日常生活》，西安：陝西師範大學出版總社有限公司，2014 年版，74 頁。

的回憶文章充分印證了這一點。而青年特有的熱情洋溢、精力充沛、活力四射、樂觀積極、昂揚向上等氣質與整風前延安的生活氛圍是相當契合的，或者說是互相生發的，難以分清原因與結果。

延安所洋溢的青春氣息，我們可以從陝甘寧邊區幾次青年代表大會的舉行來略窺一二。陝甘寧邊區青年第一次代表大會於 1938 年 10 月 2 日召開，而它的籌備工作則持續了很久。到了當年 9 月，大會籌備會便開始對會議進行宣傳。在 9 月 15 日發出的公開信中，邊區臨時青年抗日救國會與邊區青年代表大會籌備會聯合向全國青年團體與青年發出邀請，「希望全國每一個青年戰友，都積極地給我們以熱烈的援助！每一個先進的青年團體，都能選派代表出席大會」〔註 15〕。語氣是堅定、樂觀、自信的。9 月 30 日，《新中華報》刊文闡發大會的意義是除了要選舉產生陝甘寧邊區的青年領導機構「陝甘寧邊區青年救國聯合會」，還要總結一年來的工作經驗、決定今後的工作方向與具體任務，最終促進全國青年運動的統一。〔註 16〕他們相信，青年代表大會「是要把一個模範的青年延安拿給全中國去看的」〔註 17〕。大會召開的前一天，「延安的街頭就開始飄揚起慶祝大會開幕的旗幟、標語和動員青年參加戰爭的各種漫畫，這些頗為引人矚目的宣傳品有力地吸引了延安近萬的熱血青年，來深切地注視這個負有推進全國青年統一運動的『邊青大會』」〔註 18〕。大會會場的氛圍則更為熱烈，「代表們和旁聽的來賓都擁擠不斷地步入會場，一個挨著一個，會場上漸漸擠滿了活潑的人群」〔註 19〕。開幕式上人們首先齊聲合唱《青年進行曲》，進一步烘托了氣氛。與會代表正式發言時，都精神飽滿，「會場上，不斷地發出轟堂的笑聲」〔註 20〕。在圓滿完成各項議題之後，大會代表邊區青年發布宣言，號召全邊區以及全國的青年立刻動員起來，加入抗戰鬥爭中去，建立全國範圍的青年統一戰線。〔註 21〕

由第一次邊青會選出的代表，緊接著便召開了西北青年救國聯合會第二次代表大會。會議的規模更大，氛圍更熱烈，會場內外牆壁上掛滿了來自不同

〔註 15〕《為召開邊青大會：全國各青年團體傳全國青年》，《新中華報》，1938 年 9 月 15 日，第 3 版。
〔註 16〕《邊區青年代表大會的召開》，《新中華報》，1938 年 9 月 30 日，第 4 版。
〔註 17〕柯仲平：《完成我們的任務》，《新中華報》，1938 年 9 月 30 日，第 4 版。
〔註 18〕《邊區青年代表大會開幕》，《新中華報》，1938 年 10 月 5 日，第 2 版。
〔註 19〕《邊區青年代表大會開幕》，《新中華報》，1938 年 10 月 5 日，第 2 版。
〔註 20〕《邊青大會五天來工作概況》，《新中華報》，1938 年 10 月 10 日，第 2 版。
〔註 21〕《邊青代表大會宣言》，《新中華報》，1938 年 10 月 10 日，第 4 版。

組織和個人擬就的標語、口號。如晉察冀軍區司令部、政治部的「青年在革命鬥爭中，永遠是站在最前線的」，八路軍參謀部的「青年團結萬歲」、一二九師全體青年的「我們是民族解放的先鋒隊」，冀察晉軍區全體青年戰士的「我們的隊伍是無窮盡的」，陳紹禹的「全中國青年團結起來」，林彪的「新的青年創造新的中國！」，蕭克的「青年們要忠實於自己的理想，並且要為自己的理想而奮鬥」，等等〔註22〕。這既有青年們的自我標榜，更有組織、領導對青年的鼓勵和肯定。這對延安青春氣息的營造無疑是起到推波助瀾的作用的。

與青春氣息一起形成的，還有整個延安時期都存在的樂觀精神。1938 年 1 月初，《新中華報》發表了一篇短評，非常有代表性地表達了這種樂觀：

> 我們雖然在這個抗戰初期，遭受著部分的失利，我們絲毫用不著悲觀……我們一定能挽救目前嚴重局面，在最近的將來，將進入向敵人大舉反攻，使抗戰反敗為勝。
>
> 1938 年來了，是中華民族以自己的血肉換取自由獨立解放的一年。在迎接 1938 年的來臨，我們將預見這個偉大的民族，比去年，比前年，比任何時候更團結，把四萬萬五千萬人民結成一座牢不可破的長城……
>
> 在迎接 1938 年的今天，……我們只有著一個信念：不屈服，不投降，繼續抗戰到底，最後勝利必然是我們的！〔註23〕

考慮到這篇短評寫於中國抗戰正面戰場正節節敗退之際，並將 1938 年視為「民族獨立解放」的一年〔註24〕，可知這種樂觀精神的「難能可貴」。不論是當時的新聞報導、政治宣傳，還是當事人事後的回憶、訪談，我們都能感知到這種無所不在的樂觀精神。這與青年的青春氣息內在高度統一地融為一爐，奠定了延安文藝教育理想化追求的情感和心理基礎。

在諸多因素下，延安營造出濃鬱的青春氣息。在「內部矛盾」沒有暴露出來之前，這種氣質為延安帶來了革命的激情和戰鬥的鬥志，進而迸發出一定的創造力。這無形中也在進一步強化延安「革命聖地」的光輝形象，堅定著青年的理想追求，強化著青年固有的忠誠的特質。

---

〔註22〕《記西北青救代表大會開幕典禮》，《新中華報》，1938 年 10 月 15 日，第 2 版。

〔註23〕《迎接一九三八年》，《新中華報》，1938 年 1 月 5 日，第 1 版。

〔註24〕這種認知逐漸成為一種共識，如《民眾動員》創刊號的發刊詞便以「迎接偉大的一九三八——中華民族解放年來臨」為主標題。

## 二、寬鬆環境下的從容自信

青年的大量湧入同時也帶來了一系列問題。這些青年離開了家庭和熟人社會，面臨著人倫的真空。而且這些青年多是受「五四」直接或間接影響成長起來的，愛浪漫、講求個體價值，沒有經過系統的革命理論訓練，缺乏實際革命經驗，如何將這些青年與工農大眾結合，逐漸成為一道難題。再者，青年可能具有感性、衝動、脆弱、思想狀況複雜等缺陷，加劇了解決難題的緊迫性。

問題的另一面是，延安地區人口較少〔註 25〕而人才匱乏。中共似乎對大批知識青年奔赴延安的形勢估計不足、應對倉猝，導致很多政策和人才安置辦法延後一到兩年才出臺。而與將知識青年與工農結合相比，大量吸收知識者似乎更為迫切。「為延攬人才，黨及其領袖在整風之前，對文化人實際上頗多姑息隱忍，給他們以相當寬鬆的環境，甚至是黽勉迎合」〔註 26〕。如此才出現了一定時期內的政策真空，對來延安的青年和知識者約束較少。這在客觀上在一定時期內為延安文藝教育的理想化追求營造了一種寬鬆的社會環境。

在從被動應對到主動接納的轉變中，中共除了建立抗日統一戰線、團結一切可團結的力量這一考慮之外，最重要的目的在於為抗戰培養幹部〔註 27〕，這也是中共自創建之時便已形成的傳統。中共在接納知識者和青年時的這一實用目的顯然與廣大青年「奔赴延安」時的理想化追求有著明顯差異，反映在文藝、教育領域，這種差異就表現得更為顯著。不過，為了盡可能地吸引人才，中共在盡力忽略或無視這種差異。這可以從中共給予知識者相對優渥的物質條件和營造的寬鬆環境可以看出來。

首先是各種文化機構、團體、組織陸續被創建，使得這些青年知識者有了越來越多的「公家人」的身份。如為迎接和安置到延安的第一個文化名人丁玲而創立了中國文藝協會、西北戰地服務團，其中多了不少「駐會作家」；蕭軍等人自發創立了文藝月會；為培養文藝幹部而創辦了魯迅藝術文學院，周立

---

〔註 25〕據《陝西省志．人口志》統計，直到 1944 年，陝甘寧邊區的人口密度仍遠遠低於全國平均水平。當年陝甘寧邊區人口密度為每平方公里 15.2 人，全國人口密度為 39.54 人。（參見曹占泉：《陝西省志．人口志》，西安：三秦出版社，1986 年版，第 111 頁。）

〔註 26〕李潔非，楊劼：《解讀延安——文學、知識分子和文化》，北京：當代中國出版社 2010 年版，第 47 頁。

〔註 27〕參見姜濤：《革命動員中的文學和青年——從 1920 年代〈中國青年〉的文學批判談起》，《中國現代文學研究叢刊》，2009 年第 4 期。

波、何其芳等人成為大學教師；等等。這些機構、團體、組織為廣大青年知識者提供了施展拳腳的舞臺，更給他們以一種來自社會的確認和證明。

其次是在資源有限的情況下，以公家供給制度保障了這些知識者享有優渥的物質條件，其中一些人的待遇甚至是高過高級領導幹部的。蕭軍在日記裏曾記錄，「文抗」駐會作家分為五個等級，待遇如下：

> 特等：如茅盾，小廚房，雙窯洞，男勤務員和女勤務員，開銷不限。
>
> 甲等：每月 12 元，不做正常工作。
>
> 乙等：8 元。
>
> 丙等：6 元。
>
> 工作人員：4 元。〔註 28〕

另據魯藝美術系教師丁里回憶，「黨中央對我們這一批外來的文化人，真是優禮有佳，從生活上、工作上、學習上都是破格地對待，生活津貼 12 元，供給大米、白麵，到小食堂吃飯，馬克思列寧的著作，送到我們房間，擺滿了窗臺。中央宣傳部有關宣傳、文化工作的會議，也邀請我們參加等等。這一切，使我們非常感奮，我們都是盡我所能地投入工作，以報答黨對我們的希望和器重」。〔註 29〕這除了優渥的物質條件，更有特殊的政治禮遇和很高的社會地位，丁里們的「感奮」之情實在不難理解。引入另一組數據即可證明這些知識者的待遇之高。當時八路軍和中央機關定好的生活津貼標準是，士兵每月 1.5 元，排級幹部每月 2 元，連級幹部 3 元，營團級 4 元，師級以上（包括毛澤東、洛甫、林伯渠等人）均為 5 元。除了個人待遇，陝甘寧邊區政府在辦公條件上也儘量優待知識者。例如延安魯藝在創辦初期的一年多時間裏，辦學條件非常簡陋。隨著招生規模的擴大，越發難以滿足教學需求，中央黨校便將其辦學的條件更好的橋兒溝天主教堂讓給了魯藝。這對知識者的優待程度可見一斑。

再者，在延安文藝座談會和整風運動形成針對知識者和文化建設的系統、成熟的理論和政策之前，中共在被動地努力調適其態度和策略。它可能會隨人事不同而有所差異，但整體傾向始終都是迎合、安撫、優待、包容。因為黨的主要領導越來越意識到知識者在革命中的重要性，「沒有這一部分

---

〔註 28〕蕭軍：《蕭軍　延安日記：1940～1945 上卷》，香港：牛津大學出版社，2013 年版，56 頁。

〔註 29〕丁里：《我永遠懷念你》，選自《沙可夫詩文選》，北京：文化藝術出版社，1990 年版，368 頁。

人就不能成事」。「任何一個階級都要用這樣的一批文化人來做事情，地主階級、資產階級、無產階級都是一樣，要有為他們使用的知識分子」。〔註 30〕在這一戰略認識下，中共最大限度地保留著耐心和包容，也曾給予知識者思想自由的承諾。1941 年 6 月，《解放日報》發表了一篇態度熱忱的社論《歡迎科學藝術人才》，是一種宣傳，更近乎向廣大知識者的許諾：「只有在抗日民主根據地的邊區，在延安，他們才瞧見了他們的心靈自由大膽活動的最有利的場所」，「在延安，不拘一切客觀條件的困難與限制，各種文化活動在蓬蓬勃勃地發展。科學和藝術受到了應有的尊重。在抗日的共同原則下，思想的創作的自由獲得了充分保障。藝術的想像，與科學的設計都在這裡發現了一個可在其中任意馳騁的世界。……對邊區的缺點（即是任何新社會亦所不免的），也正需要從藝術方面得到反映和指謫。我們看重『自我批評』，尤其珍視真正的『藝術家的勇氣』」。〔註 31〕

即便現在事後來看，這篇社論仍然沒有言過其實。儘管當時延安文壇已出現丁玲的《在醫院中》等反思內部矛盾的作品，但當時整體的輿論環境仍然是寬容、大度、自由、理性、克制的，文人的審美趣味基本得到了保護和自由發展。這顯然與整風之後的態度和策略有極大反差。出現這種反差，一方面自然是接納更多「為我所用」的知識者的迫切性使然，整風前的寬容乃至隱忍是一種權宜之計；另一方面則跟前述延安的青春氣息和樂觀精神有密切的內在聯繫，黨在制度上、倫理上、道路上有近乎不證自明的自信和樂觀，「奔赴延安」的知識青年表現出的種種弊病在「革命聖地」的燭照之下是無傷大雅、不足為懼的。

可以說，在延安的青年知識者在物質上沒有後顧之憂、在精神上沒有思想包袱、在時間上沒有雜事糾葛、在體力上無需空乏其身。這種不事生產、專事文藝的現象頗有春秋戰國時期齊國的稷下學宮的風韻。

## 三、生活感召與倫理再造

在探討延安文藝教育時分析出其理想化追求，固然有很深的歷史意義，但切不可單方面放大。因為延安文藝教育，不論是實用主義訴求還是理想主義追求，都是建立在對施教者和受教者完成了革命倫理再造的基礎之上的。不理清

〔註 30〕中共中央文獻研究室編：《毛澤東文集‧第二卷》，北京：人民出版社 1993 年版，432 頁。

〔註 31〕《歡迎科學藝術人才》，《解放日報》，1941 年 6 月 10 日。

這一點，我們也就很難在整體上總結其經驗和教訓。

在處於社會劇烈轉型的今天，我們更有必要對文學教育進行重新審視。價值失範、道德滑坡，已然造成了中國人在 20 世紀 90 年代出現自清末以來的又一次精神危機。相比之下，清末是動亂年代，而上世紀九十年代則處在和平時期，這更令人沉痛，更惹人深思。這個問題的解答有很多角度，我們試圖從中國的文學教育中找到一些答案。歷史地看，延安文藝教育，其歷史經驗得到繼承和延續的，更多的是整風運動以後的。如果說 20 世紀的中國文學教育最大的遺憾是忽略了受教者的主體存在的話，那麼 21 世紀的文學教育在關注人的主體價值和意義的同時，也必須更加關注客體世界的價值和意義，實現主客體的統一。當然不能將中國文學教育過去的過失完全推諉給戰時的延安，這是對歷史的不負責任；同樣地，我們也不能將其歷史價值完全抹殺，我們應該利用現有資源，真正將文學教育打造成攙扶人精神成人的階梯。

高等教育改革適應社會經濟發展，辦學方向要適應社會對人才需求結構的變化，這是當前高等教育發展的必然規律，也是延安文藝教育所留給我們的寶貴經驗。面對大量湧入的、背井離鄉的、思想差異極大的青年，中共一直在努力探索解決「知識分子問題」的有效辦法〔註 32〕。概括起來，行之有效的主要有兩點，一是生活的標準化，二是生活的儀式化。

前文已提及，延安的日常生活是一種戰時供給制度下的「標準化的生活」。據趙超構的參觀採訪，在延安，「一個人基本生活，如衣食住日常用品，以及醫藥問題，文化娛樂，大體上都有了保障」〔註 33〕。甚至於愛情、婚姻、育兒等更私密的生活，都有集體的介入，甚至提供某種保障〔註 34〕。不同單位、不同工種、不同職級的供給標準只有「量上的差異」，而沒有「質上的差異」。由此，我們黨營造出一種公平、平等、大家是一家的安定和諧氛圍，消

〔註 32〕發展到後來，終於出現了整風運動以徹底解決知識分子問題，這是後話。不過，這並不代表整風之前的辦法是無效的。反之，正是整風前實施的一系列措施和策略，才使得整風能夠得到全面落實。

〔註 33〕趙超構：《延安一月》，北京：中國國際廣播出版社 2013 年版，第 72 頁。

〔註 34〕比如，年輕的夫妻生孩子之後，可能因繁忙的工作無暇照顧孩子。於是，1938 年 7 月，由進步人士、社會團體和陝甘寧邊區政府發起成立了陝甘寧邊區兒童保育院，宋慶齡、何香凝、鄧穎超等 13 人為名譽理事，楊芝芳兼任院長，負責接收和培養邊區幹部（如毛澤東的孩子李訥、李碩勳的孩子李鵬、劉伯承的孩子劉太行等）、軍人的子女和革命烈士遺孤等。而保育院的這一建制，現在不少地區仍然保留著。

除了奔赴延安前的身份、背景等的差異，從而為思想、精神上的高度一致奠定了基礎。

整體而言，這是延安整個社會機器全力運轉、通力「合作」的結果，而不單單依靠政黨權力的干預，趨近於「潛移默化」、「潤物無聲」。陝甘寧邊區漸漸出現了「思想標準化」現象。據趙超構分析，出現這種情況主要有主客觀兩方面的原因。在延安內部，生活標準化使得人們對「生活的希望、需要、趣味、感情等等也趨於統一」，是生活決定意識；同時，延安有不定期的組織生活，組織生活中有小組批評，通過小組討論與批評，意識觀念逐漸歸於統一。而在外部，延安與大後方的思想文化交流受到極大限制，這使得延安處於一種相對封閉的狀態，為思想的標準化創造了充分的客觀環境。

很多當事人都曾提及延安生活的一個特點，即各種各樣的組織生活很多。這些組織生活主要有報告、大會、晚會、延河邊漫談、聚會等等。而每有組織生活，幾乎必有歌唱，以至於延安有「歌唱的城」的雅號〔註35〕。歌唱在延安成為一種風尚，學校、工廠、部隊、機關，到處都能聽到歌聲。「每次歌唱，都有唱有和，互相鼓舞著唱，互相競賽著唱。有時簡直形成歌的河流，歌的海洋。歌聲一波未平，一波又起，接唱，聯唱，輪唱，使你辨不清頭尾，摸不到邊際。」〔註36〕寫下名曲《延安頌》的莫耶更是指出，「歌聲就象生活中的空氣、陽光，沒有歌聲，生活便會窒息」。〔註37〕這實際上指出了延安生活中以「歌唱」為表徵的生活的儀式化現象。大大小小的報告、會議、晚會、聚會等，固然都有具體的職能和任務，但當它們在相對封閉的環境中密集地出現、並以富有情感號召力的歌唱等形式串聯起來時，他們就逐漸內化、上升為某種神聖的儀式。這些儀式對知識青年的心理、情感有極強的「塑形」作用。頻繁沉浸在人群的激昂亢奮狀態中，人便會潛移默化地認同這種集體情感。安全感、歸屬感、成就感等人類更高層次的情感和心理需求相繼得到滿足。慢慢地，廣大青年的青春氣息自發地、由衷地轉化為對革命的忠誠與信仰。他們的理想追求也在悄無聲息地發展著變化。理解了這一點，才能從根本上解釋那些當事人為

〔註35〕彥克：《延安的歌聲》，艾克恩主編：《延安藝術家》，西安：陝西人民教育出版社1992年版，第412頁。

〔註36〕吳伯蕭：《歌聲》，選自吳伯蕭：《北極星》，北京：作家出版社，1963年版，第41頁。

〔註37〕莫耶：《〈延安頌〉誕生記》，選自莫耶：《生活的波瀾》，西安：陝西人民出版社1984年版，第115頁。

何在整風中「心悅誠服」地接受改造〔註 38〕，又為何時隔多年之後仍然懷念當年的「美好生活」。

正是借助以上兩個方面的手段，不主要借助政權而主要靠生活本身，陝甘寧邊區就逐漸對奔赴延安的廣大知識青年完成了革命倫理的再造。這種再造，是將每個個體的理想追求內化在其中的，了無痕跡地把「五四」時的「個人」替換為陝甘寧邊區的「組織」。這種革命倫理的再造無疑是相當成功的，一方面在於陝甘寧邊區逐步完成了對「五四」、魯迅的再解讀，完成了對「五四」與魯迅的傳承；另一方面完成了對革命倫理內涵的更新置換，並由此完成了從「人的發現」到「眾」的擴展。

在這種再造革命倫理的過程中，延安文藝教育接過了「五四」啟蒙的大旗。但它不再是居高臨下的「化大眾」之倨傲啟蒙，而是立足於中國氣派、中國形態，通過充分發動和教育工農群眾使之參與大眾文化建設，從而將中國之「現代」與最廣大的工農群眾勾連起來，實現了由「人」到「眾」的拓展。延安文藝教育中，既有持久的、規模龐雜、策略堅決的識字運動不斷拓寬「現代人」的邊界，又有各種類型的文藝培訓班和大規模的集體創作確立和充實「眾」的精神蘊涵，進而以頗具前教育機制的文學教育凝鑄囊括全社會的道德共同體。這樣，在拓展「眾」的內涵與外延的過程中，文學意識形態悄然間完成了轉換與重構。

陳學昭和茅盾在延安留居時間並不長，可他們都分別感受到了延安儀式化的生活的強烈震撼與感染。這似乎更能說明問題。

陳學昭在其《延安訪問記》中便記述了她在一次晚會之後的觀感：

> 那次晚會，並不單單演得好而使我感動，特別使我感動的是會場的空氣。第三隊的代表講話，觀眾拍著手，臺上與臺下，唱過了壯烈的抗敵歌曲，又繼之以拍手，接著，演戲，又繼之以拍手……延安的青年，全國的青年，是這樣的坦白真誠，他們是一無成見的，他們的確富有偉大性。接著，他們唱起：「啊！延安！你這莊嚴雄偉的……」像一首質樸、真實、忠誠的情歌，與誓詞！〔註 39〕

〔註 38〕如丁玲以《關於立場問題我見》，率先向黨組織袒露心聲、表明清白。這篇文章堪稱陝甘寧邊區知識者「投誠」的範文。

〔註 39〕陳學昭：《延安訪問記》，北京：中國國際廣播出版社 2013 年版，第 284～285 頁。

陳學昭所見證的只不過是在延安稀鬆平常的革命青年宣誓儀式，感動陳學昭的正是儀式中那些青年虔誠的神態和儀式化的肢體動作。

茅盾的觀感則有一絲接受了宗教洗禮的意味。剛剛到達延安後，茅盾便參加了朱德的臨時歡迎會。次日，他又參加了正式的歡迎晚會。晚會上，他看到延安魯藝師生演出的《黃河大合唱》後，頓感「大開眼界，使我感動，使我這個音樂的門外漢老覺得有什麼東西在心裏抓，癢癢的又舒服有難受。它那偉大的氣魄自然而然使人鄙吝全消，發生崇高的情感，就像靈魂洗過一次澡似的」。〔註 40〕

〔註 40〕茅盾：《延安行——回憶錄（26）》，《新文學史料》，1985 年第 1 期。

# 第六章　延安文藝教育的前教育機制

全面抗戰爆發以後較短時間內，大量知識青年奔赴延安。在主客觀多種因素作用下，這些知識青年很快為延安新的社會氛圍和生活情境所感染，與之結成共情的、旨在救中國的道德共同體。在獲得空前的歸屬感與認同感之餘，這些知識青年調動其全部經驗投身新社會、新生活的暢想和建設。這在主客觀兩方面都催動著新的文學生產和文學教育的產生。不過，中共在全面抗戰初期寬鬆的人才政策使得相當一部分知識青年並沒有深入延安的實際生活，反而與之脫節。因而，隨著延安生活的蓬勃展開，這一道德共同體內部原有的知識、經驗、生活習性、審美趣味等方面的差異不僅沒有消除，反而逐漸顯現為各種矛盾和爭議。這些知識青年對文學的理解不僅與延安的實際生活有一定出入，而且還干擾了黨的文學抗戰、文學介入革命的既定戰略節奏。在這樣一個歷史轉捩點，中共逐漸深刻地認識到需要調整文學策略，採用教育的手段規範對文學的理解，真正將文學納入整個革命戰爭事業的戰略部署中來。延安文藝教育的前教育機制由此生成。

這種前教育機制在此後數十年間都發揮效用。它是一種「前心理」，即在強大的道德倫理約束之下，主體的任何言論、行為乃至思想，在付諸實踐之前都要先做一個自我調適、道德驗證，以符合先驗的道德倫理規範，審美的意識形態屬性得以凸顯出來。情感有道德正確與否之分，何種生活、何種情感是正確的、進步的都有明確的內在規定性。文學創作在一定時期內就成為能夠被驗證的活動。

這種前教育機制是外部因素參與文學教育和文學生產的集中體現，其基本的運行邏輯是基於情緒感染和情感共鳴，進而通過具體的心理和身份認同達至道德共同體的建構和倫理再造，從而對人們的認知和審美活動產生根本性的影響。從人類整體實踐來看，認知先於審美；而人們的認知往往有時代局限，很大程度上受前認知結構和經驗影響。本章提出的「前教育機制」即屬於改變前認知結構的運行機制。通過改變認知進而改變審美，這也符合人類的基本認識規律和心理邏輯。

## 一、道德共同體：延安文藝教育的可能性與現實性

無論是建構歷史還是被歷史建構，文學和文學教育都不是純粹的。現代中國語境下，在不斷展開的文學教育實踐中，參與者都不可避免地「越來越多地受到外部環境的制約，文學教育越發溢出個體想像，夾雜更多的時代與群體意願」。〔註 1〕在劇烈波動的社會與時代洪流裹挾下，群體意願常常被賦予強烈的道德感染力和組織約束力，釋放出一種使人「脫胎換骨」的教育力量，個體想像往往被動或主動匯入「時代與群體意願」。尤其是在日益嚴峻的民族危機之下，革命想像與民族情緒混合而成一種道德共同體，具有超越政治的強大感召力。在個體想像與群體意願合流的過程中，政治力量內化為一種文化意識，與道德共同體相互對話、相互生發，從而構成特定情境與空間內的前認知結構，成為人們認知和審美活動的前提。

借助於延安的「聖地」形象吸引了大量知識青年，延安文藝教育得以不斷夯實人才基礎。基於自然生成的富於共情效應的道德共同體，人們的認知和審美都受到顛覆式的衝擊，主客觀兩方面都有了進行新的文學教育的需求和必要。隨著該思想動態逐漸清晰化，人們對延安文藝所面臨的現實問題的認識也不斷深化，從而催生了一種前教育機制。這是文學教育的延安經驗中最有歷史意味的部分。

### （一）「我要去延安」——人員的聚合

後來成為延安魯藝文學系教師的何其芳，在到達延安後，在初到延安後的激動和欣喜中，寫下《我歌唱延安》，用極富抒情性的文字生動再現了戰時青年奔赴延安的盛景，也描述了這些青年激昂的情感和精神狀態。1930 年代中後期，隨著中共進駐延安並加強抗日民族統一戰線的宣傳，延安以「赤都」聞名天下。

〔註 1〕翟二猛：《論現代中國文學教育中的前教育機制》，《新文學評論》2018 年第 2 輯。

很多愛國青年在苦苦尋索之後，喊出了「我要去延安」的心聲。〔註2〕當延安成為青年心中的「聖地」後，時代氛圍的薰染、個體理想的驅動等，使這些青年建立起一種「延安=革命」的前認知。對他們來說，延安是樂園〔註3〕，代表著真理、神聖、光明，孕育著真、善、美。這些青年滿懷希望，來延安學習、「燃燒激情」，並力圖把希望的火種播撒到老大中國的各個角落。

這是青年們與延安最初的情感關聯，也是其牢固的精神歸屬。這是我們所討論的「道德共同體」與「前教育機制」得以在延安產生並發揮效用的根基。「延安象一隻崇高的名曲的開端」，這些青年日後的一切榮耀與屈辱，都由此展開。

### （二）「我歌唱延安」——共情的道德共同體

知識青年最初關於革命的想像難免與延安實際的革命生活撞擊與融合。恰如沙汀回憶，全面抗戰爆發後，「到延安去是需要足夠勇氣的，……沿途都會遭到盤查、留難，甚至有被抓、失蹤的危險。」〔註4〕這些匯聚到延安的知識青年「奔赴延安」行為本身已含有冒險和理想的非理性底色，是其情緒極度外化的表現。正因為這時時可真切感知到的危險，並經過了危險的考驗，這些青年的情感便更為純粹。他們在臨近延安的途中，即開始以「同志」相稱，一起唱高亢的抗戰歌曲〔註5〕，「一到邊區境內，活像小鳥出籠」〔註6〕。這一方面表現出青年人熱情活潑、情感濃烈、情感波動大、易受環境影響等特點，另一方面也說明延安知識青年在奔赴延安的過程中便已開始了新身份、新面貌的期待和憧憬。

與此同時，黨對到達延安的知識青年也有某種身份期待。比如在丁玲的歡迎晚宴上，毛澤東曾詢問丁玲打算做什麼，並對丁玲「當紅軍」的想法表示贊同。而丁玲到前線不久，毛澤東即發去電報表示歡迎，提出「昨日文小姐／今日武將軍」的贊許和期待。〔註7〕顯然，寥寥數語提及的時空轉換中，表達著

〔註2〕參見何文主編：《延安時期的日常生活》，西安：陝西師範大學出版社2014年版。

〔註3〕丁玲：《七月的延安》，向愚編：《抗戰文選（第三輯）》，戰時出版社1937年版，第97頁。

〔註4〕易明善編：《何其芳研究專集》，成都：四川文藝出版社1986年版，第19頁。

〔註5〕何其芳：《從成都到延安》，《文藝陣地》第2卷第3期，1938年。

〔註6〕任文主編：《延安時期的日常生活》，西安：陝西師範大學出版社2014年版，第74頁。

〔註7〕鍾敬之、金紫光主編：《延安文藝叢書．文藝史料卷》，長沙：湖南文藝出版社1987年版，第4頁。

毛澤東對丁玲一類「亭子間文人」在陝甘寧邊區新身份及安置的初步設想。在其設想裏，知識者身份從個體的「文小姐」轉為集體的「武將軍」，其角色也不再是單純的文學工作者。

這是知識青年個體的聖地革命想像與逐漸成型的延安組織要求合謀的結果。在這雙重期待下，青年特有的熱情洋溢、精力充沛、樂觀昂揚等氣質與延安的生活氛圍相當契合，並互相生發。延安生活與投身其中的知識青年都在悄然發生著變化。奔赴延安之前的「聖地」想像、到達之後的新生活氣象，都使這些青年迅速消除情感乃至思想上的隔閡，轉而以主人翁的姿態投身延安的日常生活，一種完全有別於其過去的生活。

概括起來，延安生活的總特點是通過富於儀式化、集體化的活動調動人們的情感、同一人們的道德、統一社會的規範。初到延安的人可以明顯感受到延安各種形式的集會非常多。民眾大會、英模大會、秧歌大會、青年大會、晚會、文藝沙龍、展覽等等，編織著人們的日常生活。而在各種集會上，大合唱常常是必備儀式，以至於有人認為「延安是個歌詠城」，「歌聲是我們生活中的親密夥伴，又是那個革命年代的人們內心世界的縮影，同時是我們民族精神面貌的體現」。〔註8〕這些集會動輒數萬人參加，「會場內情形確是熱鬧，鑼鼓和人聲湊在一起，使得沒有興趣參加集會的人，也不禁要擠進去看一看。」〔註9〕正是在這種儀式化、集體化的日常生活中，知識青年經歷著潛移默化的情緒感染和人格陶養，其精神逐步淨化。

陳學昭、劉白羽、茅盾等都曾提及延安新生活對知識青年的精神洗禮。陳學昭訪問延安後，曾花很大篇幅描寫延安各種大小集會，其多次親歷後不僅顛覆了對「會議」的固化認知，更感慨於「延安的青年，全國的青年，是這樣的坦白真誠，他們是一無成見的，他們的確富有偉大性。」〔註10〕茅盾也曾回憶在觀看魯藝師生演出《黃河大合唱》後感到「老覺得有什麼東西在心裏抓，癢癢的又舒服又難受。它那偉大的氣魄自然而然使人鄙吝全消，發生崇高的情感，就像靈魂洗過一次澡似的」。〔註11〕劉白羽的體悟則更為明確地揭示了這種轉變的內在理路與本質。他說：

〔註8〕任文主編：《延安時期的日常生活》，西安：陝西師範大學出版社2014年版，第244頁。

〔註9〕趙超構：《延安一月》，北京：中國國際廣播出版社2013年版，第68～69頁。

〔註10〕陳學昭：《延安訪問記》，香港：北極書店1940年版，第209頁。

〔註11〕茅盾：《延安行——回憶錄（二十六）》，《新文學史料》1985年第1期。

在廣大的群眾場合裏，我常常很容易感動起來。

像沉在風狂浪擁的波濤間，從那蒸熱擠在前後左右的胸膛胳膊上，透出無限的生命力來，那時，我完全落在感動當中，往往想得很遠，很遠——我深深的高興的笑著，這廣大強壯的隊伍，給了我多麼熱烈的力量呵！它使我不感到自己，只想到整個的一團。但是這樣的場合併不多，尤其在「一二·九」「一二·一六」的狂流以後，我離開北平我還想念著那樣的場合；是的，我年青，我需要熱烈的情緒，富於生命力的吶喊，尤其是那民族解放關頭的呼聲……〔註 12〕

劉白羽獲得「感動」和力量，根本上在於他們逐漸拋棄舊有觀念而在新環境下找到了投身集體後的歸屬感。他們這一代經歷了五四的洗禮，富於個人主義的青春想像。他們走出「舊家庭」，走上社會投身革命，旋即在「大革命」後陷入「幻滅」、「動搖」，其「追求」也很難在傳統社會失落而革命未成的裂隙中找到歸屬和投射。而不論在觀念想像層面還是在現實生活感悟層面，延安的光明、樂觀、昂揚確實驅散了他們心中的陰影。他們感知到，「中國歷史上的一個偉大的時代到來了」。〔註 13〕因而，他們會心悅誠服地擁抱集體、擁抱組織，並藉此重新建構自己的精神世界和價值體系。這樣，一種共情的道德共同體慢慢成型，進而產生思維、語言、趣味上的變化。正是大量青年的到來，使這一切都顯得自然而然。可以說，共情的社會生活是這些青年真誠、熱情歌唱延安的基礎，也是延安文藝教育得以發生並有效運行的前提。上文所提何其芳的《我歌唱延安》便是初到延安的知識青年情感和道德的生動寫照。

不過，諸多歷史細節表明，知識青年奔赴延安的規模和速度應該超出了中共和邊區政府的預期和接納能力。中共黨和邊區政府遲遲沒有拿出行之有效的理論指導和應對策略，延安魯藝等文藝院校和文藝團體的成立都略顯遲滯。這給黨和邊區政府提出了如何安置這些日漸增多的青年知識者的現實挑戰。直到 1939 年 12 月，黨才定下「大量吸收知識分子」的政策，敦促各部門「應該大量吸收知識分子加入我們的軍隊，加入我們的學校，加入政府工作」；也才逐漸認識到「吸收知識分子」在整個革命工作中的重要意義，開始強調「對於知識分子的正確的政策，是革命勝利的重要條件之一」。〔註 14〕

〔註 12〕劉白羽：《父與子——延安雜記》，《文藝陣地》第一卷第十一期，1938 年。

〔註 13〕何其芳：《一個平常的故事》，《中國青年》第二卷第十期，1943 年。

〔註 14〕毛澤東：《毛澤東選集·第二卷》，北京：人民出版社 1991 年版，第 618～620 頁。

在逐步落實「正確的政策」、接納知識青年的過程中，我們黨顯示了極大的耐心和誠意。中央宣傳部、中央文化工作委員會明確指示各抗日根據地文化與文化人團體，要求「**應該用一切方法在精神上、物質上保障文化人寫作的必要條件，使他們的才力能夠充分的使用，使他們寫作的積極性能夠最大的發揮**。……黨的領導機關，除一般的給予他們寫作的任務與方向外，力求避免對於他們寫作上人工的限制與干涉。**我們應該在實際上保證他們寫作的充分自由**。……對於文化人的作品，應採取嚴正的、批判的、但又是寬大的立場……估計到文化人生活習慣上的各種特點，特別對於新來的、及非黨的文化人，**應更多的採取同情、引導、幫助的方式去影響他們進步**」。〔註15〕總政治部、中央文委對部隊文藝工作的指示更加具體，要求部隊政治工作的領導者發揮民主作風，「以極熱忱的、虛心的態度」對待知識青年及其團體，「不要使他們與群眾脫離聯繫，而陷於孤獨的生活，因而發生煩悶苦惱等等現象」;「在部隊中分配他們的工作時，要顧慮到他們創作上的便利，要使他們比較有自由的時間和必要的物質條件」；部隊黨員文藝工作者在完成工作之餘，必須虛心向非黨文藝工作者學習。〔註16〕這種寬鬆的文藝政策在黨的歷史上是非常少見的，以極大的誠意、極低的姿態、極高的熱情擁抱這些初到延安的知識青年，凸顯了黨對文藝工作和知識青年的重視，可謂用心良苦。

與「寬鬆」政策同步落實的，還有相對「優渥」的物質待遇，其中一些人的待遇甚至超過高級領導幹部。據蕭軍日記記錄，「文抗」駐會作家分為五個等級，「甲等」和「特等」作家可以「不做正常工作」〔註17〕。這有些類似於戰國時齊國的稷下學宮，人們可以後顧無憂地專事文藝創作。

更重要的是，陝甘寧邊區政府針對「公家人」逐步建立起標準化的供給制度。隨著生產狀況的不斷改善，到後期，「一個人基本生活，如衣食住日常用品，以及醫藥問題，文化娛樂，大體上都有了保障」〔註18〕，甚至於婚戀、

〔註15〕《中央宣傳部中央文化工作委員會關於各抗日根據地文化人與文化人團體的指示》，《共產黨人》第12期，1940年12月1日。

〔註16〕《關於部隊文藝工作的指示》，《八路軍軍政雜誌》第3卷第2期，1941年2月15日。

〔註17〕其所記錄文抗駐會作家待遇分別為「特等：如茅盾，小廚房，雙窯洞，男勤務員和女勤務員，開銷不限；甲等：每月12元，不做正常工作；乙等：8元；丙等：6元；工作人員：4元。」（見蕭軍：《蕭軍　延安日記：1940～1945上卷》，香港：牛津大學出版社，2013年版，56頁。）

〔註18〕趙超構：《延安一月》，北京：中國國際廣播出版社2013年版，第72頁。

育兒等更私密的生活，都有組織提供某種保障〔註 19〕。不同單位、不同工種、不同職級的供給標準只有「量上的差異」，而沒有「質上的差異」。由此，黨營造出一種公平、平等、大家是一家的安定、親切、和諧氛圍，消除了奔赴延安前的身份、背景、地位差異，從而為思想、精神上歸於高度一致奠定基礎。這是一種潛移默化的結果，而非靠政治權力干預。在延安內部，生活標準化使得人們對「生活的希望、需要、趣味、感情等等也趨於統一」〔註 20〕。這些快速湧入陝甘寧邊區的知識青年在較短時間內聚合成思想標準化的隊伍。他們將自己過往的經驗和修養「深自掩藏」，在共情的社會生活中釋放著工作熱情。正如延安魯藝美術系教師丁里回憶，「黨中央對我們這一批外來的文化人，真是優禮有佳，從生活上、工作上、學習上都是破格地對待……這一切，使我們非常感奮，我們都是盡我所能地投入工作，以報答黨對我們的希望和器重」。〔註 21〕

有了這種從容、自由、自信，社會親如一家，知識青年們經歷著前所未有的幸福時光。這一切都使得初到延安時的那種與延安的道德情感聯結變得更為牢固，他們的歌唱也更顯真誠。歷史地看，這種共情的社會氛圍是延安文藝教育的堅實基礎，也是其最寶貴、難以複製的經驗。

### （三）自我的「分離」與迷失

任何一項措施得以有效落實，必然要充分考量現實條件。結合延安長期遭受經濟封鎖的歷史現實看，黨給予知識青年高標準的物質待遇顯然是超出邊區正常負荷能力的。再配合政策上的寬容，這固然能快速帶給知識青年以強烈歸屬感，但也容易造成一種「延安是天堂」的錯覺，客觀上加劇了知識青年真正融入延安實際生活的困難。

據趙超構觀察，「忙，實在是延安生活的特徵」。「生產運動差不多把每一家人都捲進過度的忙碌的生活裏面去了」。即便是「毛澤東、朱德諸氏，也每

---

〔註 19〕比如，革命夫妻生孩子之後，可能忙於工作而無暇照顧孩子。於是，1938 年 7 月，由進步人士、社會團體和陝甘寧邊區政府聯合發起成立了陝甘寧邊區兒童保育院。宋慶齡、何香凝、鄧穎超等 13 人為名譽理事，楊芝芳擔任院長。保育院接收和培養邊區幹部、軍人的子女和烈士遺孤等。保育院的這一建制，現在不少地區仍有保留。

〔註 20〕趙超構：《延安一月》，第 75 頁。

〔註 21〕劉運輝、譚寧佑主編：《沙可夫詩文選》，北京：文化藝術出版社 1990 年版，第 368 頁。

年在報上宣布他們的生產計劃；不識字的鄉農，也會有地方的勞動英雄替他們擬訂計劃」。然而，這種緊張與忙碌卻與知識青年們沒有太大關係。因為他們的「生活是比較安閒的，雖然他們也生產，卻沒有一般人那樣嚴格的義務」。〔註22〕知識青年與延安人民結成道德共同體後，卻如同站立在空中樓閣一般，沒有足夠的機會體驗延安生活的苦累、感受延安建設的艱辛。也就是說，知識青年的道德情感逐漸與延安生活相脫節；或者說，知識青年自我的道德情感與生活逐漸割裂。因而，當他們以主人的姿態去觀察延安的實際生活時，調動的仍是過往的知識和經驗。生活習慣、審美趣味、思想境界等方面的差異乃至矛盾逐漸暴露出來。我們黨對人才引進和文學教育的理論指導及應對策略上的滯後與被動，知識青年既有經驗在新生活環境中的失效〔註23〕，造成一段時間內「黨與知識分子的關係維持在一種表面上溫馨甜蜜而實際上頗多苦澀滋味的狀態中」〔註24〕。知識青年在不斷深入展開的延安生活面前，出現了自我的「分離」與迷失。

這些知識青年不少人在各自領域已取得紮實、可觀的成績，且懷揣著美好的理想。他們的工作是熱情的、真誠的，但他們最大的問題是：觀念中摻雜著太多空幻成分，找不到合理的自我定位；既認不清延安的實際，也難以融入邊區生活。即便是左翼黨員作家，他們也都面臨著從生活習慣、工作方式到價值理念、審美趣味等方方面面融入延安生活節奏的難題。相對優渥的精神環境和物質待遇，使他們飄飄然而漸漸迷失自我，來延之初的高昂情緒也漸漸散去。相對封閉而狹隘的小我定位，使他們更易發現任何生活本來就存在的陰暗面，並敏感地以文學藝術的形式表現出來。他們大多數的出發點仍然是「革命的」，或自以為是「革命的」，力圖推動延安向好的方面轉變。但他們無法認識到，在新生活面前，他們自身必然存在思想觀念、審美趣味、形式技巧、文學語言等藝術範型的轉變問題。由於舊經驗與新生活的錯位，他們理解的革命仍有抽象的浪漫主義情愫，其大眾化是一種高高在上的「化大眾」，就像《「三八節」

〔註22〕趙超構：《延安一月》，北京：中國國際廣播出版社2013年版，第77～79頁。

〔註23〕比如丁玲《在醫院中》所表現的主人公陸萍和周圍環境的對立及其相當一段時間內所受到的批判，即突出反映了知識者既有經驗在新生活面前的掙扎與困惑。他們從「黑暗」的國統區、淪陷區來到「光明」的革命聖地，卻仍延續了批判的思維方式和審美趣味，要麼陷入不能表現新生活的怪圈，要麼招致超出文學的批判。

〔註24〕李潔非、楊劼：《解讀延安——文學、知識分子和文化》，北京：當代中國出版社2010年版，第45頁。

有感》等作品流露出的，對工農大眾仍有認識誤區乃至輕視。如非經他人提醒，他們很難體悟到整個民族社會形勢的變化，更難認清延安語境及革命任務的急劇變化。他們在革命洪流面前頑強而盲目的自我定位，使他們固守日益狹隘、脫離現實、孤芳自賞的立場，自以為處在革命立場卻漸漸出現自由主義、甚至享樂主義，顯露出「錯誤」的小資產階級傾向。必然地，這些知識青年所倡導的文學及其文學教育過於理想化，不僅超出了大多數人的文化水平和接受能力，更難以滿足革命和戰爭對文化幹部的巨大需求。

與此同時，出於發動群眾、開展和鞏固抗日民族統一戰線的需要，前線將領不斷向後方要求派遣文藝幹部，並表達對延安文藝狀況的不滿〔註 25〕。青年人經驗相對不足，他們的激情與理想更多指向「飄在空中」的未來。但共產革命和全面抗戰為環境所限，不得不首先落地在延安的現實困境。這就出現了「普及」與「提高」的矛盾，這是雙方「矛盾」的根本癥結所在。

殘酷的鬥爭將中共與知識青年的「蜜月期」大大縮短。隨之而來的，黨和邊區政府對知識青年出現了從被動接納到有意改造的策略轉變。在這個過程中，黨逐步發現並確認了「被動接納」背後的情感和道德邏輯，認識到了道德共同體中知識青年的根本缺陷所在，並加以有效利用，使之成體系、成機制，才最終促成了日後的「有意改造」得以「成功」〔註 26〕。

令人尷尬的是，在延安各項革命事業正蓬勃有序地展開時，這些曾自稱無產階級、言必稱革命、曾被黨和邊區政府大力引進的知識青年卻成了陝甘寧邊區嚴重的不穩定因素。但他們在革命勝利征程中又不可或缺，所以毛澤東和黨

---

〔註 25〕這在文學教育領域，較有代表性的是「小魯藝」與「大魯藝」的衝突。延安魯藝成立後一直存在兩種教育路線的主張。「小魯藝」要求在固定的校舍內完成正規的、系統的文學教育，而「大魯藝」則要求完成短期文藝培訓後奔赴抗戰前線。隨著抗戰形勢的變化，「大魯藝」的訴求漸趨佔據上鋒。另據何其芳回憶，賀龍 1942 年回到延安，「直爽地對周揚說，他不滿意當時的關門提高，把好學生好幹部都留在學校裏，不派到前方去，而對於抗戰初期派到前方去的學生又不關心他們，和他們聯繫，研究並幫助解決他們在實際工作中間所碰到的藝術上的問題」。參見何其芳：《毛澤東之歌》，《時代的報告》1980 年第 1～2 期。

〔註 26〕這種「成功」指的是這些知識青年出於情感上的認同和親近，往往「心悅誠服」地接受文學教育、接受改造。如丁玲以《關於立場問題我見》，率先向黨組織袒露心聲、表明清白。參加了延安文藝座談會的歐陽山指出，「大家參加了這個會都感覺到心情舒暢，又都感到中國文學藝術界過去長期沒有解決的許多理論問題和實踐問題都由於這一個劃時代的講話的發表而得到了解決。」（參見歐陽山：《我的文學生活》，選自艾克恩編：《延安文藝回憶錄》，北京：中國社會科學出版社 1992 年版，第 68 頁。）

中央決定對其採取教育的方法，逐步加以改造，使其無產階級化。這樣，在黨的文學教育體系裏，知識青年既是知識技能的施教者，又是思想觀念的受教者。他們既提供了延安文藝教育的可能性，也提出了延安文藝教育的現實性和迫切性。這裡固然有政黨政治的邏輯，但更應該被理解為文學與文化歷史演進的必然歷程。惟其如此，方不致使判斷失於偏頗。

## 二、前教育機制的運行邏輯

戰時特殊時空語境下自發形成的延安道德共同體，並未從根本上彌合其內部在知識背景、審美趣味等方面的差異。這種差異隨著新生活的展開而逐漸顯現為各種矛盾和爭議，從而直接催生了延安的文學教育。延安對各類人才開始由被動接納轉為教育改造。借助特定的道德共同體，延安建構起一種組織倫理並賦予每個個體以「公家人」的身份，進而對「組織」內的個體產生道德教化和審美教育。前教育機制逐漸成型，並與戰時延安的政治文化相互對話、相互生發，規約著人們的認知和審美活動。這種前教育機制是外部因素參與文學教育和文學生產的集中體現，有其特定的運行邏輯。

### （一）前教育機制的生成

正是在上述道德情感理路與現實考量下，黨在不斷調整文學教育方向的過程中，前教育機制逐步凸顯出來。所謂「前教育機制」，本質上是一種「前心理」，即在道德共同體的保護與約束下，主體的任何言論、行為乃至思想，在付諸實踐之前都要先做一個自我調適、道德驗證，以符合既定的道德倫理規範。它的具體要求和方向是切實地深入工農兵的生活，以工農兵的趣味、用工農兵的語言和形式書寫工農兵的生活，從而建立起一種服務於工農兵的前認知結構。至此，這些知識青年才真正建立起名實相副的道德共同體。

延安自上而下形成的道德文化倫理，所依據的是意在教化、規範個人生命感覺的組織倫理，個體生命的具體性和差異性便有所減損。如趙超構指出的，組織倫理確立後，便需要對組織內每個個體的「精神上的強制性」〔註 27〕。這自然地融合了中國文化中「好為人師」、「尊師重道」的傳統和文人濟世情懷。兩相應和，極易給人以心理壓迫感。因為「唯有被教育和輿論所尊崇的習慣性道德，才會在人們的頭腦裏形成一種本身帶有強制性的情感」〔註 28〕。

---

〔註 27〕趙超構：《延安一月》，北京：中國國際廣播出版社 2013 年版，第 77 頁。

〔註 28〕〔英〕約翰·斯圖亞特·穆勒著，葉建新譯：《功利主義》，北京：中國社會科

這種習慣性道德賦予延安文藝教育一種終極向善的倫理內涵。這裡的「善」是為了最多數人（即工人和農民）翻身得解放、謀幸福，這就是陝甘寧邊區自發形成的道德共同體的核心指向。這巧妙地與人心終極向善聯繫起來，從而使人生成「道德新生」的喜悅，使被改造者（受教者）生成一種新的道德優越感、高尚感。而更有歷史深意的是，這種主流意識形態伴隨著中共領導的革命鬥爭不斷取得巨大成就而具體化、世俗化，並贏得了天然的合法性、不容置疑的權威性、統攝一切的真理性。這從根本上保證了延安文藝教育中的前教育機制長期有效。

在延安獨特的文化氛圍下，知識青年或主動或被動，努力按照工農兵方向的要求校正自我，祛除不為組織所接受的東西，並將其壓抑到潛意識中去。一旦道德專制解除，所壓抑的內容或許便會被喚醒。牛漢、艾青等詩人在「新時期」的「歸來」，即是其中積極正面的例證。我們可以去欽慕詩人的「寶刀未老」，但我們卻不能不正視中間「失掉二十年」的遺憾，也不能不為曹禺順從的「悟」而感到痛惋。更能說明問題的是，不少知識者在延安便已經體驗了前教育機制下的自我調適和身份轉換的痛苦。

### （二）組織倫理與身份認同

短時間內大量知識青年到達延安，它所提出的最直接的現實挑戰就是如何在新生活空間裏重構倫理與身份認同。在日漸迫切的延安文藝教育實踐中，首先要解決的是教育活動過程中的身份認同問題。具體來說，要逐漸明確：誰有資格施教，誰能接受教育，誰應接受教育。

如前文所述，不論有沒有做好充分的接納和安置的準備，中共對丁玲等來到延安的知識者有著基本的「身份期待」。對於丁玲來說，就是要褪去「文小姐」的「紅裝」，換上「武將軍」的「武裝」，成為黨的革命文藝隊伍中的幹部。〔註 29〕對於更多的普通知識青年來說，黨和邊區政府對他們的最大期待便是

---

學出版社 2009 年版，第 43 頁。

〔註 29〕對於丁玲來說，這一要求很快就實現了。她到達陝北以後最常穿的服裝便是紅軍的灰布制服，她不僅主動要求奔赴前線做文化宣傳工作，而且還組織了西北戰地服務團從事更為艱辛的戰地工作。在這樣的工作上，丁玲熱情很高、精力旺盛，更令人稱奇的是其身形不僅沒有消瘦，反而圓潤發胖了。以至於，一些記者慕名採訪她時，丁玲留給人這樣的印象：「她的臉仍是胖胖的，幾乎成一個圓形，身體也越發胖了，穿著一身灰布軍服，要漲破似的捆在身上，紅星帽子壓在頭髮上，活像一個健壯的兵士，看不出是一個女子了。她每天工作

「成長」為革命戰爭大量急需的文藝戰士，去到抗戰前線作文藝鼓動工作，踐行文藝抗戰政策。在毛澤東對丁玲的回信裏我們可以看到，這種組織和集體對個人的期待和安排最初是不夠清晰也不夠嚴謹的，但仍能感受到組織和集體期待的懇切。

問題的另一面是，奔赴延安的廣大知識青年同樣對自己在邊區的身份有雖不乏空想但同樣熱切的期盼。這種期盼裏既有蕭軍那般想要在陝甘寧邊區推行其「新英雄主義」、成為世界第一等作家的「狂妄」，又有何其芳那樣臨近延安時與同行者以「同志」相稱、到達延安後急切地穿上灰布幹部制服、成為一名邊區「新人」的興奮。就歷史情況來說，何其芳的自我身份期待顯然是絕大多數知識青年的心理動態，而且夾雜著略嫌空洞的「聖地」想像。不過，這與逐漸清晰的組織要求和集體規範是高度契合的。

在這雙重期待下，這些知識青年正悄然發生著轉化。不論是事後回憶還是當時的見聞報導，很多當事人或見證者都曾提及延安日常生活的兩個特點：儀式化、集體化。當時，初到延安的人可以明顯感受到各種形式的集會非常多。民眾大會、英模大會、秧歌大會、青年大會、晚會、文藝沙龍、展覽等等，編織著人們的日常生活。而在各種集會上，大合唱常常是必備儀式，從而快速拉近人們的情感距離，極易達成某種情感共鳴。可以說，延安營造出一種極富共情感的社會氛圍。或者說，延安逐漸形成了一種共情社會。正是在這種儀式化、集體化的日常生活中，在潛移默化的情緒感染和人格陶養中，知識青年的精神逐步得到淨化，進而產生思維、語言、趣味上的變化，道德共同體便越發牢固、純粹。延安日常生活自然而然地達成標準化、組織化的要求。上文提及，劉白羽感悟到新生活對青年知識者的精神洗禮，揭示了青年知識者情感和道德倫理上的轉變背後的內在理路與本質。劉白羽的「感動」，其內在理路根源於在於共情社會裏的每個個體逐漸拋棄舊有觀念而在新環境下找到了投身集體後的歸屬感。奔赴延安的青年知識者，在中國現代知識者譜系中是較為特別的一代。他們很難在傳統社會失落而革命未成的裂隙中找到歸屬和投射。而不論在觀念想像層面還是在現實生活感悟層面，延安的光明、樂觀、昂揚確實驅散了他們心中的陰影。他們感知到歷史與時代的歸屬，更是社會存在的歸屬。因而，

很忙，簡直一天到晚很少空的時候，但是她的寫作還是很努力，可惜多在西北新區的壁報上發表，外間見到的不多。」（參見天行：《小言》，天行編：《丁玲在西北》，華中圖書公司，1938 年。）

他們會心悅誠服地擁抱集體、擁抱組織，並藉此重新建構自己的精神世界和知識體系。

而細究起來，這種變化實際上在奔赴延安之前便已開始。何其芳尤其典型。赴延安的途中，「大家都互相喊著同志，喊著這個自然而親切的稱呼，覺得再也沒有旁的名字可以代替」。〔註 30〕這已經自覺地開始向觀念中的「集體」或「組織」靠攏。他在到達延安後回應質疑時曾反思，過去給「自己製造了一個美麗的、安靜的、充滿著寂寞和歡樂的小天地」，而「這個世界不對」。他「應該到前線去」，應該和抗敵的兵士們「生活在一起」，接受戰場的教育。〔註 31〕革命激蕩著這一代青年知識者的生命熱情，又將其捶醒，才為投身新的革命創造了可能。

青年知識者以上種種選擇與轉變，相當程度可以說是其主動探求的結果，是其自我精神合理化的努力。這最初純粹是出於情感共鳴和道德認同，進而提出了建立一種新的倫理秩序和精神歸屬的需求。當然，不是每個青年都像何其芳一樣體驗了五四餘聲的激情澎湃和大革命的傷感猶疑，也不是每個青年都一樣「走得非常疲乏而又仍得走著的路」〔註 32〕。他們當中的絕大多數也絕無可能未卜先知地發現延安的「光明」中同樣「暗藏陰影」。他們感知更多的仍是「被那種幾乎是不可抵禦的群體意志力所征服」〔註 33〕，進而順應這群體意志建立新的倫理秩序和身份的要求。

這種變化中，當然有組織的力量，或者說接納青年知識者的經驗逐漸豐富之後，尤其是逐漸意識到知識者在革命工作中的重要性之後，組織動用組織力量在理論上、制度上助推、加速和強化了這種轉變。

洛甫（張聞天）在 1938 年發表《論待人接物問題》，對青年知識者的某些特性或弊端有了較為清晰的判斷，更對知識青年到達延安後的倫理屬性有了指導性意見。這篇文章由實際主持中共中央日常工作的領導人發表在權威刊物《解放》，已頗有教育乃至「教化」的意味。儘管這種指導意見仍「很不完備」，但畢竟是「同志們出去工作時的一種參考」。〔註 34〕這是一種新的倫理修

〔註 30〕何其芳：《從成都到延安》，《文藝陣地》第 2 卷第 3 期，1938 年。

〔註 31〕何其芳：《一個平常的故事》，《中國青年》第 2 卷第 10 期，1943 年。

〔註 32〕何其芳：《一個平常的故事》，《中國青年》第 2 卷第 10 期，1943 年。

〔註 33〕錢理群：《豐富的痛苦：堂吉訶德與哈姆雷特的東移》，北京：北京大學出版社 2007 年版，第 262 頁。

〔註 34〕《紅色檔案　延安時期文獻檔案彙編》編委會編：《紅色檔案　延安時期文獻

養的要求：「要有偉大的胸懷與氣魄」，「要有中國古代哲人那種所謂『循循善誘』與『誨人不倦』的精神」，「對人要有很好的態度」，「要適當的對付壞人」。〔註 35〕它並沒有突兀地憑空建構一種新倫理，而是基於人們熟稔的傳統倫理道德進行適度的改寫，主要是為了將知識青年身上的個人主義色彩清退。也就是說，在延安新環境裏的倫理仍然講「人之常情」。只不過，這種新的倫理秩序裏，「宗法」被「組織」代替，「親屬」被「同志」代替，傳統社會裏本就沒有發育的「個體」順利被新的群體抑制住，逐漸有了新的身份「公家人」。雖然它針對的是五四青年的個人主義「缺陷」，但因其保留了傳統社會裏的人情邏輯，有清晰且容易把握的現實根基，加之前述情感道德共同體的深刻陶養，新的倫理秩序很快得以建立，知識青年的身份認同得以平順完成。

這種建構過程有一定程度的權宜，李維漢的分析頗能體現這種權宜的意味：「青年最容易接受前進的理論，最熱心參加前進的事業，因為他們具有優良的本質：高尚、純潔、坦白、熱情、天真、活潑。不僅如此，現代青年，對於抗戰有極大的決心和高度的覺悟與努力。雖然青年也有他們的弱點，如直觀、衝動、簡單、誇大等，但這些弱點，可以從他們優良本質的發展和政治鍛鍊中逐漸去克服。」〔註 36〕這既有年齡缺陷，也有知識和經驗的不足，但都可以克服。而這在後期的延安文藝座談會及整風運動中，有了更為深刻的認識和更為精準有效的落實措施。

因此，經過一段時期的倉促應對後，中共逐漸把到達延安青年知識者納入一定組織內，通過一定制度和物質保障，使之過上了趙超構所言的「標準化的生活」。在這種組織倫理下，每個人的身份都轉為「公家人」。公家人既有顯在的身份標識（如公務制服），也享受統一標準的物質供給〔註 37〕，並幾乎囊括人們生活的方方面面②。這樣生活的一大利處就是人們對物質看得較輕。「一般工作人員的生活享受，……只是量上的差，而不是質上的異。沒有極端的苦與樂，這件事對於安定他們的工作精神自有很大的作用」。所以，「除了生活標

---

檔案彙編　解放　第 4 卷（第 60 期至第 80 期）》，西安：陝西人民出版社 2013 年版，第 152 頁。

〔註 35〕李維漢：《李維漢選集》，北京：人民出版社 1987 年版，第 152 頁。

〔註 36〕李維漢：《李維漢選集》，北京：人民出版社 1987 年版，第 193 頁。

〔註 37〕據趙超構 1944 年觀察，「供給制度有一個公家規定的標準。這標準依著物資情形，每年都有修正。依據今年的標準，一個人基本生活，如衣食住日常用品，以及醫藥問題，文化娛樂，大體上都有了保障。」參見趙超構：《延安一月》，第 72 頁。

準化，延安人的思想也是標準化的」。〔註 38〕姑且不論這種生活和思想標準化的深層原因，但它在理論和事實上極大壓縮了「私生活」和「個體觀念」的空間。在文學教育和文藝生產上，「高度組織化的精神生產，則令自古以來以能『出』能『入』保持其獨立性或游離性的傳統型知識分子不復有生存之空間」。〔註 39〕因而，組織倫理秩序的建構和公家人身份認同的完成是延安文藝教育中前教育機制得以形成並有效運行的根本原因。

### （三）道德教化與深入生活

葛蘭西指出：「某些社會集團的政黨不過是它們直接在政治和哲學領域而非生產技術領域培養自己有機知識分子範疇的特定方式。」這些政黨負有這樣的責任，即把居於統治地位的某一集團的「有機知識分子和傳統知識分子結合在一起。政黨在完成該職能時嚴格地依賴於其基本職能，即培養自己的組成部分——一個作為『經濟』集團產生和發展起來的社會集團所具有的那些成分——並且把他們轉變成合格的政治知識分子、領導者以及一個完整的社會（市民社會和政治社會）所固有的一切活動與職能的組織者。」〔註 40〕按照這種理解，任何新興的處於上升期的統治集團，在建立政權之前都要解決培養自己的「有機知識分子」的問題，也就是奪取文化領導權的問題，內在地規定著傳統知識者改造的問題。

我們如果不從政黨政權的角度出發，而從道德倫理等文化邏輯的視角去闡釋中共的人才運作，就會發現更多的歷史意味。相比政治力量，道德的力量要強大得多。強大且根深蒂固的情感道德共同體、集體的氛圍和標準化的組織生活極易導致「道德教化」，進而使其中的個體由被動、抗拒變為主動尋求歸屬。一旦這種「道德教化」被意識到並被納入延安文藝教育實踐，它便會產生比政治更為深遠的影響。在這樣一個嚴密而有序的體系內，很容易生成一種「宗教式」的崇高感和神聖感，一經生成，是很難移易的。這種宗教情緒使得曾沐浴五四自由民主空氣的傳統知識者，褪掉了「啟蒙者」的光環，虔誠地聚攏在毛澤東文藝思想這一燈塔之下，校準身姿、奔著統一的新方向，建構嶄新的人民的文藝。

〔註 38〕趙超構：《延安一月》，北京：中國國際廣播出版社 2013 年版，第 73～74 頁。

〔註 39〕李潔非、楊劼：《解讀延安——文學、知識分子和文化》，北京：當代中國出版社 2010 年版，第 163 頁。

〔註 40〕〔意〕安東尼奧·葛蘭西著，曹雷雨、姜麗、張跣譯：《獄中札記》，北京：中國社會科學出版社 2000 年版，第 10 頁。

所謂「道德教化」〔註 41〕，「是依教會的教條或國家意識形態或其他什麼預先就有的真理對個人生活作出或善或惡的判斷，而不是理解這個人的生活。」「要搞清楚這一點，先要曉得，道德歸罪的支配權是從哪裏稟得合法性的」。對於歐洲文化傳統來說，「道德歸罪的合法性得之於上帝的道德法官形象。弔銷道德歸罪的生存支配權，先得弔銷上帝的道德法官形象」。〔註 42〕對於延安文藝來說，要建構新的人民文學，迫切需要消解以孔孟之道和詩教傳統支撐、又經受五四自由民主精神洗禮的知識者形象，並從其手中奪取道德教化的合法權。

事實上，全國各地的青年知識者到達延安後，其生活度過短暫幸福時光後便因「在長期的緊張生活中，總免不了感到枯寂單調」〔註 43〕。隨著生活變得固定、熟悉、日常化，他們不僅沒有真正融入延安，反而漸漸沉溺於自己的小世界、小情緒裏。他們的生活本身，他們的語言、思想以及日漸抬頭的娛樂享受行為，都漸漸與延安生活脫節。不考慮他們是否屬於某個集體、某種體制，也不談他們是否加入到某種社會運動乃至革命進程中，單純就他們的生活道路和文學道路來說，這都是很危險的，他們已經漸漸失掉了他們的生活和文學賴以生存發展的根基。

為解決這個難題，毛澤東內承中國傳統文人的「借思想文化以解決問題」的傳統，外接列寧政黨政治美學，進行了一系列深刻而成體系的理論闡釋。這套被證明是成熟有效的方法，雖然在實踐中被一些人（如康生等人）歪曲利用，而導致冤假錯案的發生。但不得不承認，它的初衷仍是力圖從學術的角度切入問題，而且某種程度上可以說切中肯綮。也就是說，這套方法得以展開並沒有過多仰賴政權的力量，而是力圖觸發和強化前教育機制，借助「道德教化」，使這些「重新出現問題」的知識者由內而外地發生改變。

正如《關於延安對文化人工作的經驗介紹》裏期待著文化人脫胎換骨、成為群眾的一分子，被黨肯定、為黨歡迎的更多的是下面這樣的情形：1943 年 3 月，延安魯藝曾掀起一股生產熱潮：「文學部學委會分會負責人何其芳自願超過免除一半勞動的規定，訂出了完成百分之二百的計劃。戲劇部鍾敬之、許珂等組織的木工小組已製出紡車十餘架。美工部木工小組向農業小組挑戰，要完

〔註 41〕劉小楓在分析拉伯雷的小說敘事時使用的是「道德歸罪」一詞。我們認為，在缺乏宗教語境的中國，更為合適的是「道德教化」。

〔註 42〕劉小楓：《沉重的肉身》，北京：華夏出版社 2007 年版，第 166 頁。

〔註 43〕趙超構：《延安一月》，北京：中國國際廣播出版社 2013 年版，第 80 頁。

成原定任務的百分之三百。美術系女同志領導的『馬杏兒仿毛小組』成立後，有兩個『馬丕恩小組』向它應戰。製牙刷小組四個月內製出五百支牙刷。做鞋小組四個月出鞋三百雙。女同志織物出品已達數十件，內有美觀的游泳衣褲。織布組提出『不浪費一寸線』的口號。私人生產有修理口琴、鐘錶、削竹針、焊壺、磨剪刀、裁制服裝等」。〔註 44〕延安魯藝師生似乎完全改變了自己的角色內定的工作屬性，全身心投入勞動當中，文藝院校似乎一夜間變成了五花八門的作坊，老師和學生的身份似乎都是學徒工，完全一副各個生產車間之間展開生產競賽的陣勢。〔註 45〕與此同時，整個延安文藝界響應黨的號召，掀起一個到農村中去、到工廠裏去、到部隊中去、成為群眾一分子的熱潮。

當然事過境遷之後，人們很容易情緒化地斷章取義，認為毛澤東的論述是唯政治論，忽略其對政治與藝術關係的辯證認識，對其整體論述予以全盤否定；也很容易從周揚等人的權威化操作，忽略《講話》的很多論述只是權宜之計而非一勞永逸的絕對真理，從而機械地理解和運用，甚至代替自己的思考〔註 46〕，這是個體的悲哀，更是中國文學的不幸。

在《講話》中，毛澤東分析清楚文學家和文學的關係歸屬問題之後，話鋒一轉，逐條批評當時文壇存在較多爭議的問題，從而以無可辯駁的事實，證明展開「切實的嚴肅的整風運動」的必要性，也就是必須著力解決文藝界很多人士「思想上入黨」的問題。要達到「思想上入黨」，顯然光靠政權的力量是無法解決的。毛澤東所採取的是靠理論的說服和道德的約束。他更多是將這種思想改造融入整體的革命事業進程，讓被改造的人也參與到「光明未來」的建構中，也就是說，「改造」本身就是革命的一部分，苦痛是「取經路上」必經的磨難與考驗。

由此，延安文藝教育中的道德教化達至最高境界。參與座談會、聆聽講

---

〔註 44〕鍾敬之、金紫光主編：《延安文藝叢書．文藝史料卷》，長沙：湖南文藝出版社 1987 年版，第 177 頁。

〔註 45〕與之相應的是，延安延安魯藝在整風運動中，很多被改造對象被要求進了一種叫作「工農合」的單位，這可以被看作「文革」時幹校的前身。

〔註 46〕譬如周揚。王富仁在《中國魯迅研究的歷史與現狀（連載六）》便分析指出，周揚、何其芳等人「沒有把毛澤東文藝思想作為自己繼續研究思考文藝問題的基礎，而用毛澤東文藝思想簡單取代了自己的獨立思考。」（參見《魯迅研究月刊》1994 年第 6 期。）尤其是周揚，他所做的最多的工作僅是對毛澤東文藝思想的微觀不足與漏洞進行修修補補，進而參與到它的權威化運動中，就文學理論問題，真正屬於他個人的獨立思考並不多。當然，在一定歷史時空內，這種個人獨立思考的空間是極為有限的。

話的一些當事人的反應，可以說明那些成為改造目標的知識者，無論他們被改造與否，他們首先感受到的不是政治力量的壓迫，而是毛澤東的一些分析確實說中了問題的要害，他們對這些論述是心悅誠服的。如歐陽山回憶，「在會上大家都各抒己見，暢所欲言，不管對的錯的都可以無拘無束地講出來，講完之後，也沒有向任何人追究責任，真正做到文藝方面的事情由文藝界來討論解決，不帶任何一點強迫的性質，發揚了藝術民主，使大家心情非常舒暢」。〔註 47〕更為關鍵的是，毛澤東在會上的講話，「就一系列原則性的問題提出了綱領性的解決辦法」。「大家參加了這個會都感覺到心情舒暢，又都感到中國文學藝術界過去長期沒有解決的許多理論問題和實踐問題都由於這一個劃時代的講話的發表而得到了解決。」〔註 48〕儘管這種回憶帶有美化的成分，但至少透露出一個歷史信息，即至少在一定時期內，《講話》精神與那些被改造的人是有一定的精神契合度的。或者說，那些被改造的人從《講話》中找到了一個可以遵循的價值尺度，一個可以仰賴的思想典範，一個解決精神困境的光明嚮導。

《講話》的剖析和整風運動，將傳統文人賴以立世甚至有些自傲的「啟蒙者」光環徹底揭掉，將其放逐在倫理和道德的荒謬境地。不惟在理論上，他們在實踐上也是改造的重要一環。知識者被要求直接參與勞動，在他們並不擅長的勞動中，帶來的不止是傳統的「百無一用是書生」、「手無縛雞之力」的羞辱，更徹底顛覆了他們的精神優越感，開始體認意識形態中對他們所作的勞動人民附庸的定位。即便是他們最擅長的文藝創作，也被顛覆為兩種新形態：「一種是，純粹是工農兵自己在一塊，三五個人，或更多的人，來湊故事，大夥商量；另一種是工農兵和知識分子合作，這些群眾作家，並不一定識字，他們想好了故事，湊成功了，再由知識分子加以整理，裝飾」。〔註 49〕不論何種方式，青年知識者都從創作的主體位置上被挪開，只是起到輔助作用的配角，工農兵才是恰當的主角。黨塑造出一個抽象的人民形象（即「工農兵」），同時消解了每個個體（包括知識分子和工農兵本身）的道德參照系，也就是劉小楓說的「道德神」。這樣，「五四」時期被解放了的、個人化了的「道德神」重新被

〔註 47〕王巨才主編：《延安文藝檔案　延安文學　第 31 冊　延安文學組織》，西安：太白文藝出版社 2015 年版，第 199 頁。

〔註 48〕艾克恩編：《延安文藝回憶錄》，北京：中國社會科學出版社 1992 年版，第 68 頁。

〔註 49〕周而復：《人民文化的時代》，《群眾》第十卷第三、四期，1945 年 3 月 8 日。

統攝在唯一的道德神之下。

在整風運動的助推下，此時評判作品的標準及整個文藝觀念越發左傾，提出的要求越發苛刻，文學問題在一定程度上變成了政治問題。至此道德、情感和政治形成一股強大的倫理合力。即便「根正苗紅」、表現積極的《草葉》也受到批評，原因是歌頌光明時「不夠徹底」，很快便草草停刊。《穀雨》、《文藝月報》等，更是難逃此厄運。對於那些作家來說，更不得不為此校準身姿，以期符合道德、情感和政治標準。其中不少人，將自己的心血之作銷毀以自保〔註 50〕。

## 三、前教育機制的生成與反噬

正是在上述道德情感理路與現實考量下，黨在不斷調整文學教育方向的過程中，前教育機制逐步凸顯出來。它的具體要求和方向是切實地深入工農兵的生活，以工農兵的趣味、用工農兵的語言和形式書寫工農兵的生活，從而建立起一種服務於工農兵的前認知結構。至此，這些知識青年才真正建立起名實相副的道德共同體。

延安的道德文化倫理，實質上是一種意在教化、規範個人生命感覺的組織倫理，個體生命的具體性和差異性已然有所減損。延安的獨特文化氛圍下，知識青年或主動或被動，努力按照工農兵方向的要求校正自我，祛除不為組織所接受的東西，並將其壓抑到潛意識中去。一旦道德專制解除，所壓抑的內容或許便會被喚醒。牛漢、艾青等詩人在「新時期」的「歸來」，即是其中積極正面的例證。我們可以去欽慕詩人的「寶刀未老」，但我們卻不能不正視中間失掉二十年的遺憾，也不能不為曹禺順從的「悟」而感到痛惋。更能說明問題的是，艾青在延安時期便已經體驗了前教育機制下的自我調適和身份轉換的痛苦。

1943 年 2 月 6 日，延安文化界在青年俱樂部舉行歡迎邊區勞動英雄座談會。「文化界同志一致接受幾位英雄『到農村去，到工廠去』的意見，把筆頭與鋤頭、鐵錘結合起來。」艾青作為知識青年的優秀代表，其創作能力和成績不可謂不優秀，但在勞動英雄面前，他完全失掉了自信，並為自己的知識者身份感到羞愧、懊惱、惶恐。在會場，他朗誦了這樣一首詩：

〔註 50〕如陸地回憶，其曾在 1942 年完成一部名為《尋——時代的兒女》的長篇小說，隨著整風的氣氛日益緊張，為避免麻煩，便將手稿偷偷燒掉了。（參見陸地：《七十回首話當年》，《新文學史料》1989 年第 4 期。）

去年我也鋤了一塊土，
種了波斯菊和掃把草，
種了瓜豆、西紅柿和包穀，
放了糞又潑了尿，
花的力量真不少，
說起成績真可笑——南瓜結得像碗那麼大，
包穀像指頭那麼小，
高粱長得像小米，
十幾棵子子，還沒一人高。
……到了秋末收齊了，
賣錢不值錢，煮熟吃不飽，
假如人人都像我那樣還得了？〔註 51〕

自卑、自嘲和自我否定僅僅是一個開始，更被組織「期待」的是痛定思痛後心悅誠服地接受新的角色定位。「三月十五日報載：延安作家紛紛下鄉，響應中央文委和中央組織部召集的黨的文藝工作者會議的號召，實行黨的文藝政策。」「丁玲、劉白羽、陳學昭都以興奮堅決的口吻，表示擁護黨的文藝工作者會議的號召，決心以實際行動實現黨的文藝政策。」延安魯藝也在隨後召開歡送會，歡送部分人員下鄉和下部隊，「嚴文井稱讚大家愉快地服從組織調動是革命者應有的作風」。〔註 52〕從以上記載，我們可以看到知識青年完成身份轉換、找到精神歸屬後，近乎鯉魚躍龍門般的喜悅。再如，劉白羽看到秧歌隊員一身農民扮相後激動地流下熱淚，因為他感到「原來的小資產階級藝術家，現在成為真正的勞動人民了」〔註 53〕。對比之下，毛澤東看到延安魯藝秧歌隊演出之後，只是點頭稱讚道：「這還像個為工農兵服務的樣子」。〔註 54〕兩者的神情反差與對撞，足以讓我們領略這種前教育機制的魅性。

隨著道德共同體的鞏固，文學教育中前教育機制也日益明確和強化，黨的文藝工作者被納入一個完整的道德倫理體系。它在短期內集結文藝的革命隊

〔註 51〕《鍾敬之、金紫光主編：《延安文藝叢書．文藝史料卷》，長沙：湖南文藝出版社 1987 年版，第 171 頁。
〔註 52〕《鍾敬之、金紫光主編：《延安文藝叢書．文藝史料卷》，第 175 頁。
〔註 53〕艾克恩編：《延安文藝回憶錄》，北京：中國社會科學出版社 1992 年版，第 101 頁。
〔註 54〕鍾敬之、金紫光主編：《延安文藝叢書．文藝史料卷》，第 172 頁。

伍、激發革命文藝的戰鬥力量等方面發揮了重要作用。而隨著時間的演進，其負面效用也逐漸顯現出來。這集中在以下幾個方面：

首先是對待文學策略的僵化思維。延安文藝教育根本上是戰時權宜之計，但為何這種權宜之計在戰後仍然被權威化、真理化？其經驗被一再承繼和放大？在這裡，歸罪於組織對個人的威懾，只是一種對歷史和文化不負責任的淺顯的判斷。這既有政治領袖超強個人魅力的因素，也有族群文化中「卡里斯瑪」心理的隱秘思考，還有成熟的民族文化中思維惰性力的牽引。這幾個因素互為因果、互相作用。中國近代以來普遍王權跌落以後需要新的文化權威的歷史趨勢，使延安理論與實踐的階段性勝利迎合了人們的惰性心理。這樣，延安經驗便不可避免地被無限期沿用和放大。人們「一定程度上都存在著對各自道德標準運用的僵化和鬆散現象」，「也常常很少花心思去琢磨那些他們對之抱有成見觀念的真正意義。而人們又普遍意識不到這種不知不覺的無知狀態其實是一種缺陷」。〔註 55〕遺憾的是，這種缺陷的後果往往需要後人去承擔和化解。這就需要我們對傳統、對經驗、甚至對自己的思考和判斷，都保持一種警惕。

其次是對待事理的道德化立場。就像雅俗趣味會隨時代遷移一樣，道德從來都非一成不變，而是有具體針對性的。從聚訟紛紜的道德立場對作家進行要求，可謂見仁見智。延安文藝教育過於強調培養道德情感而遮蔽了同情心和藝術理解方面的修養，則是一個不大不小的誤區。而道德情感這一標準的絕對化、權威化，使這一錯誤傾向長期得不到糾偏。雖說把文學與道德聯繫起來，在那個時代有著突出的現實意義——整合人心、為建設現代化的民族國家做最充分的準備。但過於突出這一標準，對很多人來講，同樣會產生新的焦慮與矛盾。這個抽象的標準本身，也會隨著「人民」的不斷改變而極易失去它原有的根基。這是僵化思維的通病。我們要承認：「被廣泛接受的倫理準則絕不是神聖不可侵犯的，在行為對普遍幸福的影響上，人類依然有很多東西需要學習。由功利原理得出的各種結論，就像所有實踐經驗意義，允許無限制地加以改進」〔註 56〕。

---

〔註 55〕〔英〕約翰·斯圖亞特·穆勒：《功利主義》，葉建新譯，北京：中國社會科學出版社 2009 年版，第 33～34 頁。

〔註 56〕〔英〕約翰·斯圖亞特·穆勒：《功利主義》，葉建新譯，北京：中國社會科學出版社 2009 年版，第 77 頁。

再次，延安時期的前教育機制在推動文化抗戰方面發揮了重要作用，但我們不得不面對它所產生的歷史後坐力。要而言之，延安時期特定歷史條件下建立起來的前教育機制歸根結底是一種權宜之計。它有強大的規範作用和創造力，也會遮蔽與扼殺民族批判性和創造力。須知，它所面對的主要對象是一個民族最富思想批判力和文化創造力的群體——一群被實踐證明了的、日漸成熟的知識分子群體。劉小楓指出，「昆德拉對『道德歸罪』的攻擊，主要指的還不是傳統社會中宗法道德秩序，而是羅蒂所說的『現代社會文化中的舊文化形式』」〔註 57〕。也就是說，作為現代社會發展的必要手段和過渡，舊文化形式仍會在一定時期內存在。批判道德教化，意在建立道德相對性，尊重個體生命的具體性和差異性。惟其如此，民族文化才會真正走上一條良性發展的路子。由此引出的問題是，我們今天應該建立一種怎樣的道德相對性？

〔註 57〕劉小楓：《沉重的肉身》，北京：華夏出版社 2007 年版，第 171 頁。

# 第七章　受教者身份的猶疑與轉換

有一位青年知識者在奔赴延安之前，曾寫下這樣一首名為《送葬辭》〔註 1〕的詩歌：

燃在靜寂中的白蠟燭
是從我胸間壓出的歎息。
這是葬送的時代。

我聽見壞脾氣的拜倫爵士
響著冰冷的聲音：「金錢
冰冷的金錢。但可以它換得歡快。」

我看見油伐爾用藍色絲帶
牽著知道海中秘密的龍蝦走在大街上，
又用女人圍裙上的帶子
弔死在每晚一便士的旅館的門外。
最後的田園詩人正在旅館內
用刀子割他頸間的藍色靜脈管。

我再不歌唱愛情
像夏天的蟬歌唱太陽。

形容詞和隱喻和人工紙花
只能在爐火中發出一次光。

---

〔註 1〕何其芳著，王培元編選：《何其芳文集》，北京：華夏出版社 2000 年版，第 51～52 頁。

無聲地齧食著書葉的蠶子
在懶惰中作它們的繭。
這是冬天。

在長長的送葬的行列間
我埋葬我自己，
像播種著神話裏的巨蟒的牙齒，
等它們生長出一群甲士
來互相攻殺，
一直到最後剩下最強的。

詩作發表於 1937 年這一記錄著中華民族屈辱與血淚的特殊年份。單純從詩句來看，大體可以推斷出作者似乎感受到了時代的召喚，或主動或被動，決意告別「個人主義」的、耽於小情小愛的小我，即將融入集體主義的大我，匯入了高亢嘹亮的大合唱中去。這種向自我攻殺並埋葬自我的力量，便生長於自我過去那淺斟低唱式的孤芳自賞之中。

但是，問題詭譎之處在於，當該詩作冠上「何其芳」的署名之後，上述分析或許莫名變得徒勞無益起來。誠然，我們仍然能夠感受到作者像魯迅筆下獨戰的戰士一樣自我戰鬥的決絕，但它更多流露的是一種隱隱作痛、難以超拔的悲涼和痛苦，有一種難以跳脫的沉重，以及痛苦與沉重背後的猶疑、反覆和自相矛盾。這深刻而生動地預演了許多成名作家來到延安後的被教育或再教育問題。這個過程，充滿著時代的局促與個人的苦痛。

作家們畢竟處於民族災難深重的動盪年代，面對著日益嚴峻的家國危機。戰爭深刻改變了所有人的命運，喚醒並不斷加深著愛好和平的中國人難堪的創傷記憶。這不僅有肉體的傷痛，還有恐怖、驚悸、悲憤等精神創傷，更有民族的恥辱與仇恨。這是一種民族的群體性精神創傷，所遭受的刺激不僅難以平復，還會持續存在，在個體間彌散。這些傳統知識者生活在國統區或淪陷區時，死隨處可見，死亡的威脅幾乎無處不在。這種創傷會刺激產生一種「赴死的趨勢」。當肉體的傷痛感覺的強度勝過一切時，人們所能選擇的要麼是墮落、自毀，抹去自我的民族身份換得偷生於一時；要麼是慷慨激昂地奮起，激活潛在的使命感與悲壯感，將死亡意識引入心靈深處，超越自我與死亡，決絕地走上各自戰場。奔向「光明的」、「革命的」而又「自由的」延安，自然成為當時青年和知識界一個浪漫而時髦的選擇。

可怕的不是奔赴戰場和赴死，而是生活變得固定、靜止和熟悉起來。在轟轟烈烈的無產階級革命歷史進程中，這些到達延安的傳統文人或許不過是滄海一粟。然而知識者畢竟是知識者，奔赴「革命聖地」之前的文壇成績和聲譽、壯懷激烈的革命理想、延安是光明樂園和自由天堂的單純而美好的想像、傳統文人經國濟民的濟世情懷，無一不促動著他們充滿熱情地投入到延安的革命文化運動潮流中去。

就傳統文人來說，他們過往的工作成績是紮實的、可觀的，他們現在的「革命」願望是美好的、理想的，他們將來的工作訴求是熱情的、真誠的。但他們最大的問題是觀念中摻雜著太多的空幻成分，懸浮於延安真實生活之上而難以「落地」。自我定位的模糊，使他們長期認不清延安生活的實際，遑論融入延安的日常生活。更何況，即便是左翼黨員作家，他們也都面臨著從生活習性、工作方式到價值理念等方方面面地融入延安既有節奏的難題。

中共中央求賢若渴的人才政策給他們以延安是天堂的假想。相對優渥的精神環境和物質待遇，使他們飄飄然而漸漸迷失自我，「參加革命」之初的高亢激昂的情緒也漸漸散去。相對封閉而狹隘的小我定位，使他們更易發現任何生活本來就存在的陰暗面，並敏感地以文學藝術的形式表現出來。儘管如此，他們當中的大多數仍自以為是「革命」的，還不切實際地空想著推動延安向好的方面轉變。他們所謂的「革命」是一種抽象的帶有浪漫主義的情愫，他們的大眾化更多是一種高高在上的、略顯倨傲的「化大眾」，傳統文人趣味十足。就像《「三八節」有感》等作品流露出的，這些新到延安的知識者對工農大眾仍有認識的誤區乃至輕視。他們僵化地、狹隘地看待陝甘寧邊區語境、民族與社會形勢、革命戰爭的任務與要求的變化，在革命洪流面前堅守頑強而盲目的自我定位，固守日益狹隘、脫離現實、孤芳自賞的立場，仍然故步自封地靜態地自認為處在革命立場，卻漸漸出現了自由主義、甚至享樂主義的趨向，顯露出了被批判的「小資產階級」傾向。

對本就必然要將傳統文人收歸己用的中國共產黨來說，這些曾經自稱無產階級、言必稱革命的傳統知識者，這時就成了嚴重的不穩定因素。他們的「身份」與「角色」也就變得猶疑不定起來。但他們在革命勝利征程中又不可或缺，所以中共黨和陝甘寧邊區政府決定對其採取教育的方法，逐步加以改造，使其無產階級化。這樣，在黨的文學教育體系裏，傳統文人既是知識技能的施教者，又是思想觀念的受教者。這裡固然有政黨政治的邏輯，但更應該被理解為文學與文化歷史演進的必然歷程。惟其如此，方不致於作出有失偏頗的判斷。

## 一、夢醒時分：何其芳與延安文藝教育〔註 2〕

何其芳（1912.2.5～1977.7.24），四川省萬縣人，現代著名詩人、作家，延安魯藝文學系名師。

在中國現代文學史上，何其芳的身份是複雜多元的。或作為畫夢的歌唱者，敏銳地感知著自我的幻夢和難以撫平的苦痛；或作為尋夢的探索者，堅定而執著地為現實而教學、為歷史而探究。何其芳的創作、批評、研究乃至文學教學，都曾取得不俗成績又惹來頗多爭議。「何其芳現象」不足以闡釋這個不曾中斷的生命過程，反倒是一種遮蔽。而能夠將這些串聯起來的，便是延安時期何其芳參與延安文藝教育的經歷。在延安文藝教育中，何其芳作為傳統知識分子的代表，他既是一位兢兢業業的施教者，也是一位殫精竭慮的受教者，還成了一位虔誠的佈道者和嚴謹認真的研究者。

何其芳作為勾連三十年代文學、延安文藝與當代文學發展的重要作家，其人生道路轉向、個體痛苦與彷徨，都堪稱現代知識者道路問題的典型。他抱著「藝術至上」和「文學救國」的略嫌矛盾的理想而開啟文學之路，從滿是個人色彩的「獨語」，逐漸「夢醒」而想要把社會搖醒，進而在全民抗戰的召喚下「不斷地進步」〔註 3〕。在這個過程中，何其芳的創作、思想乃至自我認知都出現了不同程度的反差與錯位。

「新時期」以來，學界從多個維度探析了何其芳的文學思想、創作道路和創作心態等，試圖闡釋何其芳的反差與錯位，取得了豐碩的成績，也陷入一些誤區。這些誤區中，較為典型的便是對「何其芳現象」的概括和分析。「何其芳現象」曾是文壇一個時髦而又輕佻的概念，它具體指涉著抗戰以來一些作家「政治進步、藝術退步」，將作家複雜具體的生命歷程及其在思想和藝術的艱苦探尋歸結為若干互相分離或錯位的斷點，進而在「扼腕歎息」中歸於時空空白，仍然回到機械思維的老路。這是尤為需要警惕的。值得深思的是，上述這類批評分析自上世紀三十年代末便已出現，但何其芳生前從來不予認可。或者說，在何其芳看來，其不同時期的創作有一定的內在聯繫，只有一個何其芳，並不存在「突轉」。

---

〔註 2〕本部分根據本人拙作《「畫夢」與尋夢：何其芳與延安文藝教育》改寫而成，參見《現代中國文化與文學》2022 年第 1 期。

〔註 3〕何其芳：《給艾青先生的一封信》，易明善、陸文壁、潘顯一編：《何其芳研究專集》，成都：四川文藝出版社 1986 年版，第 174 頁。

顯然，不論是革命話語還是解構革命，都不足以解釋，何其芳何以從個人主義的獨語者陰差陽錯地成為集體主義的合唱者，成了「革命」的延安文藝的代表作家；他何以在「合唱」中將文學活動的重心轉向了文學教學、學術研究，成了毛澤東文藝思想的佈道者。這裡試圖以延安文藝教育為線索，探究時代要求和革命話語如何滲入何其芳的創作與思考中，並促成了所謂「進步退步」懸案的發生；同時，基於何其芳的生命軌跡和個人言說，結合時代變遷，還原其「一個何其芳」的內在邏輯。

## （一）文學舊夢：前期何其芳的「畫夢」之旅

何其芳生於一個家境殷實、耕讀傳家的地主家庭。他是家裏的承重孫，最初取名「永芳」，寄託著家人對其「光宗耀祖、永世流芳」的美好願望。祖父和外祖父兩家都有一定家學，加上自幼聰穎，何其芳幼年打下了堅實的國學根基，也開發了他敏感而孤獨的感知能力。後來，他的高小國文老師非常欣賞他的才華，便建議他改名字中的「永」為「其」。這一改，彷彿觸動了何其芳的命運玄關，從意義確定開始變得充滿疑惑。

當何其芳「還是封建家庭裏的小孩的時候，就在那些遲遲的日影爬過牆壁，孤獨的夜鳥飛鳴在天空的私塾的日子裏，文學，自然也只能是封建社會的文學走到我的生活裏來了。它好像無邊的黑暗裏閃耀著慘白的光輝的燈火。」〔註4〕顯然，在何其芳早期這種表面安穩自足實則充滿倫理威壓的生活裏，文學便悄然成為他內心尋找光明的火焰，進而志願「終身從事文學」〔註5〕。但這只是一種自得其樂的、孤芳自賞的生活道路和文學情趣，生活世界和文學世界略顯狹小。他自己在相當一段時間內，「既然不懂得就是那種不滿意的寂寞的日子也是建築在對於別人的勞動的剝削上，自然更不可能辨別那些封建社會的文學的有害方面。」〔註6〕事後看來，這「有害方面」便是文學裏難於留下時代印跡，反而使他耽於自我狹小世界裏，不斷在自我療傷式的吟哦中描畫出一種「黑暗裏閃耀著燈火」的空幻影像。這對其一生都有很大的影響，可以說，他一生都掙扎於在這自我的幻象裏出出進進，難以安適。而促使他從這幻

〔註4〕何其芳：《〈夜歌〉後記二》，易明善、陸文璧、潘顯一編：《何其芳研究專集》，成都：四川文藝出版社1986年版，第249～250頁。

〔註5〕何其芳：《寫詩的經過》，易明善、陸文璧、潘顯一編：《何其芳研究專集》，第181頁。

〔註6〕何其芳：《〈夜歌〉後記二》，《何其芳研究專集》，第251頁。

象裏走出的力量，更多源自人生挫折與社會動盪等外在刺激。

何其芳在縣高小只讀了一學期，便以優異成績考取萬縣中學。此間，他「養成了在假期中自己讀書的習慣」〔註7〕。同時，他也經歷了平生第一次比較大的打擊。適逢英國軍艦炮轟萬縣縣城，連學校也遭到炮擊，軍民傷亡慘重。隨後學校掀起一次學潮，因言辭激烈，何其芳被學校當局開除。他從此時開始積攢對當局和帝國主義的仇恨，開始積聚反抗的力量。何其芳的走向延安，或許可以從這段經歷中找到一些線索。被迫轉學到重慶治平中學後，何其芳接觸到了安徒生童話，這引導他「更走近了文學」〔註8〕。他還接觸到五四新文學作品，這也是他讀得最多的作品，由喜歡冰心便走近了新詩，由新詩又將視野投向西方現代主義詩歌，而且他的文學興趣竟同時融合了新詩和中國古典詩歌。新詩給他以現代思想啟蒙，供養他日漸不可遏制的探索欲望；而古典詩歌又滋養他本就孤獨、憂鬱、敏感的心靈。都市生活的光怪陸離給他以浪漫情懷，他變得更加富於幻想，思緒萬千而似乎無處安放，也因此得了一個「大海茫茫」〔註9〕的評價。他開始「像第一次墜入戀愛的人那樣沉醉於寫詩」〔註10〕，卻很快又陷入自我否定，將習作都燒掉了。其茫然無措、被動撿拾夢想和人生果實的情境可見一斑。

何其芳經過幾番波折到北大哲學系讀書後，其探索逐夢的願望更加迫切。他的文學趣味越發駁雜，「讀著晚唐五代時期的那些精緻的冶豔的詩詞，蠱惑於那種憔悴的紅顏上的嫵媚，又在幾位班納斯派以後的法蘭西詩人的篇什中找到了一種同樣的迷醉」〔註11〕。此後他一直試圖將中西詩學融會貫通，通過具體可感的意象恰切地表現抽象的情思，「製作一些娛悅自己的玩具」〔註12〕。此時的何其芳沉浸於色彩的配合、鏡花水月、微笑揮手的姿態裏，而毫無跳出「空幻的光影」去尋求某種意義的主體意識。正是在這樣一條「迷離的道路」〔註13〕裏，

〔註7〕何其芳：《寫詩的經過》，《何其芳研究專集》，第177頁。

〔註8〕何其芳：《寫詩的經過》，《何其芳研究專集》，第179頁。

〔註9〕方敬、何頻伽：《何其芳散記》，成都：四川教育出版社1990年版，第68～69頁。

〔註10〕何其芳：《寫詩的經過》，易明善、陸文璧、潘顯一編：《何其芳研究專集》，成都：四川文藝出版社1986年版，第180頁。

〔註11〕何其芳：《夢中道路》，易明善、陸文璧、潘顯一編：《何其芳研究專集》，成都：四川文藝出版社1986年版，第164頁。

〔註12〕何其芳：《夢中道路》，《何其芳研究專集》，第164頁。

〔註13〕何其芳：《夢中道路》，《何其芳研究專集》，第166頁。

他堅持一面漫無目的地讀書，一面精心地捕捉和描摹他感知到的色彩、圖案和心情，描畫著他那滿是苦澀和矛盾的夢境。

但是，不難看出，前期何其芳的詩歌創作缺乏持之以恆的詩學理念，創作往往隨著時代外部語境的變化而改弦更張。或者說，何其芳有著青年特有的內心躁動與慌亂，而缺乏理性思維能力統攝內心，外界環境的變動便會產生更強烈的衝擊。他創作伊始便是被動地跟隨自我情緒的流動，而缺乏跳出情緒反制的意識和能力。他有著異常敏銳的感知能力，卻常常放任感觀信馬由韁，滿足於從自我狹小生活中捕捉到的些許色彩和圖案，使自己陷於「一種根本的混亂或不能駕馭文字的倉皇」〔註14〕。因而，何其芳的詩歌主題相對淺薄，也缺乏表現生活內容的廣度〔註15〕，同時主體意識與美學自覺意識較為薄弱，未能形成一定風格。這就為後來文學活動的「轉向」埋下伏筆。

這段時期，何其芳除了隨心所欲地讀書畫夢之外，還結識了詩友、自編刊物，與詩友唱和。他與卞之琳、李廣田三人將各自詩作編為一部三人合集，賦名《漢園集》，引來文壇的矚目，三人也因此獲稱「漢園三詩人」。或許是詩友的勸勉，或許是自身創作經驗和生活經驗的積累，何其芳發現了「自己的貧乏」，也意識到自己很難「能夠自覺地創造」。〔註16〕他在取得一定文學成績的同時，自我的懷疑和否定也在加深。他仍然沒有跳出自我的空間，任由憂鬱、感傷、孤獨的情緒滋長。「孤獨，是的，是我那時唯一的伴侶。」作為「一個書齋裏的悲觀論者」，他的孤獨、感傷，既是對現實人生的厭棄和逃避，也是對古典文學和西方世紀末思緒中頹廢心理的認同。〔註17〕《預言》、《羅衫怨》等詩作便創作於這樣的心境下。

即便是在此等彷徨痛苦的心境裏，何其芳仍然篤定自己擅長並堅守的文學事業。他認識到，「藝術是無情的，它要求的挑選的不僅是忠貞。在這中間一定有許多悲劇，一定有許多人像具有征服世界的野心的英雄終於失敗了，終於孤獨地死在聖赫勒拿島上。」〔註18〕這份決絕與悲傷卻也讖語般地預告著何其芳的藝術道路上不乏悲劇色彩。「悲劇」的根源便在於他的創作主體意識的

〔註14〕何其芳：《夢中道路》，《何其芳研究專集》，第165頁。

〔註15〕當然，這種社會歷史的批評對何其芳詩歌本身而言或許並不恰切。

〔註16〕何其芳：《〈燕泥集〉後話》，《何其芳研究專集》，第222頁。

〔註17〕何其芳：《我和散文——〈還鄉雜記〉代序》，易明善、陸文璧、潘顯一編：《何其芳研究專集》，成都：四川文藝出版社1986年版，第237頁。

〔註18〕何其芳：《〈燕泥集〉後話》，《何其芳研究專集》，第222頁。

薄弱，頗多被動性。比如，何其芳的創作起於詩歌，當他偶得的《獨語》「經朱企霞看後，不勝驚喜，以為他的散文比詩更好，建議他以後多寫散文」，何其芳便「陸續寫了不少抒情散文」。〔註19〕這些散文便是後來引起文壇轟動的《畫夢錄》。抗戰爆發後，又多寫雜文和報告文學。何其芳的創作與人生的矛盾、痛苦、猶疑與偶然性可見一斑。

《畫夢錄》的獲獎〔註20〕，並不能沖淡生活的艱辛和民族的苦難。三年中學教員生涯，何其芳經歷瞭解聘、奔波，見到了社會的黑暗、制度的粗暴、人間的苦難、生活的雜亂、命運的無序，看見「無數的人輾轉於飢寒死亡之中」〔註21〕，他自己也曾被當局通緝。這些生活的外力促使何其芳終於能夠從世界和自我的狹小夢境醒過來，尤其是抗戰的爆發，刺激著何其芳開始否定自己過去的文學成績，反思自己的人生態度，對自己逐步有了新的身份期待。他過去基於孤獨的自我編織文學舊夢是逃避現實，「也正是鴉片煙」〔註22〕。因而，他「厭棄自己的精緻」〔註23〕。他認識到，當現實的「無情的鞭子打到背上的時候應當從夢裏驚醒起來，看清它從哪裏來的，並憤怒地勇敢地開始反抗」，希望「使自己的歌唱變成鞭子還擊到這不合理的社會的背上」〔註24〕。他開始「從個人的立場來非難舊社會」，他「所愛好的文學也就變換為非難舊社會的文學了」。〔註25〕何其芳開始思考時代與社會的命運，試圖擺脫個人的文學舊夢，多了質樸的氣息，生活的味道變濃了，情感粗起來了。於是，他開始用文學去展演苦難、解剖現實，陸續有了《還鄉雜記》、《刻意集》這樣相對粗糲的作品，《預言》中的部分詩作也創作於此。他還計劃寫一部再現社會現實苦難的長篇小說，以容納「對於各種問題的見解」，紓解「精神上的鬱結」。〔註26〕

饒有意味的是，何其芳對自身在創作上的「專長」與不足並不自知。他長

---

〔註19〕蔣勤國：《何其芳傳略》，《新文學史料》1987年第2期，第168頁。

〔註20〕即著名的「第一屆大公報文藝獎」，該獎是1936年為紀念《大公報》創辦十週年而辦。該報《文藝》副刊編輯蕭乾邀請了邀請了邀請知名作家沈從文、朱自清、葉聖陶、巴金、林徽因等擔任評委。1937年5月，該獎公布獲獎名單，小說是蘆焚的《穀》，戲劇是曹禺的《日出》，散文是何其芳的《畫夢錄》。

〔註21〕何其芳：《我和散文——〈還鄉雜記〉代序》，易明善、陸文璧、潘顯一編：《何其芳研究專集》，成都：四川文藝出版社1986年版，《第239頁。

〔註22〕何其芳：《〈夜歌〉後記二》，何其芳研究專集》，第250頁。

〔註23〕何其芳：《夢中道路》，《何其芳研究專集》，第165～166頁。

〔註24〕何其芳：《刻意集・序》，《何其芳研究專集》，第230頁。

〔註25〕何其芳：《〈夜歌〉後記二》，《何其芳研究專集》，第250頁。

〔註26〕蔣勤國：《何其芳傳略》，《新文學史料》1987年第2期。

於描畫自我精神世界的夢境和狹小世界裏的微妙感覺，在再現廣闊社會和現實苦難時卻異常吃力。他的《還鄉雜記》等不少篇什在表現苦難時比較粗疏，而他的長篇小說計劃到生命完結時都未能完成。這是「政治進步、藝術退步」論所掩蓋了的，即所謂「政治進步」的革命文學和革命戰爭本身所「需要」的文學恰恰是何其芳所不擅長的。這是主體條件與客觀需要的錯位，也是自我認知與實際情況的錯位。這雙重錯位注定了何其芳此後在藝術追求上的痛苦，何其芳自己和批評者對其藝術創作都難言滿意。

除了創作上的轉變，何其芳的生活和思想也在發生顯著的變化。卞之琳說何其芳在山東萊陽師範教書時「顯出了進一步的思想轉變」，有了明顯的「憂憤情懷」，而且比卞之琳的變化急劇。〔註 27〕全面抗戰的爆發明顯加速了這一轉變進程。當何其芳到達成都時，抗戰形勢已經非常嚴峻。他便與卞之琳、方敬等合辦了傳播新思想、宣傳抗戰的《工作》。何其芳是《工作》的主力，他密切關注社會動態，開始嘗試以文章為手術刀去救正社會弊病，寫下《論工作》、《論救救孩子》、《論本位文化》、《論周作人事件》、《坐人力車有感》等雜文，也寫了《成都，讓我把你搖醒》這樣少見的揭批黑暗、渴盼光明的詩篇。何其芳也因此成為當時成都小有名望的「社會活動家」。卞之琳指出，何其芳的「文風從他的《還鄉雜記》開始的漸變來了一個初步的突變。與思想內容相符，他的筆頭顯得開朗、尖銳、雄辯。」〔註 28〕可以說，此時何其芳的思想與到延安初期已大體相近。何其芳此時的雜文創作以及日後奔赴延安、再赴抗戰前線，大體近於一種「文學救國」的理念。

何其芳的這種思想轉變也反映在他的教學工作上，他主張學生教育必須適應抗戰的要求。他革新了中學國文的教學內容，「主要給大家講講現代作家的作品，而且應該多多接觸與時事有關的文章」〔註 29〕。為此，他專門編選了新教材，收入了魯迅、巴金、夏衍、羅曼・羅蘭、高爾基、馬克・吐溫等中外作家的一些富有戰鬥性的作品，同時積極探索新教法。這為日後的延安文藝教育工作奠定了堅實的基礎。他的富有革新氣息的國文課堂深受學生

〔註 27〕卞之琳：《何其芳與〈工作〉》，易明善、陸文璧、潘顯一編：《何其芳研究專集》，成都：四川文藝出版社 1986 年版，第 48～49 頁。

〔註 28〕卞之琳：《何其芳與〈工作〉》，易明善、陸文璧、潘顯一編：《何其芳研究專集》，成都：四川文藝出版社 1986 年版，第 47 頁。

〔註 29〕卓如：《青春何其芳：為少男少女歌唱》，太原：北嶽文藝出版社 2007 年版，第 211 頁。

歡迎，課堂和課餘與學生的互動也較頻繁。不過，當一些學生提出要閱讀和講授他的《畫夢錄》時，何其芳明確予以拒絕，並說「現在已不是『畫夢』的年代了！」〔註 30〕

抗戰促使何其芳終結了自己的「畫夢」之旅。他沒有去昆明的書齋裏，而是選擇了延安的窯洞，並希望經延安「到前線去」，和士兵們一起生活、戰鬥，「而且把他們的故事寫出來，這樣可以減少一點我自己的慚愧」〔註 31〕。

### （二）社會新人：作為文學教員的何其芳

經由沙汀聯繫，在四川地下黨負責人車耀先的安排下，何其芳、沙汀和卞之琳一行人從成都出發，於 1938 年 8 月底到達延安。一路上的見聞，給何其芳以極大的觸動。一行人經西安中轉時，氣氛還比較沉悶，但臨近延安，氣氛很快火熱起來：人們以「同志」相稱，一起唱高亢的抗戰歌曲。〔註 32〕這前所未有的新奇體驗，撲面而來的革命熱情，使何其芳被壓抑的青春氣息重新煥發，他的生活變得新鮮而充滿希望。他新奇地觀察著一切，感受著一切。到達延安後，他見到了一群群青春洋溢、精神昂揚、穿著軍服的青年，整座城都彌散著親切、熱烈、活潑、團結的氛圍。於是，何其芳向前來探望的周恩來提出的第一個要求便是馬上發延安幹部穿的灰布制服。何其芳旋即脫掉顯得迂腐破舊的長衫，穿上嶄新神氣的幹部制服，彷彿成為一個社會新人一樣，異常興奮。這一充滿儀式感的細節，似乎昭示著何其芳拋棄過去，也在預演著他的「政治進步」。

需指出，何其芳的「進步」很大程度上並非源於主體的主動探求。何其芳奔赴延安本身更像是一種權宜之計，延安並非他的目的地，而且他也保留了成都的中學教員職位以作退路。〔註 33〕他的所謂「政治進步」也並非「何其芳現象」這一概念所描述的那麼堅決徹底，後來的「進步」與「退步」之間的反差也沒有那麼懸殊。由此才能夠理解，何其芳何以會在延安創作了「午夜夢回」般的《夜歌》，也才能夠明白《給艾青先生的一封信》、《一個平常的故事》與《解釋自己》中的委屈與不忿。也就是說，「奔赴延安」前後，何其芳的思想、

〔註 30〕卓如：《青春何其芳：為少男少女歌唱》，太原：北嶽文藝出版社 2007 年版，第 212 頁。

〔註 31〕何其芳：《一個平常的故事》，易明善、陸文璧、潘顯一編：《何其芳研究專集》，成都：四川文藝出版社 1986 年版，第 149～150 頁。

〔註 32〕何其芳：《從成都到延安》，《文藝陣地》第 2 卷第 3 期，1938 年。

〔註 33〕蔣勤國：《何其芳傳略》，《新文學史料》1987 年第 2 期。

情感並未產生涇渭分明的變化。對何其芳的「轉變」產生更大推動作用的是延安文藝座談會和文藝界整風，以及抗戰。實際上，何其芳自己曾說，他「大概並不是一個強於思索和反抗的人，總是由於重複又重複的經歷、感受，我才得到一個思想；由於過分沉重的壓抑，我才開始反叛。」〔註 34〕從其自我剖白可以推斷，何其芳是一個思想言行都相對被動的人，環境的變化、外界的肯定、組織的接納，有時比他自己的努力與堅持顯得更為重要。他在創作上固然取得過令人矚目的成績，有鍾情、擅長和堅持的文藝觀念，制定過創作計劃，但恰因其主體意願的被動性和生活經驗狹隘，他總會「輕易」改弦更張。他的主動性體現在，他會調適自己的創作、思想以適應現實環境的需要，哪怕這種調整會付出自我割裂的苦痛代價。這一點倒是與延安文藝產生的內在邏輯是一致的。毛澤東日後評價何其芳靈活性多於原則性〔註 35〕，大抵如此。

1938 年 9 月，何其芳第一次見到毛澤東。何其芳直接表明來意：「我們想寫延安」。毛澤東以其一貫的幽默接道：「延安有什麼可寫的呢？延安只有三座山，西山、清涼山、寶塔山……」但緊接著又嚴肅地說，「也有一點點可寫的」。〔註 36〕顯然前面都是拉近關係的客套話，後面這一句「也有一點點可寫的」才是關鍵。這可以視作毛澤東給文學工作者出的准入資格考試題目，何其芳等各類新舊作家需要花些心思去答好。至於這可寫的一點是什麼，毛澤東給何其芳們留足了空白。待不久後何其芳等人再次請示，表明「想要經過延安到前方去，到華北八路軍活動的地區，去搜集材料，寫報告文學」，毛澤東才肯定地說「文藝工作者應該到前方去」。〔註 37〕毛澤東還關切地囑咐何其芳等人要克服到前方路上的困難。這兩次談話給何其芳以很大鼓舞，「他感慨而且感動。他決定留下來」〔註 38〕。

而此時的延安，經過蘇區的探索和鋪墊，革命戰爭的發展已經向中國共產黨提出了「革命需要文學教育」的歷史課題。為了滿足革命戰爭對大批文藝幹部的需要，毛澤東等中共領導人親自參與籌建了延安第一所「專門於藝術方面的學校」——魯迅藝術學院。該校於 1938 年 4 月開學後，中共便開始以其為

〔註 34〕何其芳：《一個平常的故事》，《何其芳研究專集》，第 141 頁。

〔註 35〕何其芳：《毛澤東之歌》，牟決鳴選編：《何其芳詩文掇英》，北京：東方出版社 2004 年版，第 144 頁。

〔註 36〕何其芳：《毛澤東之歌》，《何其芳詩文掇英》，第 116 頁。

〔註 37〕何其芳：《毛澤東之歌》，《何其芳詩文掇英》，第 117 頁。

〔註 38〕蔣勤國：《何其芳傳略》，《新文學史料》1987 年第 2 期。

精神堡壘，有意地自上而下地建構黨的文學教育。自然地，來到延安、留在延安的知識青年和文藝工作者都要納入這一工程體系裏，何其芳自不例外。

或許是歷史的巧合，大約在何其芳一行人到達延安前不久，延安魯藝成立了文學系。因教員短缺，延安魯藝發布《魯字第二十八號》公告〔註39〕，正式聘請何其芳擔任文學系文學教員。這是社會新人何其芳在延安的第一個組織身份。這當然是組織的安排。與何其芳一起分配到延安魯藝文學系的還有沙汀。不過，面對新環境下組織的「接納」與「安排」，沙汀最初婉拒了；相比之下，何其芳「爽快地承允了」〔註40〕。

早在《論工作》裏，何其芳便已表明心志，「於抗戰有力的工作」，他會極力去做。〔註41〕於是，何其芳調動其在成都做中學國文教員的經驗，快速地適應了新角色。他以極大的熱情投入到新生活、新工作中去。此時正好趕上秋收時節，何其芳與魯藝師生一起到延安郊外參加了秋收。這不僅是實際的生產勞動，也是魯藝文學系的創作實習課，開創了下鄉體驗生活的創作模式。不僅魯藝學員上了生動的一課，而且作為文學教員的何其芳也上了生動的一課。何其芳真切地感到，「彷彿我曾常常想像著一個好的社會，好的地方，而現在我就象生活在我的那種想像裏了」。〔註42〕何其芳彷彿尋到了理想的精神家園，他的自我身份期待有了明確的歸處。於是，他在延安的「生活有了很重要的支柱」，他知道了「活著是為了什麼」，「認識了個人的幸福的位置」，他的「個人的問題和苦痛在開始消失，如同晨光中的露水，而過去的生活留給我們的陰影也在開始被忘記，如同昨夜的夢」〔註43〕。何其芳以他的勤懇、熱情、爽直體驗著他在延安的短暫甜蜜，釀著他的社會新人的夢。他「對工作的認真負責，很快在『魯藝』贏得了同志們普遍的讚揚，因而不久就由院部的黨組織接受他入了黨」。〔註44〕後來，何其芳又接任延安魯藝文學系主任，多了很多行政事務需要處理，但他並未放鬆教學。他非常注意

〔註39〕谷音、石振鐸合編：《魯迅文藝學院文獻》，瀋陽音樂學院《東北現代音樂史》編委會，1986年，第99頁。

〔註40〕沙汀：《追憶其芳》，《何其芳研究專集》，第19頁。

〔註41〕何其芳：《論工作》，藍棣之主編：《何其芳全集·2》，石家莊：河北人民出版社2000年版，第5頁。

〔註42〕何其芳：《我歌唱延安》，《文藝戰線》（創刊號），1939年2月16日，第18頁。

〔註43〕何其芳著；藍棣之主編：《何其芳全集·2》，石家莊：河北人民出版社2000年版，第85頁。

〔註44〕沙汀：《追憶其芳》，《何其芳研究專集》，第19頁。

發掘學員的創作才能，對於學員的習作，不論長短、優劣，都認真批閱、寫出評語、給出建議。「他每天帶著同學的稿子上山，又把看過的稿子和評語帶下山。他總是斜披一件棉襖，邁著急促的步子，不知疲倦地和每一個同學談創作、談學習、談生活、談理想。」〔註45〕

何其芳還在延安各地參觀訪問。他感受到，延安的空氣是「自由的空氣」、「寬大的空氣」、「快活的空氣」，來到延安像回歸家園般幸福。延安不僅僅有三座山，而且「包括著不斷的進步」，人們的「生活太快樂」。〔註46〕何其芳需要做的便是盡情地為之歌唱。他以全部激情寫下了《我歌唱延安》，交出了毛澤東「也有一點點可寫的」第一份考卷。寫完第二天，何其芳正式加入中國共產黨。沙汀認為，此時的何其芳「在當日的大是大非問題上旗幟鮮明，響亮地喊出了一代進步青年的心聲」，這是何其芳在「政治思想上和創作道路上的一個飛躍」。〔註47〕「飛躍」的評價雖有美化和抬高之嫌，但為何其芳的多年老友，沙汀這種追憶更多是基於對何其芳真誠品格的瞭解。他忠於內心、忠於自己的情感、忠於自己的生活，所以他才會有夢囈般的獨語，去描畫略顯頹蕪的舊夢，而後每每陷入歉疚乃至毀棄自己的文稿；當生活發生變故，他才會來到延安尋找他想要的光明和自由，又因看不清未來而試圖保留退路。延安魯藝文學系學員岳瑟對何其芳的分析還是比較切中肯綮的：「何其芳始終是一個容不得半點虛假和謊騙的革命文學家，他的作品，是他個人的真實寫照，也是當代知識分子自我思想鬥爭歷程的真實反映，從這個意義上說，他這個人，本身就具有體現時代精神的典型品格」。〔註48〕何其芳本就具有的真誠而常常陷入矛盾的特質，在其兼具「共產黨員」和「文學教員」兩個身份之後，體現得愈加明顯。在去延安前和到延安後，他不止一次提到要做青年的榜樣。何其芳將這種道德自律與其歌唱熱情、一貫的認真精神帶入文學教學活動中，但因其生活經驗和文學視野的局限，其教學與創作上的探索和實踐不僅很可能溢出黨的文學教育的需要，而且與其寫士兵們的故事的初衷相齟齬。反而因為自身的真誠，在不經他人提醒乃至勸誡的情況下，何其芳反而可能會在這種偏差和錯位上走得更遠。這就造成他要常常努力調適他與黨的文學教育的要求之間的平衡。

〔註45〕岳瑟：《魯藝漫憶》，《中國作家》1990年第6期。
〔註46〕何其芳：《我歌唱延安》，《文藝戰線》（創刊號），1939年2月16日，第18頁。
〔註47〕沙汀：《追憶其芳》，《何其芳研究專集》，第20頁。
〔註48〕岳瑟：《魯藝漫憶》，《中國作家》1990年第6期。

何其芳曾提到一個細節，1938 年 5 月毛澤東曾對延安魯藝的工作作了批評，指責魯藝師生不討論、不重視中央同志的講話。何其芳認為這是毛澤東「對魯迅藝術學院指出的教育方針，文藝工作者的方向」。而且，「聽了這次講話以後，魯藝的同志們進行了討論」。〔註 49〕顯然，這次批評之後，延安魯藝在一定範圍內形成了學習中央領導的講話、報告、文章的風氣。何其芳到延安魯藝工作後，受此風氣影響，開始了對中央領導尤其是毛澤東的學習。另一個更直接、影響也更深遠的事件是，何其芳入黨後第二天便與沙汀一起帶領延安魯藝文學系第一期學員，跟隨賀龍部隊到晉西北和冀中抗日根據地實習。何其芳對這次上前線滿懷期待，到了前線部隊，「他忙著訪問軍隊幹部，搜集寫作材料，他的小筆記本上常常記得滿滿的」。〔註 50〕但前線「碰到的卻並不是我想像和幻想的事物，而是敵人的『掃蕩』，使我們幾乎不能停下來的『掃蕩』」〔註 51〕，他不僅沒有見到軍隊大勝工農群眾歡欣鼓舞，反而經歷了長期危急而堅苦的戰鬥，經常被迫轉移，還在急行軍時受了傷。被前線的艱苦的真實生活潑了冷水，何其芳也沒有寫出滿意的報告文學。何其芳由此陷入較長時間的羞愧、自卑、苦悶、矛盾和掙扎，也意識到要加強對中央精神的學習、加強對革命戰爭的研究。當然，何其芳的這種學習開始只是基於自身經驗，難免理解得片面、不夠深刻。隨著何其芳帶領學生到抗日前線和到延安郊外實習以及日常工作經驗的累積，他的學習經過了一個從被動到主動、從掙扎抗拒到心悅誠服地接受的漸變過程。這種轉變過程恰恰應對一種內在變化：在何其芳的文學教學和創作中，其原本的文學觀念不斷被壓縮，延安文藝教育的要求逐步佔據主導。

從前線回到陝甘寧邊區，何其芳繼續在延安魯藝文學系工作，講授文學創作和文藝理論。1940 年，何其芳接任文學系主任後不久，響應毛澤東的號召，與公木一起開設了民間文學課，以有助於建立「新鮮活潑的、為中國老百姓所喜聞樂見的中國作風和中國氣派」。〔註 52〕儘管此時的何其芳仍處於劇烈的自我鬥爭當中，但他仍然邁出了向黨的文學教育靠攏的異常重要而堅實的一步。

〔註 49〕何其芳：《毛澤東之歌》，選自牟決鳴選編：《何其芳詩文掇英》，北京：東方出版社 2004 年版，第 121 頁。

〔註 50〕蔣勤國：《何其芳傳略》，《新文學史料》1987 年第 2 期，第 174 頁。

〔註 51〕何其芳：《毛澤東之歌》，選自牟決鳴選編：《何其芳詩文掇英》，第 118～119 頁。

〔註 52〕人民教育出版社編：《毛澤東論教育》，北京：人民教育出版社 2008 年版，第 51 頁。

他花了相當的精力和熱情搜集整理符合「黨的文學」要求的民間文學作品，同時邊研究邊教學，以至於成為一名延安文藝教育語境下黨所期待的民間文學家。1945 年，何其芳主持編纂了《陝北民歌選》。因其編選之科學、方法之嚴謹、體例之完整、材料之完備，《陝北民歌選》至今仍是民間文學採集整理的經典範本，具有開創性意義。

除了堅守延安魯藝文學系教職和少量創作，何其芳還會以其他多種途徑參與延安文藝教育，拓展了文學教學的課堂，而這些經驗至今仍有其現實意義。其一是兼職到其他文藝訓練班、文藝院校作報告和授課。何其芳曾在星期文藝學園第一屆第二學期講授《詩與散文》，在「部藝」主講文學創作。其二是在在業餘時間熱心輔導文學青年的文學創作。延安魯藝文學系第一期開學後不久，學員們自發組織了文學社團路社，何其芳、沙汀等指導路社學員編輯了牆報《路》。路社經常舉行文學問題座談會，何其芳非常熱心，有時便會抽出時間參加，分享他的創作經驗和文學主張。對於《路》這份略顯稚嫩的牆報，何其芳傾注一定心血，他不僅幫助修改稿件，設計編排版式，甚至還就牆報的抄寫提出意見。其三是參加延安魯藝的文藝沙龍。文學系的主要文藝沙龍活動是詩歌朗誦，而小範圍沙龍活動幾乎每個周末都有，何其芳是這類活動的核心人物。何其芳「儘量選健康明快的」詩歌來朗誦，「總是用很重的川東腔朗讀，聲情交融，自然親切，沒有一點花架子」〔註 53〕，因而成為最受歡迎的詩歌朗誦者之一。「當時，文學系的一部分學生，深為何其芳的詩歌藝術和精神魅力所吸引，在他周圍形成了一個『小圈子』」，構成一個事實上的「有志於追隨他們所喜歡的老師，進行文學創作和研究的小團體」。〔註 54〕這樣的師生互動，遠比一般的文學課堂更能撒播下文藝的種子。其四是工作之餘，何其芳常到延河邊漫步。那時的延安沒什麼風景，「延河成了我們生活中不可缺少的伴侶。」〔註 55〕年輕的夥伴們在工作、勞作、學習之餘，在黃昏的延河邊，暢談文學、理想、人生，一些人還在這裡載歌載舞。詩人何其芳為這種場景打動，寫下了詩歌《我為少男少女們歌唱》，唱出了他的心聲，唱出了他的真誠。何其芳除了是延安漫步的觀察者，也是漫步時師生暢談的參與者、發起者。他常常利用

〔註 53〕岳瑟：《魯藝漫憶》，《中國作家》1990 年第 6 期，第 90 頁。

〔註 54〕王培元：《延安魯藝風雲錄》，桂林：廣西師範大學出版社 2004 年版，第 50～51 頁。

〔註 55〕馮牧：《我的三個故鄉》，北京：中國華僑出版社 1994 年版，第 31 頁。

在延河邊漫步的機會，「找學生個別談話，交流思想」〔註 56〕，往往能起到春風化雨、潤物無聲的效果。其五是親自組織文學社團。1941 年底，何其芳與文學系的嚴文井、陳荒煤、周立波組建了草葉社，並公開出版社刊《草葉》，以作為魯藝師生探討文學問題、發表文學作品的平臺。魯藝文學系學員一時間爭相閱讀《草葉》雙月刊，從中學習汲取創作營養。

以上只是何其芳在延安從事文學教育活動的剪影，卻足可以見出他歌唱延安的認真、熱誠，也可以看出他是一個以真誠為底層人格的優秀的文學教員，還可以發現這份真誠背後何其芳在個人趣味與延安文藝教育之間的錯位和掙扎。而長期處於劇烈自我鬥爭中的何其芳恰恰身處延安魯藝這一延安文藝教育的精神堡壘之中，講授文學創作等重要課程又兼任文學系主任，可以說，何其芳的言行、思想和創作上的變化，是延安文藝的重要風向標。

### （三）寫作迷途與改造自新：從虔誠學員到佈道者

1938 年 11 月到 1939 年 4 月，何其芳與沙汀帶領延安魯藝文學系第一期學員在華北抗日前線實習，這是何其芳早期非常難得的個體追求與時代要求同頻的經歷。但這次經歷帶給何其芳的，更多是嚴重的挫敗感、自卑感和無盡的羞愧悔恨。據岳瑟回憶，這次實習到了後期，魯藝學員間已彌漫著抱怨、不安的情緒，何其芳和沙汀對此也滿是無奈。〔註 57〕何其芳恰在此時受傷做了手術，他自己的「舊的感情開始抬頭，掛包裏的筆記本上客觀的記錄漸漸變為個人情緒與感情的書寫。他悲哀地感到自己雖然有好的願望，但仍和軍隊，和新的生活有著隔膜，最後竟至於覺得自己在前方是一個『沒有用處的人』」〔註 58〕。不久，魯藝學員實習期滿，大多數學員要求回延安，何其芳便與沙汀帶領他們回到延安。

再到延安，何其芳的心境已然發生很大變化，從剛到延安時的從容快樂陷入深深的自卑和自責中。一方面，他開始深刻質疑自己的思想和創作。他曾在書齋裏豪言，假若「有機會去做更切實，更有效，更有利於抗戰的事情，放棄文學工作並不是惋惜的」〔註 59〕。然而，他走出書齋後在前線隨軍探訪

〔註 56〕王培元：《延安魯藝風雲錄》，第 54 頁。

〔註 57〕岳瑟：《魯藝漫憶》，《中國作家》1990 年第 6 期，第 85 頁。

〔註 58〕蔣勤國：《何其芳傳略》，《新文學史料》1987 年第 2 期，第 174 頁。

〔註 59〕何其芳：《論工作》，藍棣之主編：《何其芳全集 · 2》，石家莊：河北人民出版社 2000 年版，第 7 頁。

期間不僅在實際工作上沒有什麼作為，反而在其擅長的文學創作上也沒有什麼成績。何其芳陷入一種寫作迷途：他深感「過去的文學作品一方面幫助了」自己，一方面又給予他「許多累贅」。〔註 60〕他在文學舊夢裏養成的觀察、思考、創作的習慣，並不能幫助他有效把捉革命戰爭的現實。他的「成功經驗」在這些生活面前是失效的，但時代語境和延安文藝教育恰恰需要表現人民大眾的抗戰生活。聯繫何其芳在《〈燕泥集〉後話》裏所展露的藝術野心，以及他趕赴抗日前線前要寫士兵們的故事的躊躇滿志，這種錯位和落差勢必誘發其強烈的自卑感。在此前後，何其芳招致艾青等人在文學藝術上、中國青年社在政治動機上的批判，他深感委屈、不忿和孤獨。這段時間，何其芳茫然無措，「有一箇舊我和一個新我在矛盾著，爭吵著，排擠著」〔註 61〕。他既覺得《畫夢錄》是可憐的小書和愉悅自己的玩具，又堅信它和延安之間有一條相通的道路〔註 62〕；既為他的文學舊夢裏的纏綿悱惻的太息感到厭煩與可羞，又不知道哪些「東西應該拋棄」、不知道「應該用什麼來代替它們」〔註 63〕。在這樣的苦悶中，何其芳或者抄寫抗戰前自己所作詩歌〔註 64〕，或者自己創作新的詩篇，而相較於初來延安時的歌唱，這些詩歌更能安放他敏感、自卑而孤獨的心靈。直到晚年，何其芳都未能消解這種自卑感和孤獨感，他曾在一封信裏說，他覺得他的真正的創作還沒有開始，以前所有他寫的文字不過是練習和準備。

另一方面，何其芳「在閒談中，文章中，多次譴責自己從冀中倉促離開前線，說那是永遠不可原諒的『可羞的退卻』」〔註 65〕，直到臨終前都懊悔不已。他曾在《憶昔（十二）》裏自責道：「從戎投筆應經久，持盾還鄉絕可憐。烈火高燒驚曠宇，奈何我獨告西旋。」正是在這般深深的羞愧自責中，何其芳逐漸意識到自己「還沒有在思想上與在生活上真正和勞動人民打成一片」，他「過去的生活、知識、能力、經驗，都實在太狹隘了」；也終於意識到自己最需要做的「是從一些具體問題與具體工作去學習理論，檢討與改造自己」，「從思想

〔註 60〕何其芳：《〈夜歌〉初版後記》，《何其芳研究專集》，第 245 頁。

〔註 61〕何其芳：《〈夜歌〉初版後記》，《何其芳研究專集》，第 242 頁。

〔註 62〕何其芳：《一個平常的故事》，《何其芳研究專集》，第 140 頁。

〔註 63〕何其芳：《〈夜歌〉初版後記》，《何其芳研究專集》，第 244 頁。

〔註 64〕據沙汀回憶，他曾經閱讀過何其芳的手抄本詩歌，字跡又小又極工整。顯然何其芳抄寫這些詩歌時是非常之用心的，再加上戰爭環境的映襯，何其芳的孤獨、苦惱更加鮮明。（參見沙汀：《追憶其芳》，第 21 頁。）

〔註 65〕岳瑟：《魯藝漫憶》，《中國作家》1990 年第 6 期，第 90 頁。

上武裝自己」。〔註 66〕從這時開始，何其芳日益表現出其思想和行為的雙重性和分裂特質。他特別有寫作的衝動，寫各種內容、各種形式與各種情感傾向的詩歌、散文和報告文學。他寫了專注小我吟哦的《夜歌》，也寫了表現前線生活的《老百姓和軍隊》、《七一五團和大青山》、《一個太原的小學生》、《飢餓》、《論土地之鹽》、《一個泥水匠的故事》、《北中國在燃燒》斷片等，還寫了表現延安生活的《論快樂》、《我為少男少女們歌唱》、《生活是多麼廣闊》、《雖說我們不能飛》等。我們可以發現何其芳作為個體生命的局促、緊張，以及他作為文學家的猶疑、分裂。這既有他的驕傲與執著，有他的真誠和坦率，有他的熱情和快樂；也有他的痛苦和踟躕，有他的忐忑與不安，還有他的自卑和懺悔，這些情緒都交匯於一個何其芳，一個渴望真正新生的歌唱者。

我們應該看到，在延安工作期間，何其芳在思想道路和藝術創作上存在著多種可能性，他的思想情感的發展，並不能完全自我控制和引導，「充滿了偶然」〔註 67〕。他來延安是意圖對革命有所貢獻，但他的革命熱情沒有扎根到革命戰爭的現實裏，含有太多幼稚、狂熱和不切實際的幻想，導致他長期負載著沉重的舊我的包袱，同時又往往自責自己的矯情。何其芳將《夜歌》定性為「消極的成分多於積極的成分」，並將這些詩歌當作對其「參加革命以後就寫不出東西來了的錯誤看法的一個回答」〔註 68〕，足可見出他對自己莫可名狀的舊夢的頑固堅持以及這種堅持背後的掙扎與抗拒。不論是為少男少女們高聲歌唱，還是午夜夢回般地夜驚低吟，都見出何其芳對組織接納的渴望。正因這種渴望，當《我為少男少女們歌唱》初發表後引來眾多知識青年共鳴和爭相傳錄時，何其芳反而越發憂慮不安，擔心詩歌給青年的生活道路造成誤導。他的《夜歌》也可以視作為求得接納而袒露自我最隱秘的情感。他渴求這種身份和能力而不得時，便陷入寫作迷途，乃至放棄寫作。或者說，何其芳所熟悉的、賴以安身立命的寫作，成為他躋身革命文藝工作者的障礙。何其芳或許沒有想到的是，因其在延安文藝教育體系中的特殊地位，整個解放區的抒情詩創作也一度陷入沈寂。

由上可知，因與革命戰爭現實之間的隔閡與錯位，何其芳雖長期以文學教員的身份參與延安文藝進程，但他自己卻陷於精神困惑。隨著革命戰爭的深入

〔註 66〕何其芳：《〈夜歌〉初版後記》，《何其芳研究專集》，第 244 頁。

〔註 67〕何其芳：《我和散文——〈還鄉雜記〉代序》，易明善、陸文璧、潘顯一編：《何其芳研究專集》，成都：四川文藝出版社 1986 年版，《第 233 頁。

〔註 68〕何其芳：《〈夜歌〉後記二》，《何其芳研究專集》，第 250 頁。

發展，何其芳文學教員的身份也開始變得可疑。何其芳曾「興奮地心悅誠服地聽完了」毛澤東報告《改造我們的學習》，然而他「當時對它的重大意義和深刻內容卻並沒有理解」。〔註 69〕顯然，何其芳的「學習」還需要更系統、更科學的理論說服和更強有力的政治勸誡。

何其芳在文學問題上的反覆、茫然，並非當時陝甘寧邊區文壇的個案。大約在何其芳自我鬥爭的同時，延安文藝界迎來一段異常活躍的創作熱潮。其中，1941 年相繼出現了大型牆報《輕騎隊》創刊、《野百合花》等雜文批判延安社會現象、一些文學創作嘲諷工農幹部等現象，引起了中央領導和前線抗日將士的警惕。此後，毛澤東等中央領導密集約見了延安文藝界人士，瞭解文壇思想動態，搜集相關材料。其中，毛澤東曾於 1942 年 4 月中旬約請延安魯藝文學系和戲劇系的幾位黨員教員集體談話。毛澤東嚴肅地批評了延安魯藝教員的委屈情緒，認為這是「教育沒有受夠」。〔註 70〕這種委屈情緒根本上反映了他們在文藝工作中的態度問題是可疑的，還殘存著小資產階級的落後思想，沒有與工農大眾同心同德。在毛澤東看來，文藝工作者驅除了委屈不滿等情緒、擺正了態度，不管有沒有經過長期生活沉澱，寫革命戰爭時都能寫出好作品。〔註 71〕對於當時的何其芳來說，這無疑切中肯綮，既指出了何其芳在前線未能創作出「滿意」作品的根源，又點明了他需要再教育的特性。不過，事隔多年之後，何其芳才逐漸領悟到批評的指向和深意。這領悟的過程，正是何其芳作為黨的文學教育的虔誠學員的成長歷程。

直接促成何其芳成為黨的文學教育學員的，正是延安文藝座談會。對於像何其芳一樣的「文藝工作者」來說，這次文藝座談會深刻地改變了他們的職業選擇，影響了他們的人生走向。這次座談會對何其芳觸動最大的是毛澤東、朱德的講話。毛澤東在「講話中談他自己參加革命以後，改變了資產階級和小資產階級的思想感情的一段話，感動了何其芳，他在發言中表示：小資產階級知識分子的靈魂是不乾淨的，他們自私自利、怯懦、脆弱、動搖；聽了毛主席的教誨，我感到自己迫切需要改造。」〔註 72〕會議最後一天在辯論作家的思想情

---

〔註 69〕何其芳：《毛澤東之歌》，選自牟決鳴選編：《何其芳詩文掇英》，第 124 頁。

〔註 70〕何其芳：《毛澤東之歌》，牟決鳴選編：《何其芳詩文掇英》，北京：東方出版社 2004 年版，第 131 頁。

〔註 71〕何其芳：《毛澤東之歌》，《何其芳詩文掇英》，第 131～134 頁。

〔註 72〕王培元：《延安魯藝風雲錄》，桂林：廣西師範大學出版社 2004 年版，第 266 頁。

感是否需要轉變時，朱德發言說不但要轉變，而且要投降，「投降共產黨」，「投降無產階級」。朱德的話「當時最感動了我、也就是最教育了我的幾句話」，給了何其芳「一個永遠不可磨滅的印象」，更給了何其芳「以很大的認識與決心去甘願向無產階級繳械」。這使何其芳「在以後的整風過程中減少了很多矛盾和苦惱」。〔註 73〕

延安魯藝的整風是系統而深入的。魯藝師生出了邀請毛澤東親自宣講座談會精神，還專門組建了整風委員會，整理出 22 份整風文件，編印出《複習文件參考大綱》，分步驟、有計劃地學習整頓學風、黨風、文風，並組織座談會、討論會予以研究和總結。到 1942 年 7 月底，延安魯藝整風進入高潮，全院師生圍繞學校的教育方針問題展開了激烈的辯論。這樣的辯論不自覺地將文藝工作者與工農群眾對立起來，誇大了他們之間的矛盾和差異。〔註 74〕這給廣大知識分子出身的文藝工作者以很大的道德壓力和很重的思想包袱。魯藝內部達成基本共識：魯藝的文學教育與現實的革命運動相脫節，產生了錯誤的關門提高的偏向。大辯論後，延安魯藝全校師生進行了學風學習考試，其必答題有：「你參加這次大討論會以前，對中心問題的認識如何？在聽了爭論以後，有無改變？改變在什麼地方？」下列三題中要擇其一回答：「一、為完成某一政治任務，需要你參加一種藝術活動，而這創作，你根據你的生活經驗和創作作風感覺不合適，這時你採取什麼態度？假如不做，你覺得有什麼理由來拒絕？假如做，怎麼做法？，如何做法？二、『群眾是真正的英雄，而我們自己往往是幼稚可笑的』，這句話如何瞭解？並以親身經歷的例子來具體說明之。三、研究文件，你讀書方法有何改變？試以新的觀點去分析一篇你最近所看到的論文或作品（以在延安發表、演出、展覽為限）。」〔註 75〕考試結束後，根據中央文件要求，魯藝師生需要「進行個人全面反省」，並寫出「反省筆記」。〔註 76〕

在這樣的有力勸勉下，何其芳參與編輯的魯藝校刊《草葉》也同步整頓。

〔註 73〕何其芳：《朱總司令的話》，中國報告文學叢書編輯委員會編：《中國報告文學叢書　第二輯第二分冊》，武漢：長江文藝出版社 1982 年版，第 64～65 頁。

〔註 74〕黄鋼：《平靜早已過去了！——延安魯藝整頓學風的辯論》，《解放日報》1942 年 8 月 4 日。

〔註 75〕《聯繫實際掌握文件精神　魯藝全院展開熱烈辯論》，《解放日報》1942 年 8 月 4 日。

〔註 76〕《聯繫實際掌握文件精神　魯藝全院展開熱烈辯論》，《解放日報》1942 年 8 月 4 日。

1942年6月14日，草葉社廣邀各部負責人、文藝愛好者與創作者等在魯藝文藝俱樂部舉行座談，總結前四期的經驗教訓。次日，《解放日報》以《〈草葉〉雜誌革新》為題予以報導；當晚，《草葉》編委再次開會討論自我清算，寫出《給讀者們》。該文認為《草葉》過去「某種程度地脫離了實際。它不適合於廣大的群眾的最迫切的需要。它對於戰爭和革命沒有發揮出較多的力量和作用。它沒有帶著一種開闢道路的精神向前進行，而只是按期展覽了一些作品」。編者希望《草葉》「有意識的去服務於戰爭和革命」，經常聯繫「離開了魯藝而分散在各個區域裏的文藝工作者」，並且不「把這個刊物局限於魯藝從事文學工作的人的機關雜誌」。〔註77〕顯然，編者們的新共識是將《草葉》作為面向更廣泛的工農大眾的文學教育陣地。不過可惜的是，這樣的編輯革新只持續了兩期，《草葉》出至第六期後便終刊未出。

在延安魯藝和草葉社這樣的集體內完成反省和學習後，何其芳很快交出了個人反省和學習的「考卷」。他從1942年8月到1943年4月，陸續寫出《雜記三則》、《論文學教育》、《改造自己，改造藝術》等，算是初步完成自我清算。何其芳的自我改造既包括對自身文學道路的梳理、方向的調整，也包括總結文學教育方面的得失。何其芳通過理論學習，「掌握」了大量他從未使用過的新詞彙，頻次最多的主要是「小資產階級」、「無產階級」、「改造」、「教條主義」、「主觀主義」等。

他首先否定了自己的創作成績。在《雜記三則》〔註78〕從多個方面否定了自己的創作。「小資產階級」思想貫穿於他的教學和創作中，他的創作成就並不可取。一是創作上的主觀主義，強調要做到文藝為工農兵服務，就必須拋棄主觀主義的創作，就要理解「我們所為的對象，看看題目需要一些什麼，能夠接受一些什麼」。二是小資產階級的藝術趣味，指出不與工農兵結合的趣味「是一種變態的東西」。三是語言的病態，何其芳認為自己過去「是一個害歐化病很深的人」，所謂的歐化「形式上頗為複雜多花樣，而內容上卻往往空虛」，但「真實的生活也不需要花花綠綠的粉飾」。至此，一直令何其芳懊悔不已的寫作迷途問題，在《在延安文藝座談會上的講話》這裡迎刃而解。而且，何其芳還發現中國舊文學與民間文學所蘊涵的大眾化價值，「那些還活在民間的傳說，故事，歌謠，我們也要算入我們的財產單內」，搜集和研究這類文學，「是

〔註77〕《給讀者們》，《草葉》第五期，1942年7月1日。
〔註78〕何其芳：《雜記三則》，《草葉》第六期，1942年9月15日。

有助於我們的創作方法的」。從這篇文章出發，何其芳逐漸成長為一位有開創性的民間文學家，在理論上和文本搜集整理上都有突出貢獻。

何其芳在《論文學教育》裏否定了自己在文學教育上的堅持與努力。他承認「教育的目的必須明確而具體地符合政治的要求。……我們不空談文化、藝術，彷彿它們本身就是它們的那樣。因為文化、藝術並不是刻意離開政治鬥爭而存在的清高事業。我們也不空談培養人材，彷彿它本身就是它的目的那樣。因為我們並不需要那種學而不能用或者用則談人談事的書呆子，清談家。因此我們的藝術教育和其他一切革命活動一樣，必須從實際出發，而且要回到實際去解決問題，發生作用」〔註 79〕。何其芳認為，他過去在文學創作課上堅持「寫熟悉的題材、說自己的話」，實際上是負載著「小資產階級的思想意識的鬼魂」，以致於沒有鬥爭經驗和正確的理論知識，僅憑著主觀熱情來教課。這樣的「主觀熱情」是不可取的、微不足道的。

在這樣的思路下，何其芳隨後寫了《改造自己，改造藝術》，對自己進行了全盤否定。他曾經以為「既已走到無產階級隊伍中來了，跟著走下去就成了」，「殊不知自己舊我未死，心多雜念，不但今天在革命的隊伍中步調不一致，甚至將來能否不掉隊都還很可擔心。又因為是寫文章的，自以為真有資格教育人了，而不知自己在許多方面還要從頭學起，先受教育。在幻想中，自以為如何忠實於革命，熱情得很，但碰到個人利益與集體利益有矛盾時，則不是公開抗拒革命的組織，也至少在心裏要不舒服很久。而且往往驕傲自大，實際除了執筆為文以外，其他所知所能真少得很」〔註 80〕。他在「整風以後才猛然驚醒，才知道自己原來像那種外國神話裏的半人半馬的怪物，一半是無產階級，還有一半甚至一多半是小資產階級，才知道一個共產主義者，只是讀過一些書本，缺乏生產鬥爭知識與階級鬥爭知識，是很可羞恥的事情。才知道自己急需改造。而且，因為被稱為文藝工作者，我們的包袱也許比普通知識分子更大一些，包袱裏麵包的廢物更多一些，我們的自我改造也就更需要多努力一些」〔註 81〕。至此，文學教員的身份被何其芳自我遮蔽起來了，

〔註 79〕何其芳《論文學教育》，選自谷音、石振鐸合編：《魯迅文藝學院文獻（內部資料）》，瀋陽音樂學院《東北現代音樂史》編委會，1986 年，第 158 頁。

〔註 80〕何其芳：《改造自己，改造藝術》，選自谷音、石振鐸合編：《魯迅文藝學院文獻（內部資料）》，瀋陽音樂學院《東北現代音樂史》編委會，1986 年，第 175 頁。

〔註 81〕何其芳：《改造自己，改造藝術》，《魯迅文藝學院文獻》，第 175 頁。

成了徹頭徹尾的文學教育學員。

談到《解釋自己》的創作初衷，何其芳曾這樣自我剖析：「雖然我在詩裏說『我辯護著新的東西，新的階級』，但當時我還是並沒有明確的無產階級觀點，並沒有科學的階級分析方法的。因此在這首詩裏我就既不能確切地認識中國，也不能適當地認識自己。」「自己是從封建地主的家庭生長起來，而又曾經長期過著脫離群眾脫離革命鬥爭的知識分子生活，寫這樣一個『中國人的歷史』，寫這樣一個『中國人所看見的中國』，又怎樣能夠表現出偉大的中國人民所經歷的苦難和鬥爭呢？所以不用說我當時做主張的寫知識分子也可以反映出中國來的這種見解（而且實際上是以未經改造的知識分子的立場和觀點去寫知識分子）是並不恰當的，不過是知識分子企圖表現自己的一種說法而已。」〔註 82〕問題的詭異性就在於，經過改造，表面上何其芳在道德上清白了、政治上正確了、立場上堅定了，他本應該「歌唱」出更多的詩文，取得更大的成績，然而他恰恰在此時陷入一段不算短的創作沈寂期。實質上，改造自新可不僅僅是寫幾篇反思文章就能完成了的。這對曾固守舊我的何其芳來說，更嫌艱難。他以做新社會的新人為終極目標，因此很長一個時期，他的「當務之急是從學習理論和參加實際鬥爭來徹底改造自己的思想情感」，寫詩在他的「工作日程上就被擠掉了」〔註 83〕。

自主排除了創作這一改造自新的「障礙」後，何其芳確實將工作重心轉向黨所需要的實際事務性工作，進而成為一名毛澤東文藝思想的佈道者。如果從「政治進步、藝術退步」的論調出發，這大概是何其芳的另一種寫作迷途。何其芳卻認為，「有許多比寫詩更重要的事情要去做，而其中最主要的是從一些具體問題與具體工作去學習理論，檢討與改造自己」〔註 84〕。1944 年 4 月至 1945 年 1 月，何其芳奉令調往重慶工作，一面管理《新華日報》副刊，一面調查重慶文藝工作情況。他與劉白羽起草調查報告，建議中共中央在重慶文藝界開展整風運動。1945 年 8 月至 1947 年 3 月，何其芳再赴重慶作文藝界的統一戰線工作，宣傳毛澤東《講話》精神，介紹延安文藝經驗。此外，何其芳先後在晉綏中央誠工部工作、擔任朱德秘書、在河北平山縣參加土地改革和農村整黨工作。到 1948 年 11 月，何其芳成為中共中央馬列學院國文教員，終於被

〔註 82〕何其芳：《〈夜歌〉後記二》，《何其芳研究專集》，第 247～248 頁。
〔註 83〕何其芳：《夜歌和白天的歌・重印題記》，《何其芳研究專集》，第 252 頁。
〔註 84〕何其芳：《〈夜歌〉初版後記》，《何其芳研究專集》，第 244 頁。

組織真正接納，再次具備了教育其他黨員的資格。1953 年 2 月，何其芳調往新組建的文學研究所，歷任副所長、所長，轉而投身學術研究與管理、刊物編輯等工作，繼續踐行延安文藝座談會精神。作為一個勤勉的佈道者，何其芳籌劃、組織和具體指導了文學研究所的各項工作，以其真誠、公正維護了學術的權威，保護了學者，為新中國拓寬了文學研究陣地〔註 85〕，為新中國彙集和培育了大量學術人才。

此外，體現何其芳作為延安文藝佈道者身份的，還有他的文學批評實踐。此間，何其芳陸續寫出了 21 篇文學論文，結集為《關於現實主義》。這裡有延安文藝界如何踐行毛澤東文藝思想的經驗推介，有對自己過去文學思想的檢討，也有對國統區部分文學作品和文學理論的批判，還有為寫作初學者所作的創作談。1950 年代以後歷次文學界運動中，何其芳也曾積極投身其中，撰文批判過俞平伯、胡風、馮雪峰、田漢、夏衍等。難能可貴的是，何其芳能夠做到始終堅守文學和學術的底線，不作人身攻擊，從不陷入用政治解決文藝問題的漩渦。

### （四）一個何其芳

有人說，延安整風運動之後，何其芳「用毛澤東文藝思想簡單取代了自己的獨立思考，取代了自我對實際生活的獨立感受、取代了自我對社會現實的獨立認識，取代了自我對藝術創造的獨立追求和探索」〔註 86〕。這樣的認識大體與「何其芳現象」說異曲同工，也能解釋為何岳瑟所理解的「何其芳現象」未能成為主流看法。但這一判斷忽視了何其芳的自主性努力，也掩蓋了何其芳內心的掙扎。客觀來看，何其芳的文藝思想有相當一部分是從毛澤東文藝思想發展而來，但後者並不能完全覆蓋前者。何其芳自己便曾袒露，寫理論批評文章是出於工作需要、出於宣傳毛澤東文藝思想的需要，但他「寫文章時希圖有自己的見解，甚至寫解釋毛主席的文藝思想的文章，也希圖有所發揮，結果就寫出了一些有錯誤觀點的文章」。〔註 87〕所謂「錯誤觀點」便是何其芳文藝思想溢出毛澤東文藝思想的核心部分，也是維繫「一個何其芳」的關鍵所在。

---

〔註 85〕參與創辦了《文學研究》（《文學評論》）、《文學遺產》等重要學術刊物。

〔註 86〕王培元：《延安魯藝風雲錄》，桂林：廣西師範大學出版社 2004 年版，第 281～282 頁。

〔註 87〕董志新整理校訂：《何其芳論紅樓夢》，瀋陽：白山出版社 2009 年版，第 225 頁。

何其芳在成都擔任中學教員時已能認識到「脫離了人生，脫離了時代，脫離了這民族的自由而戰鬥、而死傷、而受著苦難的群眾，無論任何形式的文學作品都不會偉大起來」〔註 88〕。從根本上講，毛澤東的《在延安文藝座談會上的講話》把文藝作為革命戰爭的必要手段，與何其芳奔赴延安的目的及其讓文學有利於抗戰的濟世情懷在內在邏輯上是一致的。這正是何其芳所要接受的思想，這樣的認識也是其能夠接受毛澤東文藝思想的大前提。如前所述，《在延安文藝座談會上的講話》從五個方面鞭辟入裡地闡述了當時延安文藝界普遍存在的問題，並旗幟鮮明地指出了救正這些問題的「工農兵方向」，同時毛澤東又在權衡之後留下了充分的理論空白，這樣靈活的策略性、明確的針對性賦予毛澤東文藝思想科學性和可行性。而何其芳自華北抗日前線回到延安後陷入寫作迷途和極度懊悔之中。延安文藝座談會的召開，對何其芳來說恰如「久旱逢甘霖」一般切實解決了何其芳的諸多困惑。加之，性情略顯被動的何其芳多次得到毛澤東的表揚與肯定，何其芳自會更加堅持學習和宣揚毛澤東文藝思想。

不過，我們並不能否認何其芳的自主探求與努力。何其芳在寫給艾青的申辯信中便指出，他「就是這樣一個遲鈍的人，頑固的人，任何道理我都要經過了我的思索，理解，承認，我才相信」〔註 89〕。何其芳也曾告誡年輕人，「我們的頭腦不可以只是讓別人的思想跑馬，一切見解都應通過我們自己的思考，而且對於作品必須有自己的心得和體會，自己的真知灼見」。〔註 90〕結合何其芳的行止言說，我們基本可以判斷，何其芳接受《在延安文藝座談會上的講話》，是經過了他的深思熟慮的，有其自身的切實經歷和思想作基礎。他在闡述和運用《講話》時，也往往經過了自己的研究、思考、發揮和發展。

自延安文藝座談會召開以來，何其芳作為一名虔誠的學員和堅定的佈道者，一方面能夠積極宣傳《講話》和黨的文藝理論，批判國統區文藝現象和俞平伯、胡適等的「資產階級唯心主義文藝思想」；一方面又能在理論上探索現代格律詩，堅持《紅樓夢》研究、文學史研究和民間文學研究，繼承文學遺產，表現出一般的佈道者所不具備的創造性。他在分析毛澤東作為一名馬克思主

〔註 88〕何其芳：《論工作》，藍棣之主編：《何其芳全集．2》，石家莊：河北人民出版社 2000 年版，第 7 頁。

〔註 89〕何其芳：《給艾青先生的一封信》，《何其芳研究專集》，第 168 頁。

〔註 90〕何其芳：《何其芳文集．5》，北京：人民文學出版社 1983 年版，第 473 頁。

義者時指出，「馬克思主義者並不怕在實踐中出現新的情況新的問題，因為他們可以根據這些新的情況新的問題來豐富和發展他們的理論，修改他們的主張、計劃和方案」。〔註91〕毛澤東的方法「不是從這些已成的理論出發，而是從實際出發，從客觀存在的事實出發，運用整個馬克思列寧主義的原理，運用整個馬克思列寧主義的立場、觀點和方法來觀察、分析和解決文藝的問題」〔註92〕。何其芳正是以同樣的態度對待毛澤東文藝思想，從實際出發，在繼承的基礎上從新情況出發加以發揮。何其芳的這種發揮最主要的有兩點，其一是在文藝為政治服務問題上，將為政治服務的內容理解地更寬泛，而且認為文藝的社會功能不單是「為政何治服務」。其二是仍強調文藝的審美功能，認為「這種對於自然界和社會生活的美的集中的表現，這種高度的思想性和藝術性的統一，這種優美的內容和形式的統一，就產生了文學藝術所特有的美感教育作用這種美感教育作用不但和廣大人民的文化生活有關，而且對於文學的發展具有重要的意義」〔註93〕。

綜上，從文學教員到文藝學員再到文藝佈道者，何其芳在陝甘寧邊區固然發生了多重身份的轉換，他的創作也一度走入迷途，但支撐何其芳從事文學教學、文學批評和文學創作的基本內核並沒有發生質的改變，有其內在的一致性和連貫性，《在延安文藝座談會上的講話》則為他注入新的生機與活力。所謂「何其芳現象」，更多是主客觀境遇轉換之後所產生的主體創作與思考的錯位與差異，不能單純用「進步與否」的標準視之。

## 二、規約與激情：丁玲與延安文藝教育

丁玲（1904.10.12～1986.3.4），原名蔣偉，湖南臨澧人，現代著名作家，延安文藝運動的組織者、參與者。

如果說何其芳在來到延安前後在文學風格和主體思想上產生一定的反差的話；那麼在到達延安之後文學風格和思想面貌出現較大反差的，當首推丁玲。她的《「三八節」有感》、《在醫院中》與其《關於立場問題我見》，公開問世的事時間相隔不過三個月左右。當時主流觀點認為，《「三八節」有感》等作品流露出來的，顯示出作者對工農大眾仍有認識的誤區乃至輕視。

〔註91〕何其芳：《何其芳文集·6》，北京：人民文學出版社1984年版，第223頁。
〔註92〕何其芳：《何其芳文集·6》，北京：人民文學出版社1984年版，第225頁。
〔註93〕北京師範大學中文系文藝理論教研室編：《文學理論學習參考資料　上》，瀋陽：春風文藝出版社1981年版，第358頁。

實際上，丁玲的轉變不是在到達延安之後開始的。革命文學興起之初，她就一直承受著時代洪流與自我訴求之間差異的痛苦。或者可以說，自丁玲走上文壇並一夜爆得大名之日起，她就堪稱一個痛苦的矛盾綜合體；她並不是在轉換什麼，而是一直在尋找一個安放心靈的所在。

### （一）流動的真誠與情歸延安

丁玲 1904 年出生於湖南安福縣蔣家，這是「一個有錢的人家，是一個人丁興旺的人家」，「是湘西一帶遠近聞名的大戶」〔註 94〕。這裡也是楚文化傳承的重要區域，風光秀麗而人傑地靈。丁玲自幼無憂無慮地成長於這樣的自然和人文環境中，養成了頗為自由、自立的品性。再加上丁玲承襲了楚人的靈動和才情，使得丁玲又常常多愁善感，情感流動性很強。丁玲自由自立的性格使她十分忠於自己的情感和內心感受，這樣的情感狀態後來使她常常陷入三角關係的尷尬境地。而自立的性格使她在各種情感關係中常常想要佔據主導地位，這樣「強悍」的情感觀又使她能夠磊落地從情感糾葛中抽身。日後使丁玲一夜間「暴得大名」的、也是代表其純粹藝術水準的創作，便是丁玲大膽地揭露自我隱秘的內心世界的有自敘傳性質的寫作，從中又可見出她的誠懇和她的痛苦。

丁玲的自立，還可以從她求學時廢姓改名這一行徑中窺見一斑。父親給她取名「蔣冰姿」，母親給她取名「蔣偉」，上中學時丁玲便自作主張改名為「蔣瑋」。1922 年到上海讀平民女子學校時，丁玲乾脆廢掉「蔣」姓，一度對外只稱「冰之」（可能是「冰姿」的變音）。但「廢姓引起很多麻煩，只好隨便加了一個姓。後來為去上海想當電影演員，改名丁玲，投稿時便又用了它」〔註 95〕。廢姓改名，可見出丁玲意在剪除對父母家庭的依傍，希望靠自己的努力走出一片自由的天地。

丁玲少女時期在寄居舅舅家時，便讀遍了舅舅家裏的草本舊小說，也能時常讀到時興的《小說月報》、《小說大觀》、《說部叢書》等近代報刊，也跟著表弟修讀了四書五經等儒家典籍，打下了很深的文學功底。1919 年，丁玲考取了湖南省立第二女子師範學院預科，她在文學上的才能開始顯露頭角。從這時

〔註 94〕丁玲：《遙遠的故事》，選自張炯主編《丁玲全集．第 10 卷》，石家莊：河北人民出版社 2001 年版，第 256 頁。

〔註 95〕丁玲：《致葉孝慎、姚明強》，選自張炯主編《丁玲全集．第 12 卷》，石家莊：河北人民出版社 2001 年版，第 118 頁。

起，她的創作便忠實於自己的真情實感，不曾改變。在湖南第二女師，丁玲還結識了對她有重大影響的王劍虹。在王劍虹影響下，丁玲開始參加學潮、傾向進步，開始接觸左翼思想和組織，激發了她體內潛藏的熱情和反叛精神。1922年2月，在王劍虹帶領下，丁玲到了上海，進入了中國共產黨創辦的平民女子學校。除了開始接觸到更多的左翼文學家，丁玲還參與了共產黨領導的更多的左翼進步活動。不過這終究還是與丁玲求學和創作的願望大異其趣的。因此，經由瞿秋白引導，丁玲到上海大學中文系做了一年多旁聽生。這是丁玲精神上最為富足也最為自由的時期，她徜徉在文學的海洋裏，迷戀於希臘神話和古典詩詞。也是在這一時期，丁玲與瞿秋白產生了一種特殊的情愫。這一情愫，既激發和奠定了丁玲初入文壇時的創作姿態，也決定了她與中國共產黨及共產黨人的相處姿態。

丁玲早期的創作主要是刻畫心靈上負載著時代創傷的小資產階級知識女性形象，一如其敘事採用第一人稱所暗示的，這些形象就是其本人的寫真。她的精神苦悶，多來自於愛情的苦悶，塗抹著濃重的感傷色彩〔註96〕。她「真真的只追過一個男人，只有這個男人燃燒過」她的心，使她「起過一些狂熾的欲念」。為此，她「曾把許多大的生活的幻想放在這裡過」，「也把極小的極平凡的俗念放在這裡過」。她痛苦了好幾年，總是壓制自己。〔註97〕我們後人的解讀往往還給她的創作額外地加上所謂「訴說個性解放的思緒」，其實，這種闡釋何嘗不是對丁玲真實痛苦自我的遮蔽。時代女性只不過是提供了一個映襯的參照系而已，任何可以映照、校正乃至安放自我的，都可以成為她將自我對象化的客體。

在愛情中兜兜轉轉、流動不羈的丁玲，「忽然」有了加入中國共產黨的願望。談及自己入黨的問題，丁玲曾回憶說道：「我問過瞿秋白同志，我參加黨，你的意見怎麼樣呢？如果瞿秋白同志是一個普通黨員，他一定會說，那很好嘛。但瞿秋白不是那樣，他有他的看法，有他對我的理解，有他對社會的理解，所以他當時說：『你嘛，飛得越高越好，飛得越遠越好。』這話正中我的下懷，

〔註96〕《不算情書》道出了丁玲面對兩個優秀男人時苦苦相戀而又難以抉擇的掙扎、道德與理想難以兩全的痛苦，為了愛情她幾乎燃燒掉自己的全部能量，然而她又是一個比較有理性有節制的人，懂得如何努力克制自己，兩種極端的心理和情感狀態都呈現在她身上，無疑使她的痛苦更加深刻。實際上，丁玲的走上革命、奔赴陝甘寧邊區，很大程度上也跟她這段愛情體驗有關。

〔註97〕丁玲：《不算情書》，《名作欣賞》1991年第6期。

所以我沒有飛進黨，我飛開了。」她之所以向瞿秋白談及入黨問題，無外乎是出於對瞿秋白的仰慕與崇拜。所謂愛屋及烏，瞿秋白才情卓異、出類拔萃，共產黨人想必也是好的，進而對中國共產黨心生好感、產生信任。她此後對中共的情感，信任和依賴遠遠多於懷疑和反思，根基也在於早期積累的樸素的情感。不過，丁玲對自己認識得還算清楚：「我覺得共產黨是好的。但有一件東西，我不想要，就是黨組織鐵的紀律。那時候我常想，我好比孫悟空，幹嘛要找一個緊箍咒呀。」〔註98〕這樣的政治認識顯然是非常幼稚的。將「入黨」和「參加革命」這樣嚴肅的事情繫於個人之情感流動，不論對丁玲自己還是對共產黨組織，無疑都是一把雙刃劍。丁玲能夠沉湎於愛情的熾熱、對愛情傾情投入，無疑也會將這種熱忱投射於所愛之人的所愛之革命事業上去，這正是草創期的陝甘寧邊區所需要的奮鬥精神，也是組織所「期待」的奉獻精神。但問題的另一面是，丁玲過於傾情投入、過於主觀、過於強勢的情感狀態，無疑會使她在革命工作中過於突出自我的體驗而逐漸溢出組織的要求和規範。

丁玲最大的特質就是這種自我的不確定性和多變性，她痛苦的根源也來自於此。當她的愛情的對象投入革命文學陣營、從事革命事業的時候，革命和革命文學無疑對她有極大的吸引力〔註99〕。再加上早前時候，她的摯友王劍虹與瞿秋白的愛情悲劇以及三人之間微妙的情愫，對丁玲來說，都是銘心刻骨的。原本崇尚自由的丁玲，忽然要求入黨。〔註100〕在這個時期，丁玲連續創作了《韋護》、《水》、《一九三〇年春上海》、《田家沖》等革命文學作品。她的

〔註98〕丁玲：《我是人民的兒女》，選自張炯主編《丁玲全集·第8卷》，石家莊：河北人民出版社2001年版，第306頁。

〔註99〕丁玲在《風雨中憶蕭紅》中回憶，馮雪峰在她的「知友中他是最沒有自己的了。他工作著，他一切為了黨，他受埋怨過，然而他沒有感傷，他對名譽和地位是那樣地無睹，那樣不會趨炎附勢，培植黨羽，裝腔作勢，投機取巧。」她還「苦苦地想起秋白，在政治生活中過了那麼久，卻還不能徹底地變更自己，他那種二重的生活使他在臨死時還不能免於有所申訴。我常常責怪他申訴的『多餘』，然而當我去體味他內心的戰鬥歷史時，卻也不能不感動」。（參見張炯主編：《丁玲全集·第5卷》，石家莊：河北人民出版社2001年版，135頁。）馮雪峰、瞿秋白在丁玲心中的情感分量或許不同，但在丁玲看來，他們無疑都是純粹的「革命的文藝人」。她無所保留地信任他們、傾慕他們，並追隨他們的腳步。她對於政治和政黨的最初的樸素的情感、她的政治選擇，根源都在於此，這也使她毫無保留地相信她的兩位知友為之付出一切的黨。從這個角度去看待丁玲在延安文藝座談會後的「突然」轉向和「投誠」，就更能理解她對革命和共產黨的真誠，她的任何「轉向」的言論，出發點僅僅在於她相信黨。

〔註100〕參見夢花：《瞿秋白與丁玲》，《江海學刊》1999年第1期。

創作不斷壓抑和拋棄其女性自我，轉而認同於男性文化權威，從而自覺不自覺地疏離了哀婉自憐的柔弱的兒女私情，開始張揚她並不能完全駕馭的昂揚向上的政治激情。

丁玲無疑是真誠的，不論是作為文化個體，還是作為生命個體，真誠是她的標簽。但可悲的是，她的這種真誠是流動不羈的，隨時隨勢而不斷變動，不斷需要找尋到某個憑靠，以使自己的靈魂得以安放。在她追隨愛人的腳步，心中日漸充盈革命和政治激情的時候，她潛存的知識女性形象並未隱退，而是隨時可能張揚出來，這構成了她最大的痛苦。

作為 1920 年代一夜「暴得大名」的女作家，丁玲因其「以一個女人而具有奮勇的戰鬥精神」，被不少青年視為「偶像」或「偉人」〔註 101〕。因而，丁玲 1933 年突然失蹤，瞬間成為一個引來各界廣泛關注的社會熱點。多方尋找未果，許多人以為丁玲已罹難，各類報章雜誌上一時間出現各種紀念丁玲的文章，比如與丁玲過從密切的沈從文的著名的《記丁玲》〔註 102〕。恰恰是這篇文章造成了丁玲與沈從文之間的罅隙，又因沈從文在文學和政治主張上的「超然」姿態，這在丁玲的「左傾」轉向上無形中又助推了一把。1936 年秋，通過中共組織的多方營救，丁玲終於逃出了南京牢獄的黑暗世界，決意奔赴象徵著光明的陝北。此時，瞿秋白已經被反動派殺害，而中共中央領導工農紅軍在陝北開闢了新的蘇區。而參加了長征的馮雪峰向丁玲講了紅軍長征的英雄故事，也向她提到了毛澤東的革命生涯與思想、詩文。聽聞此言，丁玲在其「本來就堅定不移要求去陝北的決心中增添了許多幻想的美麗的花朵」〔註 103〕。於是，當丁玲在西安與故交潘漢年相遇、潘漢年提議讓丁玲發揮其國際影響力到國外宣傳中國革命並為其募捐時，丁玲拒絕了這一提議並執意要奔赴陝北，奔赴蘇區，去尋找她心中的光明，她信賴她的愛人，也確信一定能尋到這種光明。

1936 年 11 月，丁玲到達陝北保安，成為左翼文壇最早來到延安的名人，頗有一種轟動效應。作為「曾經死過一次」的著名作家，丁玲意外被捕以後，她的生死問題、去向問題引起了國內外的強烈關注，國內外一些記者甚至到獄

〔註 101〕黃凡：《丁玲印象記》，《人報》（無錫）1934 年 7 月 6 日。

〔註 102〕該文另有幾篇相關文章，即《丁玲女士被捕》、《丁玲女士失蹤》、《記丁玲續集》。

〔註 103〕丁玲：《悼雪峰》，張炯主編：《丁玲全集．第 6 集》，石家莊：河北人民出版社 2001 年版，第 15 頁。

中探訪丁玲。〔註 104〕當「丁玲在陝北」的消息傳開以後，更是引來眾多國內外記者、作家的探訪。這些探訪者發表了一系列報導文章〔註 105〕，從而將丁玲以一種新形象推介給世人，也將延安文藝第一次密集地宣傳了出去。如《丁玲上舞臺　主演水與旱》提及，「丁玲在陝西的延安一角，很活躍的樣子。她除了集體創作《二萬五千里》之外，並且努力演劇，作深入人民間的宣傳工作。而況，現代作家之赴陝西也，有周文，有聶紺弩等等，人才濟濟，共襄盛舉。」〔註 106〕這便是丁玲情歸延安的形象注解。

## （二）「文小姐」變成「武將軍」

丁玲到達陝北蘇區不久便主動要求參加實際工作，雖非文學院校教員，卻在延安文藝的最初發展中，播下了第一批火種。

丁玲來到陝北，中共中央領導高度重視。為深表歡迎，黨和特區政府特地為丁玲舉行歡迎晚宴，毛澤東、周恩來、洛甫、博古等中央高級領導到場歡迎丁玲。正是在這次宴會上，丁玲提議組建中國文藝協會，黨的領導人欣然應允，並很快在宴會後組織相關人員開始籌備以丁玲為核心的中國文藝協會。這般禮遇，使丁玲有一種回到家鄉、找到親人的歸屬感。丁玲覺得，這就是她「有生以來，也是一生中最幸福、最光榮的時刻」。她激動地「講了自己南京的一段生活，就像從遠方回到家裏的一個孩子，在向父親母親那麼親昵的喋喋不休的饒舌」。〔註 107〕這種甜蜜的幸福感幫助丁玲很快克服了飲食等方面的不適，而且還「一天比一天的健康起來了」。〔註 108〕

還是在這場歡迎宴會上，毛澤東問丁玲在工作上有什麼打算。丁玲幾乎是

〔註 104〕如黄凡一行人曾於 1934 年探訪丁玲，不久後黄凡以《丁玲印象記》為題發表在《人報》上。

〔註 105〕這些採訪報導中，較有影響的有陳正明的《丁玲在陝北》（載《文摘》第 16 期，1938 年），浩歌的《丁玲會見記》（載《新西北》1937 年第一卷第四期），馬華的《陝北荒城中　丁玲會見記》（載《大公報》1937 年 2 月 10 日第 4 版），《大地圖文旬刊》在 1938 年第一卷第八期上刊載的《丁玲女士會見記》，大夫《胖了丁玲》（載《國聞週報》1937 年第 14 卷第 17 期），太原《文化引擎》第二期刊載的《丁玲談陝北文藝現狀》，任天馬的《集體創作與丁玲》、《丁玲女士》、《丁玲在西北》等多篇文章，天行編的報導丁玲動態的合集《丁玲在西北》（華中圖書公司 1938 年印行）。

〔註 106〕《丁玲上舞臺　主演水與旱》，《電聲週刊》第六卷第 24 期，1937 年。

〔註 107〕丁玲：《序〈到前線去〉》，張炯主編：《丁玲全集·第 9 集》，石家莊：河北人民出版社 2001 年版，第 101 頁。

〔註 108〕浩歌：《丁玲會見記》，《新西北》第一卷第四期，1937 年。

脫口而出：「當兵，當紅軍。」丁玲也確實如她所說的一樣，歡迎宴會後不久，她提議創立的中國文藝學協會尚在籌備之中，得到一個赴前線工作的機會，僅到陝北保安十二天的丁玲便出發奔赴前線了。

丁玲跟隨前方總政治部前行，先是在到達定邊後參加了廣州暴動紀念大會，後又到了作戰部隊，第一次領略了戰場和前線作戰將士的風采。丁玲這次趕赴隴東前線的短暫之行，不僅見到了彭德懷、賀龍、左權、任弼時、蕭克等高級將領，還接觸了更多的紅軍戰士，領略了紅軍將士的威武風采，深深為之折服。大約在此時，丁玲對彭德懷將軍生出了別樣的情愫。在隴東前線，丁玲第一次有了行軍、宿營、執勤、作戰的體驗，參與做群眾動員和安撫工作，經受了戰場的初步洗禮。此後不久，毛澤東給隴東前線的電報中，附上了贈丁玲的詞。內容是：

臨江仙・給丁玲同志

壁上紅旗飄落照，西風漫捲孤城。保安人物一時新。洞中開宴會，招待出牢人。

纖筆一枝誰與似？三千毛瑟精兵。陣圖開向隴山東。昨天文小姐，今日武將軍。

毛澤東的這首詞，無疑給處在身體疲累而精神亢奮的丁玲以極大的鼓舞和肯定。丁玲對毛澤東也漸漸生出一種女兒對父親般的情愫〔註109〕，這使她更加堅定了她最初來延安的選擇。因而，僅從這一意義上來講，丁玲對於陝甘寧邊區的革命事業、文學教育事業毫無疑問是忠誠的、充滿熱情的。

當丁玲帶著鮮活的前線生活體驗回到保安的時候，毛澤東向她公布了新的任命：中央紅軍警衛政治處副主任。丁玲對此尚有不自信和隱憂，毛澤東的一席話再次給她以鼓舞：「你能行，不會就學嘛！你總願意學習吧？天下

〔註109〕儘管他們二人生理年齡只相差十一歲，但之前馮雪峰向丁玲講述毛澤東革命生涯及其詩文時所夾雜的崇拜心理無疑在悄然間給丁玲樹立起一種「偉人形象」，丁玲來到陝北之後多次近距離接觸與觀察顯然使丁玲產生了更深的崇拜情緒。陳正明的《丁玲在陝北》中曾多次提及這樣的細節，可以佐證我們的判斷。（詳見）L.Insun 著，正明譯：《丁玲在陝北》，《文摘・戰時旬刊》第十六號，1938 年 3 月 28 日。）對於丁玲來說，對黨和邊區政府產生較為複雜的個人情愫（對彭德懷的愛慕與對毛澤東的崇拜），以及對馮雪峰的深刻而真摯的情感和「深信不疑」的信任，從根本上決定了她能夠無比堅定地全身心投身陝甘寧邊區的革命文學事業，決定了她在延安文藝座談會之後能夠比較快地接受組織的指謫並快速地完成自我戰鬥和自我批判。

無難事，只怕有心人，你想當紅軍，說明你願意學習紅軍，只要肯學，一切都可以學會的。我們鬧革命，搞武裝鬥爭，開始也不會嘛！還不是學中幹、幹中學，慢慢就學會了？！」至於如何當「主任」、當領導，毛澤東自有他的一番見解：「當領導也難也不難，只要鑽進去什麼都好了。」「我看好主任無非是抓那麼幾條嘛：首先的是放下架子，深入實際，團結戰士，團結幹部，搞好各方面的關係；其次要多動腦子，注意學習別的領導好的工作作風和方法。取長補短，把上級精神吃透，把政策變為群眾的行動。再就是嚴格要求自己，身先士卒，理論聯繫實際。」〔註 110〕不能不說毛澤東的指點耐心、細心，也不能不說丁玲的「學習」認真、用心。時勢造英雄，全面抗戰初期，地處土壤貧瘠、經濟落後地區的陝甘寧邊區剛剛建立不久，各項事業百廢待興。更重要的是，1937 年前後，到達陝北的文化人、知識者相對較少，像丁玲這樣的文學界「明星」，尤其是剛剛經歷了國民黨的牢獄之災，而得到共產黨的如此優渥對待，對其他文藝界人士、尤其是文學青年起到了很好的示範作用。

對於丁玲來說，成為一名「武將軍」就不僅是一項組織期待，更是丁玲對自我政治新生的期許。表面上看，這一願望很快就實現了。丁玲到達陝北以後最常穿的服裝便是紅軍的灰布制服，她不僅主動要求奔赴前線做文化宣傳工作，而且還組織了西北戰地服務團從事更為艱辛的戰地工作。在這樣的工作上，丁玲熱情很高、精力旺盛，更令人稱奇的是其身形不僅沒有消瘦，反而圓潤發胖了。以至於，一些記者慕名採訪她時，丁玲留給人這樣的印象：「她的臉仍是胖胖的，幾乎成一個圓形，身體也越發胖了，穿著一身灰布軍服，要漲破似的捆在身上，紅星帽子壓在頭髮上，活像一個健壯的兵士，看不出是一個女子了。她每天工作很忙，簡直一天到晚很少空的時候，但是她的寫作還是很努力，可惜多在西北新區的壁報上發表，外間見到的不多。」〔註 111〕在這樣一個兩相愉悅而自由無礙的時節，丁玲調動她的真誠投入陝甘寧邊區的新生活，呼吸著「新空氣」。自然而然地，她的潛藏的女性自我、個性自我再一次被壓制，寫下了一些歌頌性的作品。

丁玲到達延安時，毛澤東和中共中央已經發起了創作《長征記》的大型集體創作徵文活動，稿件已基本收訖。作為在當時文壇享有較高名望、取得

〔註 110〕劉思齊主編：《毛澤東與文化人》，中國書店 1993 年版，第 21 頁。
〔註 111〕天行編：《丁玲在西北》，華中圖書公司 1938 年印行。

了不俗成績的作家，丁玲「眾望所歸」地加入了《長征記》的編輯隊伍，後來編輯委員會成員發生一些變故後還成為《紅軍長征記》的主編。這次徵文編輯工作，給丁玲帶來了強烈的心靈震撼。丁玲之前的戰鬥前線對將士的觀察更多仍是知識者視角的，所思所感仍難免有較顯明的隔閡。而從征稿中的文字裏，丁玲開始真正看到了一個個鮮活的生命，從而與這些將士真正建立起情感聯繫。丁玲為徵稿內容深深感動，便更加熱情地投入編輯工作，夜以繼日地選稿和修改。任天馬曾於 1937 年春採訪丁玲，恰逢《紅軍長征記》編輯工作行將收尾，其採訪報導中提及一個細節，丁玲在書稿編輯上全情投入可見一斑：

> 這稿子外麵包著綠紙的封面，裏面是用毛筆衡行抄寫的，在每行文字之間，和上下空餘的白紙上，已讓丁玲女士寫上無數極小極小的字。據說，在另外同樣的二十三本稿子上，也讓別人一樣精密的塗改成這個樣子。〔註 112〕

徵稿編輯整理完畢後，丁玲便帶著這份感動投入中國文藝協會、婦女界的工作中去。抗戰爆發後，她再一次化身「武將軍」，很快便組織起一批文藝界人士準備奔赴抗日戰場。正是在此基礎上，西北戰地服務團成立。丁玲再一次當了主任。丁玲帶領團員們將一台臺戲劇演出帶到晉西北、晉東南等抗日前線。西戰團團員們與廣大將士吃住在一起，成為名副其實的文藝戰士。他們既撒播了革命文藝的種子，以文藝鼓舞著將士們的戰鬥士氣；也在緊張的文學創作、排演中實際探索著戰地鼓動和戰地文學教育的路子。長期生活戰鬥在一線，使得在採訪者看來，丁玲確實有一股「武將軍」的風采。他們覺得，「丁玲先生言詞誠懇犀利，臉孔上發射出火紅的彩色來」〔註 113〕。一個英武、幹練、果決的女將軍形象，在採訪者的筆下儼然熠熠生輝。

只是，這個「武將軍」當得就不再像初來延安時那麼順遂自然了。戰爭的殘酷性、抗日戰爭的持久性逐漸超出了丁玲等人的固有認知，各種消極情緒開始滋長蔓延。對延安生活的日益熟悉，對抗戰將士及延安幹部的日益熟悉，使丁玲被壓制已久的自我開始「蠢蠢欲動」。丁玲「習慣性」地看到了一些將士和幹部的性格缺陷，也慢慢注意到了部隊生活和邊區生活中的某些「陰影」，自然地陷入了「自我戰鬥」的痛苦。

〔註 112〕任天馬：《活躍的膚施》，上海：上海雜誌公司 1938 年初版，第 19 頁。
〔註 113〕《丁玲女士會見記》，《大地圖文旬刊》第一卷第八期，1938 年。

## （三）「自我戰鬥的痛苦」

丁玲曾經坦陳她在延安思想轉變的沉痛以及喜悅：

> 在陝北我曾經經歷過很多的自我戰鬥的痛苦，我在這裡開始認識自己，正視自己，糾正自己，改造自己。這種經歷不是用簡單的幾句話可以說清楚的。我在這裡又曾獲得最大的愉快。我覺得我完全是從無知到有些明白，從一些感想性到稍稍有了些理論，從不穩到安定，從脆弱到剛強，從沉重到輕鬆……走過來的這一條路，不少容易的。我以為凡走過同樣道路的人是懂得這條路的崎嶇和平坦的。……我總還是願意用兩條腿一步一步地走過來，走到真真有點用處，真真是沒有自己，也真真有些獲得，獲得些知識與真理。……過去走的那條路可能達到兩個目標。一個是革命，是社會主義，還有另一個，是個人主義。這個個人主義穿的是革命衣裳，裝飾著頗不庸俗的英雄思想，時隱時現。但到陝北以後，就不能走兩條路了。只能走一條路，而且只有一個目標。即使是英雄主義，也只是集體的英雄主義，是打倒了個人英雄主義以後的英雄主義。」在這個過程中，「有許多人的確進步得快，他們使我感動，也激勵我努力，但我卻走得很慢。〔註 114〕

這些話表露得確實情真意切，是丁玲一貫的真誠。這種真誠，既是對自己的真誠，是對曾並肩戰鬥的同志的真誠，更是對中共黨和陝甘寧邊區政府的真誠。然而，自從她不再具體領導西戰團的工作之後，丁玲的「戰鬥」越發顯得個人化，越發顯得與集體格格不入，她自己則越發感到孤獨。在一個龐大的高效運作的集體中感到自己的獨異、感到孤獨，是一個可怕的悲劇。但一貫的對於黨的真誠，又反過來敦促著丁玲從這種孤獨感中跳脫出來，重新進入集體的序列。這就是丁玲的「自我戰鬥」。

而從 1937 年前後革命戰爭形勢變化波譎雲詭的實際情況來看，這無疑會對剛剛「落腳」陝北革命根據地的中國共產黨及其革命隊伍提出更高的要求。當時的陝北革命根據地恰恰存在政治、經濟、軍事、文化等各項事業全面落後的景況，而各項事業的人才又相對匱乏。因而對每個革命工作者來說，因革命工作需要而發生組織調動，乃至身兼數職，是常有的事。當時的丁玲顯然還未

〔註 114〕丁玲：《〈陝北風光〉校後感》，張炯主編：《丁玲全集‧第 9 卷》，石家莊：河北人民出版社 2001 年版，第 50～51 頁。

能有此認識，但她已能夠敏感地覺察到自我身份與組織期待之間的角色落差。她深受紅軍長征精神感召有關，再加上毛澤東在中國文藝協會成立大會上的講演的啟發，丁玲敏感地覺察到了「自我」與蘇區的身份和角色落差。不過，丁玲的這種自覺的「身份」調整仍然與組織期待之間有些許時延或偏差。

丁玲是真誠而充滿「革命」熱情的，為了彌補這種身份落差，丁玲往往都是全身心地投入在陝北和前線的每一項工作中去。因為陝北革命根據地幾乎是百業待興，需要開展的工作很多，丁玲極欲投身自己力所能及的各項工作中，卻又常常顧此失彼。當丁玲動身前往隴東前線時，丁玲手頭尚有《長征記》徵文稿的編輯整理及其他文藝工作，這些工作同樣是被毛澤東等中央領導寄予厚望、準備「大展拳腳」的革命工作。而丁玲如此瀟灑的暫時拋卻這些工作，近乎執拗地奔赴作戰前線，顯然暴露出她的身份調整與組織期待之間的時延或偏差。這樣，有一些工作未能充分展開便是在所難免的了。一貫的真誠與責任感，使丁玲常常陷入自責和自我懷疑中去。比如，當陳正明因組織調動離開中國文藝協會時，丁玲曾寫信給他，說「文協工作的不好是我一個人的錯失，但我是抱著決心要盡力使它健全和開展起來的。」〔註 115〕所以我們說，到了陝北之後，隨著延安文藝教育工作乃至整個革命工作的全面展開，丁玲常常陷入「自我戰鬥的痛苦」之中。

再換一個角度看，丁玲寫下《「三八節」有感》、《在醫院中》等富於批判和戰鬥鋒芒的作品時，也應該看作她的自我戰鬥。她的批判意識與偏激姿態，不過是單純地希冀透過自己的文字能夠對集體有所救正。因為真誠，她才無所保留，才更顯得尖銳。然而，大大出乎丁玲意料，這種批判與反思遭到了中共高層領導的強烈彈壓。在這樣的情勢面前，她不得不開始反思自己的觀點和邏輯。可悲的是，作為歷史人物，她這時仍像歷史的大多數一樣隱匿了自己的主體思維，選擇順從集體的意志。儘管丁玲的這種順從包含著對黨的單純的信任和真誠。丁玲的「自我戰鬥」，終於以「大我」的勝利而告一段落。

但形勢並不等待丁玲。1942 年延安的春天顯得格外燥熱難耐，大有「山雨欲來風滿樓」之勢。1941 年以來，延安文藝一度掀起一波創作熱潮，其中較為突出的現象便是對延安生活某些「陰暗面」或某些幹部的暴露與批評。丁玲或許天真地以為這種暴露與批評是正常的「諫言」，仍是正常的革命工作。

---

〔註 115〕汪木蘭、鄧家琪編：《蘇區文藝運動資料》，上海：上海文藝出版社 1985 年版，第 180 頁。

但事態的發展變化顯然超乎丁玲想像。延安文壇的動向引起了賀龍等高級將領的警惕。1942 年 3 月底的《解放日報》改版內部會議上，賀龍、王震等高級將領也參會。會上提及丁玲、王實味等人的創作，眾人對王實味的創作反應十分激烈〔註 116〕，對丁玲的創作則較為緩和。賀龍說道：「丁玲，你是我的老鄉呵，你怎麼寫出這樣的文章？跳舞有什麼妨礙？值得這樣挖苦？」〔註 117〕可見，賀龍的話裏還有很多規勸的意味，暗示著王、丁二人政治性質上的差別。但高級軍事將領參加文學報刊的整改會議，已經顯現出不同尋常的意味。

1942 年 4 月初，在一次高級幹部學習會上，丁玲的《「三八」節有感》再次因為立場問題而受到嚴厲批評。最初丁玲的問題是與寫作《野百合花》等雜文的王實味放在一起討論的。康生妻子曹軼歐首先發言，只是一般的政策解讀式的批評。接著發言的賀龍則毫不客氣地指出，「我們在前方打仗，後方卻有人在罵我們的總司令」〔註 118〕。會上共有八人發言，對丁玲形勢極為不利。最後毛澤東發言，給丁玲問題的性質定了基調：「《三八節有感》和《野百合花》不一樣。《三八節有感》雖然有批評，但還有建議。丁玲同王實味也不同，丁玲是同志，王實味是托派。」〔註 119〕

我們現在看來，王實味的文章和丁玲的文章在思想指向上並無根本區別，但在當時，丁玲成了「同志」，王實味卻成了「托派」，迎來滅頂之災。這當然離不開丁玲最早在延安完成了「文小姐」向「武將軍」的轉變之「功」。丁玲是毛澤東等人親自豎起的延安文藝界的一面「紅旗」，「保丁廢王」實則是一種權宜之計。

丁玲對此一直感恩銘記在心，四十年後仍說「毛主席的話保了我，我心裏一直感謝他老人家」。〔註 120〕政治生命是保住了，但仍然給丁玲以必要的批評。丁玲因為瞿秋白和馮雪峰而相信共產黨，而毛澤東的庇護無疑加深了這份信任。因此，在感激毛澤東之餘，在整風運動風潮中，她終於接受了作為「政

〔註 116〕中央研究院的溫濟澤說他在研究院調查過人們的意見，有百分之九十五的人贊成王實味的批評。這樣的調查顯然加重了事態的「嚴重性」和「危險性」。毛澤東當時拍著桌子說，「這是王實味掛帥，不是馬克思掛帥！」賀龍與王震說，「我們在前線打仗，王實味在延安罵黨」。

〔註 117〕胡喬木：《胡喬木回憶毛澤東》，北京：人民出版社 1994 年版，第 55～56 頁。

〔註 118〕丁玲：《延安文藝座談會的前前後後》，《新文學史料》1982 年第 2 期。

〔註 119〕丁玲：《文藝界對王實味應有的態度及反省》，選自張炯主編：《丁玲全集·第 7 卷》，石家莊：河北人民出版社 2001 年版，第 72 頁。

〔註 120〕丁玲：《延安文藝座談會的前前後後》，《新文學史料》1982 年第 2 期。

治父親」的毛澤東的文藝思想及其文藝政策。前後兩次會議上眾目睽睽之下被審視，以及有驚無險地重新成為「同志」，是丁玲完成自我反省和轉變的主要推力。她很快就寫出了《關於立場問題之我見》，思想觀念和風格為之劇變。

## （四）「丁玲是個好同志」：限定與期待

1948年5月的一天，在部署三大戰役的間歇，毛澤東請蕭三、艾思奇、胡喬木等人到中共中央駐地附近樹林裏散步。其間，蕭三、艾思奇、胡喬木等人談論起了丁玲的新作《太陽照在桑乾河上》。毛澤東想了想，說：「丁玲是個好同志，就是少一點基層鍛鍊，有機會當上幾年縣委書記，那就更好了。」〔註121〕這樣的政治層面的肯定，無疑是丁玲自延安文藝座談會後所苦苦追尋的。但仔細分析就會發現，這個評價有一個潛臺詞，即「從屬於集體、服務於工農大眾」的丁玲才是個好同志。這一判斷其實還留有很大的餘地，也就是說，丁玲必須時刻注意加強基層鍛鍊、參加實際工作。仔細分析之後不難判斷，毛澤東的這個斷語有著極強的限定性和組織期待，限定的是其思想動態、審美趣味、文學創作不能超出「人民文學」或「新民主主義文學」的意識形態框架；期待的是其經過「基層鍛鍊」後成為黨的文學的幹部。這種限定和期待既是給丁玲的，更是給以其為代表的廣大知識者的。實際上，這些知識者的頑固的自我是隨時有可能有衝破這種限定的衝動的，這就決定了黨的文學教育的必要性和持久性。它需要長久開展下去，似乎惟其如此，方能保證黨的文學隊伍的「純潔性」。

從實際情況來看，丁玲並未辜負毛澤東的殷切期待。因為在《關於立場問題我見》和《文藝界對王實味應有的態度及反省》等文章中誠懇的剖白，以及毛澤東在高級幹部會議上對丁玲的定性，丁玲平安度過了整風運動。而且，丁玲還在其中充當了作家再學習的「先鋒」與「紅旗」，積極擁抱了延安文藝教育中「受教者」這一角色。

丁玲以《關於立場問題我見》，率先向黨組織袒露心聲、表明清白，堪稱陝甘寧邊區傳統知識者「投誠」的典範。在這篇文章裏，丁玲把作家的出身、慣有的思想和行為做派、連同各種隱秘的心理和情緒，統統都歸之於所謂「小資產階級」情趣。丁玲認為，這些人自然地都是小資產階級分子。連同丁玲在內的這些人應該將自己的一切武裝都繳納，毫無保留地把自己融匯進普羅大

〔註121〕陳晉：《文人毛澤東》，上海：上海人民出版社1997年版，第239頁。

眾裏去，甚至革去自己的思想情感，如朱德一般「投降無產階級」。像丁玲一樣的知識者，「既然是一個投降者，從那一個階級投降到這一階級來，就必須信任、看重他們，而把自己的甲冑繳納，即使有等身的著作，也要視為無物，要抹去這些自尊心自傲心，要謙虛地學習他們的語言、生活習慣。學習他們的長處，幫助他們工作，不要要求別人看重你、瞭解你，在工作中去建立新的信仰，取得新的尊重和友情。」〔註 122〕這明顯是受朱德「向無產階級投降」說的「感召」。這也是毛澤東「思想上入黨」的要求與期待。這種「活學活用」在這裡如此貼切、自然、真誠，已然說明了一些問題。

在《文藝界對王實味應有的態度及反省》的文章裏，丁玲承認了將《野百合花》這樣的「反黨的文章」發表在黨報副刊上，是自己「最大的恥辱和錯誤」。這是由於王實味的問題已經是板上釘釘的「政治問題」，而不僅僅是道德問題，所以，「文藝界比對一切事都更須要有明確而確定的態度，不是贊成便是反對，不准許有含糊或中立的態度。……揭發王實味的托派思想和反黨活動，……反對一切對王實味還可能有的小資產階級的溫情，人道主義，失去原則的，抽象的自以為是的『正義感』」。基於此，丁玲希望「文藝家除了對王實味加以深刻的分析，無情的揭露外，還需要在整頓三風之中，好好的研究二十個文件，把滿腦袋舊的東西去掉，而換進新的。清除那些個人英雄主義的虛誇的自高自傲，掃除漫不經心，不負責任的自由主義，改造自己成為一個真正的無產階級的戰士。」順著這種口吻，丁玲否定了自己的《「三八節」有感》，認為這是篇「壞文章」，其「主要不對的地方是立場和思想方法」。經過在整頓三風中的學習，丁玲自己終於有所領悟。丁玲進一步回顧了自己在過去「錯誤」道路上的所思所想、所作所為，有了一種近乎「蟬蛻」般的體驗。

至此，傳統文人徹底失去了他們在精神上和道德上的自信，開始成為黨的文學教育事業中的受教者。不論是作為個人「成長目標」還是組織期待，他們需要做到也必須做到的是成為整個革命機器上有機的螺絲釘。他們要在雖有理論缺陷卻又「不證自明」的新民主主義文化體系中，用規範的語言和形式從事新民主主義文學創作與批評，在驗證「新信仰」正確性的同時，為民族戰爭

〔註 122〕丁玲：《關於立場問題我見》，原載《穀雨》第 5 期，1942 年 6 月 15 日，選自劉增傑、趙明、王文金、王介平、王欽韶編：《抗日戰爭時期延安及各抗日民主根據地文學運動資料（上）》，北京：知識產權出版社 2010 年版，第 166 頁。

和革命戰爭勝利做出貢獻。「毫無疑問，在當時的社會歷史條件下，要求革命隊伍中的知識分子、文化人尊重和表現作為民族解放戰爭主體的工農兵群眾，是必要的。但是，這種尊重和表現不應帶來對知識分子、文化人的歧視與貶斥，不應該簡單地以工農兵群眾的文化價值取向為絕對準則，來規範和約束知識分子、文化人的精神世界和文化選擇。……政治經濟上的民族獨立、國家富強和人民解放與思想文化的現代化，是工農兵群眾和知識分子、文化人共同努力的目標，在這一神聖事業中，他們的作用是不可相互取代的。」〔註 123〕誠哉斯言，道出了組織期待與個人努力之間的不可通約性。組織期待往往同時伴隨著對個人的某些限定，而個人努力則常常有溢出組織框架的「衝動」。這時，組織的「提醒」、「批評」與教育就顯得尤為必要。而由於「道德共同體」的存在，組織的這種「提醒」、「批評」與教育往往能為受教者心悅誠服地接受。

從《「三八節」有感》到《關於立場問題我見》，這些「前後矛盾」的文章在短短幾個月內先後出於同一作家之手，表面上是有些突兀的。唏噓之餘，我們可以領略到歷史的偶然性與殘酷性。這種轉變，顯然不僅僅是個人的「努力」，而更多的是道德共同體在文學教育上的「成功」。黨的文學教育一方面在革除《「三八節」有感》中的「不合理」成分，一方面期待著《關於立場問題我見》的誕生。換句話說，《關於立場問題我見》實際是從《「三八節」有感》中生長出來的。《「三八節」有感》的本性不壞，只需要組織「剪掉」它的「小資產階級」的部分枝葉，就變成了《關於立場問題我見》。這樣一來，黨的文學教育與知識者「成長」的邏輯軌跡便清晰起來。

在丁玲的「投誠」文中，我們隱約可以看出，從蘇區文學到延安文藝，黨的文學教育在諸多限制和權衡之後終於取得了實質的成績。黨的文學教育造就了一批無產階級文學隊伍（解決了文學隊伍身份屬性問題），促成了文學範型的轉型（解決了文學的黨性問題），從而參與了新民主主義文化創造。基於此，黨的文學教育從被動地滿足革命戰爭要求漸次有了對黨的文藝的規劃設計，有了更多既符合現實又順應文藝發展規律的探索，經歷了從權宜之計到深謀遠慮的轉變。概而言之，黨的文學教育以消解知識者立場（知識者改造）為手段和必要過程，以黨對文化的領導權之確立為目標，領導黨的文學隊伍在民族革命戰爭中參與共和國想像與建構，借助其道德與情緒感染力最終實現其

〔註 123〕王培元：《延安魯藝風雲錄》，桂林：廣西師範大學出版社 2004 年版，第 304～305 頁。

文化使命。丁玲完全從一個批判者、反思者，變成了黨的文學思想的代言人。但也正是如此，她獲得了政治上的安全和被接納。此後幾年，丁玲創作出了給她帶來極大聲名的《太陽照在桑乾河上》，在向大眾投誠的路上走得更加堅定。至此，黨的文學教育，在丁玲身上實現了「成功」。丁玲這樣曾享有較高文壇威望、取得過突出文學成績的著名作家正像其初到陝北時帶來的文壇轟動一樣，她在黨的文學教育上的「進步」再次成為很多作家效法的「榜樣」。

根據毛澤東對於中國革命階段的設想，延安所對應的抗戰時期屬於新民主主義革命時期，並開始向社會主義過渡。這種過渡是革命戰爭勝利後通過社會主義改造實現的。這種改造，外在且更直接的是經濟領域的對農業、資本主義工商業、手工業等部門的物質改造，內在且更深刻的是政治、哲學、文化、心理等領域的精神再造。具體到文學，要配合改造，建設新民主主義的、乃至社會主義的文學，就必然意味著創作者要樹立新的世界觀。從蘇區文學到延安文藝，再經 1949 年和 1953 年兩次文代會，中共通過全方位的文學教育，終於在組織、作家立場、文學觀念、作品取材、方法論等方面取得了全國範圍內空前的統一。

## 三、「權威聲音」：周揚與延安文藝教育

中國共產黨在延安通過一系列的文學教育及其文學生產，逐步樹立起黨的文學的權威形態，使之逐漸成為民族文化發展前進的規範和方向。在這一過程中，具有歷史轉捩點意義的標誌性事件當屬延安文藝座談會的召開。在延安文藝座談會會議精神（主要是毛澤東《在延安文藝座談會上的講話》）傳播過程中發揮了關鍵作用的，當首推周揚。

周揚（1907～1989），湖南益陽人，原名周起應，曾用筆名起應、綺影、企影、企揚、周筧等，1934 年開始主要採用「周揚」為筆名。周揚在整個 20 世紀中國文化史都是一位極其複雜又顯得至關重要的人物。周揚半個多世紀的文化活動中，從文學「起步」，因其後來從事文學管理，其影響逐漸溢出了文學範疇。我們可以看到，周揚的文化活動勾連著從「左聯」到「陝甘寧邊區」再到新中國文學的變遷。閱讀周揚，將有助於我們解答中國革命文學發展過程中的諸多疑難問題。作為「左聯」的直接負責人，周揚在引入蘇聯社會主義現實主義、提倡現實主義寫作、提倡國防文學等理論方面有不容忽視的貢獻，卻也將文學論爭引向了宗派主義的小團體的矛盾。作為黨的第一所專門藝術學

校掌門人，周揚參與了黨的文學教育的建構，作出了基於「學術自由」的正規化、專門化的文學教育探索，又「及時」體悟黨的革命戰略意圖，積極落實和展開校內整風。可以說，周揚此間既作出了諸多理論和組織建構的貢獻，又有意無意地捲入多種人事糾葛。因此，周揚的整個文化活動都伴隨著相當複雜的爭議。

周揚同很多知識者一樣，在全面抗戰前已在文壇嶄露頭角，在來到延安後思想觀念和文學觀念發生了很大轉變。所不同的是，周揚的這種轉變中，在私域層面夾雜著周揚個人的仕途雄心和文化使命及其衝突；在公域層面，周揚「臣服」於毛澤東文藝思想，以知識者「轉型」的典範案例和對毛澤東文藝思想的經典化、權威化闡釋，加速了黨的文學教育與黨的文學規範的傳播與接受。周揚就這樣經過在延安的「歷練」，從魯迅痛斥的「四條漢子」之一轉而「平步青雲」成為黨的文藝政策的「宣講人」，從抗戰開始直到 1960 年代屢屢出現在中國共產黨重大文藝事件的「前沿陣地」。可以說，延安文藝不僅是中國現代文學的轉捩點，也是周揚個人文學生涯的關節點。周揚深度參與了延安文藝的建構，反過來，延安文藝也「建構」了周揚。某種程度上，我們可以說周揚與延安文藝是可以互相參證的。

能夠實現上述變化，很重要的一點便是周揚在「左聯」時期所展現的理論素養和政治素養符合我們黨對文藝隊伍「領軍人」的預期。在日後包括文學教育在內的革命文學實踐中，周揚也的確沒有「辜負」毛澤東和黨中央的重託，在人事上逐漸突破了宗派主義閾限，在理論上完成了《講話》（毛澤東文藝思想）的經典化闡釋，在文學教育上率領延安魯藝師生基本達成了「實現中共文藝政策的堡壘和核心」的願景。

### （一）從「奴隸總管」到延安魯藝「掌門人」

周揚曾在日本短暫遊歷，深受日本左翼文化影響，從此走上左翼文學之路。1930 年回國後，周揚在上海參加「劇聯」。1931 年底，周揚加入中國左翼作家聯盟。在馮雪峰的推薦下，周揚在 1932 年成為「左聯」常委會常委。1933 年丁玲被捕後，年僅 26 歲便接任「左聯」黨團書記，成為「左聯」總的負責人，直至 1936 年「左聯」解散。能夠短時間內「成長」為「左聯」負責人，既與當時的國際國內左翼陣營的思想動態有關，也與周揚個人在初入文壇時展露出的質素有關。所謂「時勢造英雄」。

1920 年代，從蘇聯開始，世界範圍內掀起了聲勢浩大的左翼文學浪潮。

這一浪潮自然也波及中國。當時的左翼文學家們主張文學是無產階級革命鬥爭的工具和武器，強調政治而輕視藝術。在對待作家創作問題時，片面強調「先進」世界觀的地位，認為有了先進世界觀便必然生產出「好」的作品。主導這一認知的便是當時共產國際超越民族的文化革命理論，這造成很多革命文學家輕視本民族的文化傳統。同時，各國的無產階級革命出現了不同程度的思想上的「左」傾錯誤、組織上的宗派主義，這些都延伸到了左翼文學領域。比如中國的創造社部分留日歸國成員在 1927 年掀起一股革命文學風暴，將魯迅、茅盾等人視為革命文學的障礙而向其發起猛烈的「進攻」，短時間內發表了百餘篇論文，甚至在專刊上開闢「批判魯迅」、「批判茅盾」等專輯。這種情感和思想上的裂痕與分歧並未隨著「左聯」的成立而消弭，只是暫時被擱置起來。這為後來「兩個口號」論爭以及「左聯」組織裂痕埋下了伏筆。

周揚遊歷日本期間，正是受這種文化思想影響而走上文學之路的，也「習得」了日本左翼文學的理論和組織運作方式（福本主義）。不過，周揚從事的並非文學創作，而是翻譯介紹世界左翼文學作品和馬克思主義文藝理論。從周揚步入文壇時所發表的論文來看，周揚更看重的是文學作品的政治鼓動性〔註 124〕。此後，周揚在建構其文藝理論時便基本以政治屬性為中心。如其在《文學的真實性》中的表述再清楚不過：「文學的真理和政治的真理是一個，其差別，只是前者是通過形象去反映真理的。所以，政治的正確就是文學的正確。不能代表政治的正確的作品，也就不會有完全的文學的真實。在廣義的意義上講，文學自身就是政治的一定的形式，關於政治和文學二元論的看法是不能夠存在的。我們要在無產階級的階級鬥爭的實踐中看出文學和政治之辯證法的統一，並在這統一中看出差別，和現階段的政治的指導地位。」〔註 125〕可見，政治與藝術的一元論是周揚看取文學現象、展開文學活動的根本原則。後來周揚相繼成為「左聯」黨團書記、中央「文委」書記後，周揚

〔註 124〕如 1929 年發表的《辛克萊的傑作：〈林莽〉》，只介紹了利於其基本觀點的「一切的藝術是宣傳，普遍地不可避免地是宣傳；有時是無意的，而大抵是故意的宣傳」；卻忽略了「在宣傳上施一層新的裝隱法是必要的」這同時強調文學作品藝術性的觀點。（參見錢杏邨：《文藝批評集》，神州國光社 1930 年版，第 152 頁。）

〔註 125〕周起應：《文學的真實性》《現代》第三卷第一期「五月特大號」，1933 年 5 月。

的文學主張在左翼文化界產生了更大影響。這樣的主張在當時左翼文化面臨國民黨的「文化圍剿」的大背景下，確實在一定程度上凝聚了左翼文化界的「戰鬥力」，在組織上和對外宣傳上為中國共產黨的革命文學保留了「火種」、打開了局面。尤其是中共中央和中央紅軍戰略轉移、留在上海繼續秘密鬥爭的黨員失去與中央的聯繫後，中共的革命文學隊伍不僅沒有「非戰鬥減員」，反而不斷發展壯大。這充分展露出周揚理論的「正確性」和組織領導才能的卓越性。

當然，上述現象只是「硬幣的一面」，另一面是年輕氣盛、在領導崗位上春風得意、如魚得水的周揚不可避免地出現某種膨脹。「左聯」的政黨屬性越發顯明，周揚的「仕途」雄心在其身居「文委」和「左聯」領導時逐漸顯露出來。同時，周揚身邊很快聚集了一些視其為領袖的知識青年，其教條主義、宗派主義傾向得到不正常的「釋放」，甚至有了「黨同伐異」的勢頭。這在「左聯」解體與「兩個口號」的論爭中表現得尤為明顯。在魯迅看來，這時的周揚就是「奴隸總管」，「手執皮鞭，亂打脊背，自以為是革命」，「抓到旗幟，就自以為出人頭地，擺出奴隸總管的架子，以鳴鞭為唯一的業績」。〔註 126〕這樣的「反擊」雖仍有「情緒化」的一面，卻也將周揚權力欲膨脹的形象刻畫了出來。

我們在這裡無意於論析「左聯」解體與「兩個口號」論爭中糾結的理論分歧與宗派矛盾，而是將焦點放置於周揚在此間的「動作」及其受到的後續影響。1935 年，基本實現戰略轉移的中國共產黨受共產國際主張啟發，同時鑒於中國抗日形勢的變化，決議建立抗日統一戰線以團結更廣泛的力量共同抗日。為落實這一主張，中央考慮解散「左聯」，並組織一個更廣大的文學團體。但這一意見傳達給魯迅等人時發生了一些枝節〔註 127〕，而周揚從《救國時報》上登載的「八一宣言」、蕭三給「左聯」的信等文件中已領會了中共中央關於建立統一戰

〔註 126〕魯迅：《答徐懋庸並關於抗日統一戰線問題》，《魯迅全集·第六卷》，北京：人民文學出版社 2005 年版，第 558 頁。

〔註 127〕最主要的原因是當時上海的左翼文學陣營和中共的地下黨組織已失去了與中央的直接聯繫，往往經過多道轉述「手續」，必然發生傳播與接受的偏差。再加上周揚在領導「文委」和「左聯」時的一些做派早已引起魯迅等人的不滿，解散過程和後來的論爭中，這種誤解便更加難以揭開，從而摻雜了過多的情緒和個人恩怨，嚴重干擾了人們的正常判斷。這種情狀在雙方身上都不同程度地存在著。

線的精神〔註 128〕，便過於草率地解散了「左聯」而急於組建「中國文藝家協會」。魯迅原本也是同意解散「左聯」的，只不過更希望發布一篇宣言或聲明使之「體面」地退出歷史舞臺，既表明「左聯」並非被擊潰，也不違背共產國際的指示。顯然，魯迅與周揚在大方向、大原則問題上是能夠達成一致的。只不過周揚此時已完成了從「文學家」到「革命家」的身份轉換，更多從革命鬥爭的角度考慮「左聯」解散事宜。周揚等人認為，如果「文委」下轄各個左翼團體都要發布解散宣言，勢必引起轟動而招致國民黨當局的彈壓，也容易「落人口實」、使人將新團體與「左聯」等聯繫起來，不利於革命工作的開展。因而經過反覆討論，「文委」決定不發表宣言解散。而魯迅則是完全是從文學戰士的角度去考慮這一問題，堅持認為「戰鬥」應該有始有終。魯迅糾結於「解散」與「潰散」之別，是珍視他曾經為之付出的心血；而周揚等人則僅僅將「左聯」視為革命鬥爭的工具，必要時當然可以隨意放棄。這是雙方的根本區別，但弔詭的是雙方當時卻意識不到這一區別，而從另外的角度去體悟與此相關的系列矛盾。

周揚這種獨斷專行的作風、擺「官架子」而不講「人情世故」、有意無意突出「個人權威」而無視魯迅並將其視為「統戰」對象〔註 129〕等等諸多行狀，

〔註 128〕周揚在《關於三十年代「兩個口號」爭論》裏詳細回憶了相關情況：「1935 年我們與黨組織失去了聯繫，我們看不到黨的指示，看不到黨的文件，黨內思想相當混亂，我自己也茫茫然如在夜裏行路，暗中摸索，苦悶得很。我好容易從公共租界上一家名叫『時代精神』的德國書店買到了《國際通訊》（『共產國際』的機關刊物），上面刊登了有名的『共產國際第七次代表大會』的文件，其中有季米特·洛夫的總報告，也有王明的發言。不久，我又在巴黎出版的中文版《救國時報》上看到了黨中央的『八一宣言』。王明當時把『共產國際』看作是黨的最高領導和最大權威，對它是無限信賴和崇敬的。現在回憶當時的情景，我得到了這些文件，如獲至寶，內心的興奮真是無法形容呵。我馬上在同志們內宣傳建立反法斯西統一戰線的戰略任務，批判了國際共產主義中『左』傾錯誤的危害性。」

〔註 129〕周揚等人在事關「左聯」的重大事件上常常撇開魯迅，類似的「小動作」還有不少。比如「左聯」有一份自編的內部讀物《文學生活》，每期印好後都會寄給魯迅、茅盾等「左聯」領袖，是當時「左聯」不成文的規定。但有一期魯迅卻未收到，魯迅後來託人找到這期，卻發現這一期是總結 1934 年「左聯」工作的，在評點工作中的「缺點」時毫不客氣。這件事令魯迅非常吃驚，總結「左聯」全年工作的大事，魯迅竟然毫不知情。這在茅盾看來也非常詫異，「『左聯』一年工作的報告，卻事先不同『左聯』的『盟主』魯迅商量，甚至連一個招呼也沒有打（當然，也沒有同我商量），這就太不尊重魯迅了。即使是黨內的工作總結，也應該向黨外人士的魯迅請教，聽取他的意見，因為左聯究竟是個群眾團體。正如當時魯迅講的：他們口口聲聲反對關門主義和宗派主義，實際做的就是關門主義和宗派主義」。（茅盾：《回憶錄（19）》，

既挫傷了魯迅的尊嚴，也傷害了魯迅的感情。當魯迅得知「左聯」悄無聲息地解散時，魯迅是錯愕而惱怒的，並且堅決拒絕加入新的團體。魯迅對此耿耿於懷，茅盾居中調解此事時，魯迅曾對茅盾說「對他們這班人我早就不相信了！」〔註 130〕當日本改造社社長山本實彥詢問魯迅有關「左聯」情況時，魯迅仍不無情緒地回道：「我本來也是左聯的一員，但是這個團體的下落，我現在也不知道了。」〔註 131〕而周揚的「追隨者」、同時也是扮演魯迅周揚溝通的傳話人角色的徐懋庸，在看到《改造》雜誌上這段記錄時，覺得魯迅罔顧事實，便頗有些盛氣凌人地去信質問魯迅：「左聯解散問題，我是前前後後多次報告了你的。解散得對不對，是另一問題，但你說不知下落，則非事實。」〔註 132〕在類似多次「無效」的溝通之後，「左聯」終究還是解散了，徐懋庸也被捲入了周揚與魯迅的矛盾之中而被推到了魯迅的對立面。這最終引出了魯迅那篇著名的《答徐懋庸並關於抗日統一戰線問題》，雙方的矛盾越發情緒化而遮蔽了理論溝通的可能性。

「左聯」解散後，革命文學陣營面臨著組織上如何組建新的團體、理論上建設怎樣的文學這樣兩個問題。周揚早在 1934 年便介紹過蘇聯的「國防文學」口號，並提出在中國提倡「國防文學」創作的迫切性。這一主張得到周立波、何家槐等人的響應和闡發。在周揚鼓動下，「國防文學」開始成為一個被大力倡導的統戰口號。魯迅對此有保留意見，與胡風、馮雪峰、茅盾等人商議，提出「民族革命戰爭的大眾文學」口號，發表《中國文藝工作者宣言》，論爭就此展開。左翼文壇內部矛盾徹底爆發，並且是以近乎決裂的〔註 133〕、公開化

轉引自廖超慧著：《中國現代文學思潮論爭史》，武漢出版社 1997 年版，第 480 頁。）可見，魯迅因其「黨外人士」的身份，被周揚等人實際「架空」了，被當成了空頭招牌，而且是「傀儡」一般的招牌，這與「左聯」剛剛成立時的景況簡直有雲泥之別。

〔註 130〕林賢治：《人間魯迅·第 3 部　橫站的士兵》，廣州：花城出版社 1990 年版，第 371～372 頁。

〔註 131〕林賢治：《人間魯迅·第 3 部　橫站的士兵》，廣州：花城出版社 1990 年版，第 373 頁。

〔註 132〕林賢治：《人間魯迅·第 3 部　橫站的士兵》，廣州：花城出版社 1990 年版，第 373 頁。

〔註 133〕在《答徐懋庸並關於抗日統一戰線問題》之前（如果算作信件的話），魯迅寫給徐懋庸的最後一封信中便流露出這樣的想法：「我希望這已是我最後的一封信，舊公事全都從此結束了。」（參見魯迅：《魯迅全集·第十四卷》，北京：人民文學出版社 2005 年版，第 85 頁。）

的形式爆發出來，令人嘻嘻不已。論爭中，左翼文壇竟然出現了截然對立的兩個「陣線」，雙方在各自「陣地」〔註 134〕上「你來我往」、互不相讓。據不完全統計，短時間內雙方竟然發表論爭文章近五百篇。

這一幾乎波及整個左翼文化陣營的大論爭，極大地損耗了左翼作家們的精力，加深了左翼文學界內部的隔閡，無形中減損了左翼文學界的戰鬥力，事實上妨害了全國抗日統一戰線的達成，也給後來的文壇人事糾葛埋下了隱患，造成了更大的悲劇和災禍。這一亂象，顯然超出了論爭雙方的初衷。

當周揚以「奴隸總管」的頭銜和造成文壇分裂的罪過聽候組織發落時，中共中央和中央紅軍已在陝北蘇區落腳並審時度勢地作出戰略調整。此時的陝北百業待興，急需各類人才；恰巧上海革命形勢惡化，不少左翼文化人士需要轉移，中共中央便決定抽調部分左翼文化人到陝北工作。周揚便是其中第一批，他在 1937 年 10 月到達延安。

到達延安後不久，周揚便被中共中央和陝甘寧邊區政府委以重任，先後擔任了陝甘寧邊區文協主任、教育廳廳長等職務。延安魯藝作為中國共產黨在延安創辦的第一所專門的藝術學校，寄託著中國共產黨培育戰時文藝幹部的重望，堪稱中國共產黨在延安乃至全國開展文學活動和文學教育的精神堡壘。在這樣一所至關重要的文學院校裏，周揚不僅位列發起人之一，還成為副院長，是延安魯藝的「掌門人」〔註 135〕。從這些文教管理部門的重大人事安排可以看出，周揚一掃「兩個口號」論爭時的陰霾，贏得了毛澤東和中共中央的高度信任。

周揚能夠得到信任和重任，與他在政治上和文學理論上與毛澤東思想的契合有很大關係。可以說，周揚是毛澤東「遴選」出來的執掌「魯總司令的軍隊」的絕佳人選。首先，在文學觀念上，周揚文學與政治的一元論，突出文學的階級屬性和黨性，這是與毛澤東高度一致的。例如在《文學的真實性》指出「文學自身就是政治的一定的形式」，在《關於文學大眾化》裏提出作家的立場是階級的、黨派的，都與後來毛澤東的相關表述一致。

其次，周揚在領導「文委」和「左聯」工作時在秘密環境下所展露出來的

〔註 134〕《光明》、《文學界》等刊物支持「國防文學」口號，《夜鶯》、《現實文學》等刊物則擁護「民族革命戰爭的大眾文學」口號。

〔註 135〕在合併入延安大學之前，主持魯藝日常工作的一直是副院長。正院長這一職務原本是預留給毛澤東的，但毛澤東因各種原因謝絕了這一安排。

組織才能和革命素養深得毛澤東賞識。毛澤東非常看重周揚身上體現出來的敢擔當、能負責的組織觀念和組織才能。延安雖已不是秘密環境，卻也面臨國民黨的嚴峻封鎖，黨的文學教育事業又急需打開局面，這些客觀因素自然地將周揚「推了出來」。

再次，在「兩個口號」中，毛澤東曾對此作過指示，將論爭定性為革命文學陣營內部爭論，不怪罪也不偏袒論爭任何一方，試圖從組織上化解論爭雙方矛盾。不過在理論上，毛澤東整體傾向於「國防文學」口號。中國文藝協會曾組織討論過兩個口號的論爭，時任中央局宣傳部長吳亮平在作總結發言時，作出了有利於「國防文學」的報告：「他說對於『國防文學』和『民族革命戰爭的大眾文學』這兩個口號的論爭，我們同毛主席與洛甫、博古等也作過一番討論，認為在目前，『國防文學』這個口號是更適合的。『民族革命戰爭的大眾文學』這個口號作為一種前進的文藝集團的標幟是可以的，但用它來作為組織全國文藝界的聯合戰線的口號，在性質上是太狹窄了。其實，雙方都無根本的衝突。至如『國防文學』只是文藝家聯合的標幟的那種理論卻是錯誤的，因為它犯了形式與內容的不一致的錯誤。文藝家在『國防文學』的旗幟下聯合起來，而在創作上卻不以『國防文學』為範圍，那是不對的。我們喊著這個口號，必須按照這個口號所規定的工作努力。」〔註 136〕這就在理論上理清了論爭雙方的分歧及各自偏頗，當需要曾經以「國防文學」攻擊魯迅的周揚領導魯迅藝術學院時，這就在理論上掃清了障礙。

總之，周揚位列延安魯藝創辦發起人之一，是一項富有歷史深意的安排。此時的周揚已非上海時期的周揚，「延安魯迅」也非上海魯迅。兩位曾經激烈論戰過的人物，因一所黨的文學院校而重新「集合」在一起，共同建構和服務於黨的文學教育。

1937 年全面抗戰爆發後，中共擬籌建一所適應抗戰需要的專門的藝術學校，並由沙可夫和朱光等人負責具體籌辦事宜。1938 年 1 月 28 日，延安戲劇界舉行了紀念「一・二八」事變的戲劇《血祭上海》公演。這次公演盛況空前，產生很大影響。在這次公演中，延安文化界實現了公開「集結」，而且有人提出創辦藝術學院的建議，得到人們共鳴。毛澤東等中央領導予以積極回應，很快便公布了魯藝創立緣起。而具體落實組織籌備工作的便是周揚〔註 137〕。起

〔註 136〕荒煤：《回顧與探索》，北京：中國社會科學出版社 1982 年版，第 18 頁。
〔註 137〕《創立緣起》中，周揚是延安魯藝七名發起人（毛澤東、徐特立、周恩來、

初，周揚並無任何頭銜，卻參與理論魯藝教員的選聘與任命。後來周揚兼任文學系主任，越來越多地參與到文學教育管理事務中。1939 年 11 月 28 日，延安魯藝正式發布「迅字第二十一號」通知，宣布「新任正院長為吳玉章同志，副院長為周揚同志」。〔註 138〕

由於吳玉章年事已高，更多只是掛名而不問校務，因此作為副院長的周揚便成為延安魯藝的實際「掌門人」。魯藝高層領導的人事變動至此終於相對穩定下來，顯然是為了更好地貫徹執行黨所規定的教育方針，也是為了「結束早期魯藝教育行政和教學程序總是被不斷舉行的晚會所支配所紊亂的那種不正常狀態」，「克服抗戰初期延安學校的游擊作風」。〔註 139〕這事實上為延安魯藝的「正規化」與「專門化」作了組織上和理論上的鋪墊。

### （二）文學教育的正規化與專門化

儘管周揚在延安整風之前的很多文學主張與毛澤東保持著高度一致，但周揚的革命視野與戰略格局等與毛澤東畢竟沒有在同一高度上，於是在周揚領導延安魯藝初期所進行的文學教育探索，一度偏離了毛澤東和黨中央的航道設計。

在魯藝《成立宣言》中，我們黨表明了對於這所學校的定位和期待：「魯迅藝術學院的成立，就是要培養抗戰藝術幹部，提高抗戰藝術的技術水平，加強這方面的工作，使得藝術這武器在抗戰中發揮它最大的效能。」〔註 140〕因為抗日戰爭的緊迫性和革命鬥爭的長期性，以及中國共產黨藝術工作幹部的匱乏，使得培養黨的藝術幹部日益迫切。為了實現魯藝「服務於抗戰，服務於這艱苦的長期的民族解放戰爭」的目標，我們黨在戰時的專門的藝術學校的規

---

林伯渠、成仿吾、艾思奇、周揚）之一，是「魯藝董事會」成員和「院務委員會」成員。起初，周揚並無其他頭銜，卻負著組織架構、人員搭配等具體籌備事宜。據徐懋庸回憶，1938 年 5 月，他面見毛澤東時，毛澤東詢問徐工作分配與否，徐懋庸說在「文抗」只是暫住。毛澤東便建議說：「那麼，你到魯迅藝術學院去工作好麼？我們正在叫周揚籌辦這個學院」。假如徐懋庸的回憶沒有問題的話，這就明白無誤地說明周揚是延安魯藝的實際負責人。（參見徐懋庸：《我和毛主席的一些接觸》，《徐懋庸研究資料》，南昌：江西人民出版社 1985 年版，第 105 頁。）

〔註 138〕谷音、石振鐸合編：《魯迅文藝學院文獻》，瀋陽音樂學院《東北現代音樂史》編委會，1986 年，第 105 頁。

〔註 139〕周揚：《藝術教育的改造問題》，谷音、石振鐸合編：《魯迅文藝學院文獻》，瀋陽音樂學院《東北現代音樂史》編委會，1986 年，第 150 頁。

〔註 140〕《成立宣言（一九三七年）》，谷音、石振鐸合編：《魯迅文藝學院文獻》，瀋陽音樂學院《東北現代音樂史》編委會，1986 年。

劃上便傾向於使其成為短期藝術幹部培訓班。「從此在延安的北門外有一片新的土地，這就是抗戰藝術的新園地魯迅藝術學院」〔註 141〕。1938 年 5 月 12 日，毛澤東到延安魯藝作報告，指出「我們的兩支文藝隊伍，上海亭子間的隊伍和山上的隊伍，匯合到一起來了。這就有一個團結的問題。要互相學習，取長補短。要好好地團結起來，進行創作、演出。要下去，要道人民生活中去，走馬看花，下馬看花，起碼是走馬看花，下馬看花更好。……文學藝術是有階級性的，資產階級的文學家、藝術家，提倡什麼藝術至上，實際上是為資產階級服務，眼里根本沒有工人、農民、無產階級文學藝術工作者要道革命鬥爭中去，同時學習人民的語言。要從革命鬥爭中學習的東西多得很。」〔註 142〕可知，毛澤東發起創辦魯藝、開展黨的文學教育，主要是從革命鬥爭的需要來考慮問題的，因而毛澤東提倡的文學教育是偏於實用的、注重實效的。

事實上，在周揚領導延安魯藝之前，延安魯藝便已經出現了在文學教育上自由探索的苗頭。1938 年 3 月 14 日，中央領導和魯藝師生剋服了諸多物質困難之後，延安魯藝正式開課。或許是出於更快地發揮藝術這武器在抗戰中的最大效能的考量，延安魯藝最初僅設更富於宣傳效力的戲劇、音樂、美術三個系。周揚負責講授《文藝運動》與《藝術論》兩門課程。1938 年 8 月，延安魯藝開始第二屆教育計劃，增設文學系，周揚為首任系主任。

延安魯藝第一屆教育計劃並未提及教學原則、學校師生作風等事項，不過《魯藝第二屆課程一覽表（一九三八年）》裏提及，「第二屆教育計劃之除增設文學系外，目的、修業期限、教學原則、教學制度等均與第一屆教育計劃相同，故從略」〔註 143〕。而同年公布的《魯藝第二屆概況（一九三八年九月）》則對此作了補充：

在教育目的上，延安魯藝並不局限於抗日戰爭，除了「培養抗戰藝術工作的幹部」，還進一步提出了「研究藝術理論，接受中國與外國各時代的藝術遺產，以至創造中華民族的新藝術」〔註 144〕。

---

〔註 141〕徐一新：《藝術園地是怎樣開闢的》，《新中華報》1939 年 5 月 10 日。

〔註 142〕何其芳：《毛澤東之歌》，牟決鳴選編：《何其芳詩文掇英》，北京：東方出版社 2004 年版，第 144 頁。

〔註 143〕谷音、石振鐸合編：《魯迅文藝學院文獻》，瀋陽音樂學院《東北現代音樂史》編委會，1986 年，第 21 頁。

〔註 144〕谷音、石振鐸合編：《魯迅文藝學院文獻》，瀋陽音樂學院《東北現代音樂史》編委會，1986 年，第 18 頁。

在修業期限上則延續了「三三三」學制，即前後各在校學習理論三個月，中間實習三個月，「連實習期共為九個月必要時得延長或縮減」〔註 145〕。

在教學方式上，除上課外還設置了「講演」、「課外閱讀」、「小組討論會」、「群眾工作」等，師生的自由度都相當高。如在從事群眾工作時，師生「常以各種各樣方式深入群眾，……分赴各農村與街頭從事抗日群眾工作，同時更深瞭解動員狀況、熟悉群眾生活，學習大眾語言，記錄民間小調」，重點是師生「對於創作之形式與內容，有決定作用。」〔註 146〕

在團體活動上，尤為值得注意的是路社、各種研究會和教職員座談會，供師生們自由創作、自由交流意見，推進教職員的學術研究，僅從這些「團體活動」來看，便已難以將其與「短期藝術培訓班」對等起來。

最惹人注目的是「作風」，它倡導的是民主集中精神、艱苦奮鬥精神和創造精神，期待著「在民主自由的環境中，各人均得儘量發揮創造性，因創造精神之發揚，曾不斷產產生各種藝術作品，一方面利用舊形式，一方面創造新形式。」〔註 147〕1939 年的教育計劃草案裏提及教學原則時也提倡「自由思想，服從真理」，「一般課程均可啟發學員自由討論，教員可以結論方式講授，結論後又可討論。提倡質疑辯難、追求真理的學風」〔註 148〕。可見，早期的延安魯藝校園裏，洋溢著的是自由、創造的氛圍，與抗戰的緊張壓迫氛圍和黨對各類藝術幹部的急切需求多少有些出入。

不過，上述這樣的自由探索，在延安魯藝內部一直有不同主張，並展開了「廣泛而熱烈的討論」，這種分歧其實在前幾期教育計劃「前後矛盾」的表述中也可以窺見端倪。首任副院長沙可夫 1939 年 2 月總結了延安魯藝一年來工作中的問題，延安魯藝在適應抗戰需要的教育方針上是正確的，「但是今天抗戰最迫切需要的到底是那一種藝術幹部」，魯藝教職員並未弄清楚。這就導致了魯藝的「教育計劃（一）偏於比較專門的人材的培養，（二）忽視了普通的有多方面才能的幹部的培養」。〔註 149〕在這一認識基礎上，魯藝分設普通科與專修科。其中，普通科不分系，專修科仍分戲劇、音樂、美術

〔註 145〕谷音、石振鐸合編：《魯迅文藝學院文獻》，第 18 頁。

〔註 146〕谷音、石振鐸合編：《魯迅文藝學院文獻》，第 19 頁。

〔註 147〕谷音、石振鐸合編：《魯迅文藝學院文獻》，第 20 頁。

〔註 148〕谷音、石振鐸合編：《魯迅文藝學院文獻》，瀋陽音樂學院《東北現代音樂史》編委會，1986 年，第 7 頁。

〔註 149〕谷音、石振鐸合編：《魯迅文藝學院文獻》，第 31 頁。

與文學四個系。修業期限都是六個月。為了鞏固這次教育計劃調整的成果、明確和統一教員們的認識，1939 年 4 月，羅邁在參加延安魯藝週年慶時發表了講話，著重講解《魯藝的教育方針與怎樣實施教育方針》，所針對的便是前兩屆教育計劃中暴露出來的問題。羅邁所傳達的是「經過中央宣傳部討論的，是經中央書記處通過的是完全正確的方針。」〔註 150〕這樣的方針突出強調了政治教育在魯藝的重要性，也就是說「魯藝所進行的教育，不僅要從藝術上去培養幹部，而且要從政治上去提高幹部」。這樣，延安魯藝的教育方針便明朗化了，它是「以馬列主義的理論與立場，在中國新文藝運動的歷史基礎上，建設中華民族新世代的文藝理論與實際，訓練適合今天抗戰需要的大批藝術幹部。團結與培養新世代的藝術人材，使魯藝成為實現中共藝術政策的堡壘與核心。」〔註 151〕

而在實際工作中，這一教育方針並未得到很好的貫徹執行。其中一個很重要的原因便是延安魯藝承擔了過多的演出、生產任務。這樣一來，魯藝的正常教學秩序常常被這些「計劃外」的事務所打亂。比如，受陝甘寧邊區集會多的大氛圍的影響，延安魯藝也經常舉辦各種晚會、展覽會，魯藝的實驗劇團也承接了不少演出任務。據不完全統計，從成立到 1939 年底的近兩年時間裏，延安魯藝舉辦了 160 餘場晚會，創作了各類戲劇 50 多出。此外，延安魯藝成立了生產委員會，按照生產計劃，延安魯藝擔負生產任務是細糧 130 石、蔬菜約 73000 斤（基本自給）。對延安魯藝教學衝擊最大的一次是，魯藝第三屆普通部師生在副院長沙可夫率領下，奉令整建制地併入華北聯合大學。此外，延安魯藝也要參與軍事演習，實行軍事化管理，全院編為一個縱隊，下轄三個連，每天進行操練。

值得注意的是，羅邁這個報告裏所提出的教育方針仍然為魯藝師生的自由探索保留了不少餘地。報告指出，「政治與藝術是不同的。政治運動與藝術運動是各自依照本身特點的規律與形態向前發展。但政治與藝術的關係又是不可分離的。」強調政治教育重要性的同時，仍然強調要尊重藝術規律，是這一時期黨的文學教育在自由探索時期的總基調。

在這樣的總基調下，周揚就任延安魯藝副院長後更進一步，推動了延安魯藝走向正規化和專門化。1939 年 11 月 28 日，延安魯藝發布「迅字第二十一

〔註 150〕谷音、石振鐸合編：《魯迅文藝學院文獻》，第 50 頁。

〔註 151〕谷音、石振鐸合編：《魯迅文藝學院文獻》，第 50～51 頁。

號」通告，宣布「新任正院長為吳玉章同志，副院長為周揚同志」。〔註 152〕至此，延安魯藝總算結束了早期那種相對慌亂、緊張的狀態，各項教育教學工作都開始步入正軌。

延安魯藝校外的文化氛圍也在「持續向好」。1940 年 1 月，中共中央最高領導洛甫在陝甘寧邊區文化協會第一次代表大會上代表中共中央作了文化政策報告。這篇名為《抗戰以來中華民族的新文化運動與今後任務》的報告，可以說代表了毛澤東《講話》之前，黨對文化藝術問題所持的指導觀點。其中，對文化人的理解與寬容態度非常引人注目，報告要求，「對於自己所工作的文化部門，應具備一般的知識與素養，最好自己還有一方面的特長，這樣就容易團結文化人」〔註 153〕。羅邁也在此次大會上作了《在抗戰中的兩種不同的教育政策》的報告。在這樣的氛圍下，延安魯藝召開了成立二週年紀念大會，毛澤東、朱德、洛甫、任弼時等軍政主要領導和茅盾、馮文彬、張仲實等文化界名人出席此次紀念會。在這次紀念會上，周揚簡要報告了魯藝過去兩年的成績，並將其深思熟慮之後的延安魯藝規劃願景在報告中陳述了出來。周揚提出，魯藝以後工作的方向便是「要培養新中國的理論人才，建立新中國的文藝批評」〔註 154〕。這與羅邁 1939 年的報告中「魯藝今天要大批的培養這樣的幹部，以適合抗戰的需要」在表述上已有明顯區別，一個「放眼未來」，一個則是「著眼當下」。毛澤東則肯定了魯藝在兩年中的進步，說明了藝術在革命中共的重要性，闡明了在抗戰中文化統一戰線的重要性，鼓勵魯藝師生們為了建立中國的新文化，必須向各方面學習，向老百姓學習，才能建立其抗戰的文化統一戰線。這可以視為毛澤東對周揚遠景規劃的肯定。受此鼓舞，周揚馬上著手制定新的魯藝教育計劃。

1940 年 6 月，《魯迅藝術文學院第四屆教育計劃草案》開始向校內徵集意見，明確規定「本院教育目的為培養文學藝術創作理論各方面專門人材」〔註 155〕。為保障這一教育目的的實現，學制也從八九個月改為兩年，經 1941 年改訂並正

〔註 152〕谷音、石振鐸合編：《魯迅文藝學院文獻》，第 105 頁。

〔註 153〕洛甫：《抗戰以來中華民族的新文化運動與今後任務》，《解放》第 103 期，1940 年 4 月 10 日。

〔註 154〕艾克恩編纂：《延安文藝運動紀盛 1937.1～1948.3》，北京：文化藝術出版社 1987 年版，第 195 頁。

〔註 155〕《魯迅藝術文學院第四屆教育計劃草案（一九四〇年六月十日）》，谷音、石振鐸合編：《魯迅文藝學院文獻》，瀋陽音樂學院《東北現代音樂史》編委會，1986 年，第 76 頁。

式實施之後，學制進一步延長為三年。到了 1942 年 2 月，《魯迅文藝學院第五屆教育計劃及實施方案》公布時，延安魯藝的教育方針、學制、課程、教材、教學原則、學習組織與學習方法等事項都已經非常完備，基本符合高等教育發展規律，延安魯藝已經完全是專業配置成熟、課程安排合理的現代大學。

在教育方針上，魯藝第五屆教育計劃規定，「本院教育之基本方針為團結與培養文藝的專門人才，以致力於新民主主義的文學藝術事業」;「本院教育之具體目的為培養適合於抗戰建國需要的文藝之理論、劇作、組織各方面的人才」;「本院之教育精神為學術自由；各派學者均可在院自由講學，並進行各種實際活動」。〔註 156〕這大有蔡元培初次長校北京大學時所採取的「兼容並包」舉措之風範，不僅以實際行動消弭了「左聯」時期和「兩個口號」論爭中宗派主義、關門主義造成的人事隔膜，還給延安魯藝帶來一股生氣。

為了實現上述理想目標，周揚在延安魯藝教員選聘和人事安排上可謂煞費苦心。自從參與創辦魯藝時開始，周揚奉令籌辦魯藝就已實際承擔起著教職員隊伍搭建的重任。能否完成這一重任，關鍵在於能否突破「門戶之見」和過去的私怨。從實際結果來看，周揚完成得還是不錯的。

戲劇系第一屆主任張庚於 1938 年 2 月到達延安。「周揚等人對張庚在左翼劇聯工作的成就和能力很瞭解，所以籌備『魯藝』時自然就想到了他。」〔註 157〕

沙汀、何其芳、卞之琳一行於 1938 年 8 月到達延安，其中何其芳並無打算留在延安，他們在周揚勸說之下同意留在魯藝教書，沙汀任剛成立的文學系主任，何其芳也積極投入文學教學中，而卞之琳教了一個學期之後才返回大後方。嚴文井等「小京派」來到延安後，周揚聽聞之後旋即給毛澤東寫信，「請求調他們到陝甘寧邊區文化界救亡協會去搞創作。」嚴文井等人在「文協」工作了一段時間，便「找到周揚，要求去履行藝術學院工作」,「成了魯藝文學系的一名教員」。〔註 158〕曹葆華來到魯藝任教，與同為小京派的嚴文井的獲聘不無關係。

此外，陳荒煤、周立波、舒群、沙汀等則屬於周揚在「左聯」時期的親密戰友，周揚召喚，他們自然紛紛響應。

---

〔註 156〕《魯迅文藝學院第五屆教育計劃及實施方案（一九四二年二月改訂）》，谷音、石振鐸合編：《魯迅文藝學院文獻》，瀋陽音樂學院《東北現代音樂史》編委會，1986 年，第 121 頁。

〔註 157〕安葵：《張庚評傳》，北京：文化學術出版社 1997 年版，第 77 頁。

〔註 158〕巢揚：《嚴文井評傳》，太原：希望出版社 1999 年版，第 154 頁。

不過，周揚還是在「左聯」歷史上留下了搞宗派主義的「污點」，他這種打破成見、不拘一格的做法難免招致一些人的懷疑。最令人意外的是，周揚對曾經的「論敵」胡風發出的魯藝教職邀請。據曉風《我的父親胡風》介紹，1940年董必武曾將周揚的一個口信帶給胡風，「說是請他到延安魯迅藝術學院任中文系主任」〔註159〕。胡風雖然十分嚮往延安，但當知曉發出邀請的是周揚時，他內心想必充滿了疑慮，最終還是沒有接受邀請。同樣被視為魯迅學生的蕭軍，也曾有機會到延安魯藝任教。但丁玲和周揚提及此事時，周揚嚴詞拒絕了。周揚要求胡風、拒絕蕭軍現在還難以考訂孰先孰後，但它們都共同糾纏著「兩個口號」論爭這一文壇舊怨。周揚還是沒能真正邁過宗派主義這道門檻，也沒有給後人留下蕭、胡二人在延安魯藝講壇上揮斥方遒的遐想的餘裕。親眼見證了「左聯」解散和「兩個口號」論爭始末的徐懋庸同樣對周揚保有戒心，謝絕了毛澤東的好意，最終沒有去魯藝。

周揚與蕭三、艾青沒有舊怨，卻也在共事中產生不睦與罅隙。尤其是蕭三，曾與周揚在「民族形式問題」的討論中產生分歧，進而引發過激烈的爭吵。不久後，蕭三便離開了魯藝。這些事件難免給人留下周揚妒賢嫉能、宗派主義的印象，但也不可否認周揚在搭建魯藝教員隊伍時的苦心與努力。正是這種苦心與努力，才使得魯藝教員隊伍不致千篇一律、一種面貌。在周揚的苦心經營下，先後在延安魯藝任教的不少是當時著名的創造者和理論家。除上述文學系名家外，戲劇系的還有王震之、姚時曉、王彬、水華、王大化、田方、鍾敬之、於敏、張季純、許珂和幹學偉等，音樂系的有冼星海、呂驥、向隅、杜矢甲、賀綠汀、何士德、任虹等，美術系的有江豐、王曼碩、蔡若虹、馬達、王朝聞、力群、華君武、胡蠻等。〔註160〕

在這樣的人事安排下，延安魯藝的正規化和專門化建設快速推進。1941年4月，魯藝舉行第四屆第一學期全院工作檢查，意在督促、落實、核驗正規化和專門化建設的成效。師生們一致認為，這次檢查是勝利的，「這樣的檢查是有其偉大的意義與作用的。因此，以後必須把它作為經常的制度，就是說，要定期地舉行，最好每年一次，這樣才能不斷地把工作推向前進。」〔註161〕在

〔註159〕曉風：《我的父親胡風》，長春；春風文藝出版社2001年版，第12頁。

〔註160〕王培元：《延安魯藝風雲錄》，桂林：廣西師範大學出版社2004年版，第93～94頁。

〔註161〕谷音、石振鐸合編：《魯迅文藝學院文獻》，瀋陽音樂學院《東北現代音樂史》編委會，1986年，第118頁。

檢查中，周揚明確提出要專門化。羅邁在總結大會上肯定了周揚的意見，並表示，「魯藝有兩重任務，一方面要提高自己，同時要幫助別人。」他進一步闡發道，「在提高自己的任務上，……除了培養文藝理論家與文藝作家以外，還要培養藝術教育人才」；「在幫助別人的任務上，一方面要幫助延安的文藝活動，同時要作為團結全國文藝人的中心」。這樣的主張，都在周揚領導下得以在魯藝貫徹施行。

1941 年 4 月 29 日，周揚向全院師生作了第二次工作檢查總結報告，並調整了機構，設置文學部、戲劇部、音樂部和美術部四個教學單位和四個職能部門。緊接著，延安魯藝制定《藝術工作條約》。5 月 20 日，延安魯藝召開第一次黨代會，發布《敬告全院教職工書》，宣告「魯藝是培養新民主主義的文學藝術的創作、理論、組織各方面的專門人材的學校」，要力行「緊張、嚴肅、刻苦、虛心」的校訓，「把《藝術工作條約》真正切實的詩性起來。在日常生活中，在藝術活動上，為創造新民主主義的藝術而共同努力」。〔註 162〕

就這樣，延安魯藝教育教學思想的系統化努力初見成效。延安魯藝很快建成了現代大學正規學制，課程設置合理，學制嚴謹。具體到每個教學單位負責人的安排，每個單位負責人也基本都是在各自領域卓有建樹的「專家」，最大程度地保障了魯藝藝術教育的正規化與專門化。從 1942 年 2 月修訂的《魯迅文藝學院第五屆教育計劃及實施方案》來看，延安魯藝的正規化、專門化教育已具有一定規模，與現代大學已基本無二致。該計劃共包含十個部分，幾乎涉及一所大學從管理著到教學者再到受教者圍繞教學活動而展開的生活的方方面面。例如第九項為「轉系、退學與畢業」，在「轉系」問題上，學員「須經甲系主任批准，並經乙系考試合格得轉系」，這就為學員追求更適於自己的課業大開方便之門。這一計劃的人性化還體現在，學員退學後仍可獲得「修業證書」。

周揚對於推動延安魯藝的正規化與專門化屬實取得了一定成績。在這一教育訴求成為全院師生共識後，這一勢能甚至延續到了整風運動發起以後。比如 1942 年 4 月 3 日中央總學委發布全黨整風的通知以後，延安魯藝成立四週年的紀念大會上，院長周揚仍在宣講魯藝的教育精神為學術自由，其教育方針為團結與培養文學藝術的專門人才，以致力於新民主主義的文學藝術事業，云云。

〔註 162〕艾克恩編纂：《延安文藝運動紀盛 1937.1～1948.12》，北京：文化藝術出版社 1987 年版，第 25 頁。

延安魯藝在正規化與專門化辦學上努力的勢頭，直到延安文藝座談會召開及毛澤東親臨魯藝向全體師生講話後才開始扭轉。這種努力雖然遺憾中止了，卻仍然給我們留下了寶貴的文學教育財富，這是我們當前可資借鑒的。

### （三）毛澤東文藝思想的權威闡釋者

1942年5月2日至5月23日，延安文藝座談會分三次召開。毛澤東在首尾兩次分別發表講話，從五個方面系統、深入地闡釋了當時延安文藝界存在的問題以及未來文學發展的方向等。這對於正躊躇滿志地推動延安魯藝成為一所正規的、專門的文學藝術高等學校的周揚來說，無異於「當頭棒喝」。

可以說，如非毛澤東兩次講話的「提醒」，周揚可能根本不會發現延安魯藝的辦學方向是「錯誤」的。一方面，周揚此間把更多精力投入到延安魯藝的教育改革事業上去，因其承接著為新中國培育文藝人才的歷史重任，周揚投注了更深的情感進去。此時，周揚更多的自我角色認知是文學教育家。他暫時隱逸了「革命家」的角色，考慮的更多的是具體業務問題，放鬆了對業務問題背後的政治問題的考量。或者說，在延安文藝座談會之前，在黨的文學教育事業中，周揚自覺地將自己定位為「施教者」。而且從實際情況來看，周揚在延安魯藝的教育探索與改革，以及魯藝的籌辦和創建，都是「成功」的經驗居多，這無疑在客觀上給周揚以強烈的信心。這樣，周揚文藝教育家的自我認知便越發堅定。另一方面，就像賈植芳指出的，本質上「周揚是一個『五四』以後時代的人，也接受了西方文化的影響。但後來他做行政工作，學而優則仕，當官了，就有了變化。」「形勢緊張時，他是打手面孔，形勢一鬆，他身上『五四』的傳統就又出來了」。「作為一個知識分子，他身上有個人主義的東西。這是一個矛盾，他有內心痛苦，這不同於別的對歷史錯誤從不懺悔的人。」〔註163〕賈植芳所言的周揚的「內心痛苦」當指周揚作為政治家革命家的「仕途雄心」與文學家理論家的「文化使命」的內在衝突。周揚有著異於常人的理論嗅覺與政治敏感性，但在其漫長的文藝生涯和革命生涯中，他卻往往陷入「非此即彼」的兩難選擇中。

事後看來，周揚在延安魯藝的文學教育改革，承載著中國共產黨對於新民主主義文學和文化建設的重託；所以這對周揚來說是難得的一段經歷，可以將其「仕途雄心」與文化使命合而為一。可惜的是，大約與周揚在魯藝的正規化、

---

〔註163〕邵燕祥、林賢治主編：《散文與人6》，貴陽：貴州人民出版社1996年版，第216頁。

專門化探求同時，延安文壇發生的暴露邊區生活陰暗面、批判革命幹部等寫作大有愈演愈烈、超出黨的控制的趨勢，終於使中國共產黨認識到在文藝政策上放任自流的危害。〔註 164〕此時已經沉浸於延安魯藝文學教育探索與改革既有軌道和成績內的周揚自然難以覺察到延安上空空氣的驟變。聆聽延安文藝座談會和毛澤東的《講話》，對周揚來說堪稱一次政治新生的機會。周揚的政治敏感性彷彿瞬間被重新激活一般，他很快意識到政治空氣的細微變化以及黨的文學建設的新變。周揚果斷作出了個人的、也是符合黨的期待的取捨，也就是徹底將「五四」的個人自我隱匿起來，徹底服膺在毛澤東的文藝思想的光芒之下。

延安文藝座談會落幕後不久，毛澤東和黨中央正在醞釀如何傳播《講話》精神之際，周揚便在黨的期待中快速行動起來。1942 年 5 月 30 日下午，周揚代表魯藝師生邀請毛澤東到魯藝講話，一是為請他親自傳達延安文藝座談會（主要是《講話》）精神，二是為請毛澤東指導延安魯藝文學教育活動的改造方向。此時，《在延安文藝座談會上的講話》尚未定稿，毛澤東仍在進行審慎思考。而這次到延安魯藝講話，無疑是對這種思考和修訂的一種促進。毛澤東強調，「文藝工作必須服從於政治，必須面向工農兵」。在如何做的問題上，毛澤東指出，「要用新的眼光和態度看待邊區和抗日根據地的事物，必須擺脫小資產階級知識分子的情緒，把屁股移到工農兵這一邊來。」針對延安魯藝的教育方針問題，毛澤東強調，「文藝普及與提高，應該是沿著工農兵前進的方向，沿著無產階級前進的方向去提高與普及。並且提高要有一個基礎，不能憑空提高，也不能關起門來提高。」這算是給延安魯藝的正規化、專門化探索定了調，延安魯藝存在的問題也就明瞭了：一方面它不屬於重大政治錯誤，另一方面它是「關起門來」不顧實際的「憑空提高」。這樣，延安魯藝的整改方向變得清

〔註 164〕當然，促成毛澤東和黨中央進行理論深思的還有當時國際國內抗戰形勢的深刻變化。國際上，二戰已經全面爆發，世界反法西斯同盟雖已成立，卻處境艱難，日本和德國在亞洲和歐洲分別擴大佔領區面積。中國國內戰況悄然發生的變化是，中日陷入戰略僵持階段，日本改變侵華策略，一面開始對中國共產黨領導的抗日根據地進行瘋狂掃蕩，根據地面積急劇縮小，經濟上也陷入極大困難；一面大行綏靖政策，扶植日偽勢力，誘降國民黨當局。這在客觀上助長了國民黨不斷掀起反共浪潮，我們黨內的右傾投降主義和教條主義等也開始冒頭。陝甘寧邊區文壇發生的諸多文學現象很難不讓人與之聯繫起來。反而，在黨中央和前線將領看來，如果任由這些文學系發展下去，將有可能顛覆陝甘寧邊區政權和黨的領導。

晰起來，也就是毛澤東所說的從「小魯藝」走向「大魯藝」。

既然延安魯藝犯的是技術錯誤而非政治錯誤，周揚就可以放下包袱、拋卻偏「技術」的教育家身份，專心於政治理論家的職能。此後，周揚果真更多從政治出發思考文學和文學教育問題，開始隱匿其文學教育家和文藝理論家的身份，有意識地成為一名文學教育的受教者。除了自己學習，也還帶領延安魯藝師生一起學習。如前所述，在周揚率領下，延安魯藝的整風是系統而深入的，全體師生都成為毛澤東文藝思想的虔誠學員。延安魯藝師生專門組建了整風委員會，整理出 22 份整風文件，編印出《複習學風文件參考大綱》、《學習整風文件參考大綱》〔註 165〕，分步驟、有計劃地學習整頓學風、黨風、文風，並組織座談會、討論會予以研究和總結。到 1942 年 7 月底，延安魯藝整風進入高潮，全院師生圍繞學校的教育方針問題展開了激烈的辯論。這樣的辯論不自覺地將文藝工作者與工農群眾對立起來，誇大了他們之間的矛盾和差異。〔註 166〕這給廣大知識者出身的文藝工作者以很大的道德壓力和很重的思想包袱。

延安魯藝內部達成基本共識：魯藝的文學教育與現實的革命運動相脫節，產生了錯誤的關門提高的偏向。大辯論後，延安魯藝全校師生進行了學風學習考試，其必答題有：「你參加這次大討論會以前，對中心問題的認識如何？在聽了爭論以後，有無改變？改變在什麼地方？」下列三題中要擇其一回答：「一、為完成某一政治任務，需要你參加一種藝術活動，而這創作，你根據你的生活經驗和創作作風感覺不合適，這時你採取什麼態度？假如不做，你覺得有什麼理由來拒絕？假如做，怎麼做法？，如何做法？二、『群眾是真正的英雄，而我們自己往往是幼稚可笑的』，這句話如何瞭解？並以親身經歷的例子來具體說明之。三、研究文件，你讀書方法有何改變？試以新的觀點去分析一篇你最近所看到的論文或作品（以在延安發表、演出、展覽為限）。」考試結束後，根據中央文件要求，魯藝師生需要「進行個人全面反省」，並寫出「反省筆記」。〔註 167〕

〔註 165〕參見《學習整風文件參考大綱（一九四二年六月）》，谷音、石振鐸合編：《魯迅文藝學院文獻》，瀋陽音樂學院《東北現代音樂史》編委會，1986 年，第 138～139 頁。

〔註 166〕黃鋼：《平靜早已過去了！——延安魯藝整頓學風的辯論》，《解放日報》1942 年 8 月 4 日。

〔註 167〕《聯繫實際掌握文件精神　魯藝全院展開熱烈辯論》，《解放日報》1942 年 8 月 4 日。

1942 年 7 月，周揚寫出《王實味的文藝觀與我們的文藝觀》，算是周揚表明文藝政治立場的第一篇「習作」。通過對王實味的批判，周揚宣示了自己在文藝思想上的明顯轉變。「由於學委會領導抓得不緊，計劃不夠，理論上與學習方法上指導尚不具體，大家對整風學習的重要性還沒有明確的觀念，特別是沒有把整風學習和藝術政策教育運動的學習很好地配合起來」〔註 168〕，所以周揚在 1942 年 8 月召集了延安魯藝師生全員大會。會上周揚作了檢討和自我批評，鄭重宣布中斷所有的正規化、專門化舉措。周揚號召「大家一致來改造魯藝，放在和實際密切聯繫的基礎上」，也就是「要把從前關門的風氣轉變到注意實際的風氣」。〔註 169〕

在這些思考的基礎上，周揚於 1942 年 9 月 9 日公開發表了《藝術教育的改造——魯藝學風總結報告之理論部分：對魯藝教育的一個檢討與自我批評》，完成了一次公開的集體省思。周揚清算了自己在掌管延安魯藝期間所犯的原則性、方向性的錯誤。他認為，改造魯藝首要的、中心的問題就是克服主觀主義、教條主義，從而將延安魯藝的藝術教學活動與客觀實際直接而密切地聯繫在一起。周揚所作的這種自我批評和主動學習的努力，顯示了周揚已經成為一名合格的、虔誠的黨的文學教育的受教者，代表著延安的文藝理論家和文藝教育家學習和落實毛澤東文藝思想的姿態和努力。對於延安魯藝乃至延安文藝教育來說，一方面自此在思想體系和思想脈絡上有了明確皈依；另一方面又從「小魯藝」走向「大魯藝」，有了更廣闊的實踐田地和舞臺。對於周揚個人來說，這不僅是否定過去延安魯藝所作的文學教育探索，更是從彰顯個性風采的文藝教育家轉變為黨的文學教育佈道者的否定之否定。從此，周揚自覺地迎合黨的期待，從黨的整體革命事業出發，將毛澤東文藝思想與革命實際相結合，充分調動過去所積累的理論素養與政治素養，不斷對毛澤東《講話》作出經典化、權威化闡釋。這一方面將中國共產黨的文藝理論思想納入馬克思主義文藝理論的脈絡，實現中國與世界的聯結；另一方面又將延安區的文學活動和文學教育實踐納入毛澤東文藝思想的範疇之內，實現了延安文藝的本質化。

毛澤東文藝思想的權威性主要是在延安整風運動中確立的，而周揚在這

〔註 168〕谷音、石振鐸合編：《魯迅文藝學院文獻》，瀋陽音樂學院《東北現代音樂史》編委會，1986 年，第 139～140 頁。

〔註 169〕周揚：《周揚同志在學風總結大會上的報告》，谷音、石振鐸合編：《魯迅文藝學院文獻》，瀋陽音樂學院《東北現代音樂史》編委會，1986 年，第 145 頁。

一權威性確立的過程中發揮了尤其重要的作用。或者可以說，周揚正是在其個人學習和成長的過程中，一方面確立了《講話》的經典化與權威化地位，另一方面則樹立了自己作為「毛澤東文藝思想權威闡釋者」的形象。有學者分析，周揚主要從三個方面展開了這一權威闡釋的工作。「一是對延安文藝運動偏向與毛澤東文藝思想作出了系統化的理論整合；二是對《講話》提出的工農兵文藝方向率先進行了探索踐行；三是通過編輯《馬克思主義與文藝》一書提升了《講話》的理論品格」。〔註170〕

正是在上述理論化的努力之下，毛澤東文藝思想的世界格局與理論品格均得以昇華，甚至超出了毛澤東的期待。尤其是《馬克思主義與文藝》一書的編輯及其序言的寫作，在毛澤東文藝思想的權威化運作方面效果尤其顯明。周揚在序言中開宗明義地說，毛澤東《講話》「是馬克思主義文藝科學與文藝政策的最通俗化、具體化的一個概括，因此又是馬克思主義文藝科學與文藝政策的最好的課本。」〔註171〕接著，周揚沿著馬克思、恩格斯、列寧、斯大林、高爾基、魯迅、毛澤東的歷史脈絡，進一步闡述了文藝起源於勞動、資本主義與藝術創作的敵對、藝術大眾化、藝術表現時代生活等馬克思主義文藝觀念，從而給毛澤東文藝思想和《講話》以極高的歷史定位。《序言》寫好後曾呈給毛澤東閱讀，毛澤東顯然有些喜出望外。在給周揚的回信中，毛澤東說：「此篇看了，寫得很好。你把文藝理論上幾個主要問題作了一個簡明的歷史敘述，藉以證實我們今天的方針是正確的，這一點很有益處，對我也是上一課。只是把我那篇講話配在馬、恩、列、斯……之林覺得不稱，我的話是不能這樣配的。」〔註172〕這一方面顯示了毛澤東的謙虛，另一方面也表明了對周揚在闡釋《講話》所作努力的高度肯定。尤其是「對我也是上一課」一說，就此確立了周揚作為毛澤東文藝思想權威闡釋者的地位。

實際上，周揚不僅在毛澤東文藝思想權威化地歷史運作中發揮了突出的作用，而且在這一思想的生成過程裏也有不小貢獻。如前所述，周揚的理論潛質與政治素養頗為毛澤東賞識。因而，「周揚到達延安後不久，同毛澤東在文字方面的交往就開始了。毛澤東有些文字方面的事情請他幫助閱看，而周揚的

〔註170〕高傑：《延安文藝座談會紀實》，西安：陝西出版傳媒集團，陝西人民出版社2013年版，第250頁。

〔註171〕周揚：《〈馬克思主義與文藝〉序言》，《解放日報》1944年4月8日。

〔註172〕中共中央文獻研究室編：《毛澤東文藝論集》，北京：中央文獻出版社2002年版，第280頁。

一些重要文稿，也常常送毛主席審改，從此開始了與毛澤東長達數十年之久的文字之交。在文化界，像他們之間有那麼多次重要文字交往的，恐怕除周揚之外沒有第二人。」〔註173〕這段時間，毛澤東在文藝問題上非常倚重周揚，「如周揚成為參加文藝座談會人員名單的主要擬定者這一角色，就極能說明問題」〔註174〕。正是因為這種關係，周揚在延安文藝座談會的召開、議題的確定乃至毛澤東的《在延安文藝座談會上的講話》的修改過程中都發揮了重要的影響。比如周揚家人曾回憶道，對於《講話》，「周揚曾作過很多的修改，因為改得太多太亂，最後由夫人蘇靈揚謄清，寫了一份，送了上去」。〔註175〕

排除回憶審美，我們仍能大體判斷出周揚與延安文藝座談會及《講話》發表有著密切的聯繫。有學者對此作了細緻的梳理，認為毛澤東在延安時尚未在文藝理論上做好充分準備，「這正好為周揚提供了一個整合兩種話語意涵、溝通兩種語境的歷史空間和舞臺」。〔註176〕換句話說，周揚成為毛澤東文藝思想的權威闡釋者，是周揚自身理論素質與時代語境共同作用的自然結果。周揚在延安的文藝活動，既是勾連毛澤東革命戰略構想與革命文學實踐的關鍵環節，又是周揚個人文藝實踐的集中闡發。周揚的很多文藝觀念基本上得到了毛澤東的借鑒和昇華，從而為現代中國在文學藝術領域建立理論自信作出了獨特的歷史貢獻。

〔註173〕郝懷明：《如煙如火話周揚》，北京：中國文聯出版社2008年版，第66頁。

〔註174〕高傑：《延安文藝座談會紀實》，西安：陝西出版傳媒集團，陝西人民出版社2013年版，第197～198頁。

〔註175〕郝懷明：《如煙如火話周揚》，第66～69頁。

〔註176〕高傑：《延安文藝座談會紀實》，西安：陝西出版傳媒集團，陝西人民出版社2013年版，第251頁。

# 餘論　歷史渦旋

歷史地看，延安文藝教育的歷史經驗得到繼承和延續的，更多的是整風運動以後的文藝教育，也就是本書所指出的面向實際與深入生活的文藝教育。這種繼承和延續隨著部分院校合併、整編、重組等形式在和平時期留存下來而得到強化。明顯地，其中的轉變和演化軌跡是非常清晰的。這兩個時期的文藝教育更能體現共產黨對文學教育的預期設想，完全融入了既定的思想意識形態體系內。這個體系以毛澤東思想為主導思想，注重思想政治教育，追求藝術形式、思想觀念的同一性。

整風運動以後的延安文藝教育，開始更加強調受教者的趨同性、一致性，而有意忽略受教者的多樣性、豐富性和差異性；更加強調文學教育的學科化，而忽略文學教育的情感性。它很好地延續了晚清以來注重知識傳授的新教育傳統，而隱匿了文學創作與接受、文學教育的達成中所必然要求的情感訴求。文學教育的過程及其作用的實現，本該是以審美陶冶引起情感共鳴，進而帶動理性思考。延安時期恰恰壓抑了這一心理過程。它過於強調理性參與，而壓制個體自發的情感投入。不論是施教者還是受教者，都沉浸在同一的集體道德和情感要求下，在具體的文學教育活動中，缺乏必要的主體情感投入，進一步說，缺乏主體的主動而積極的情感投入。正如錢理群指出的，「真正的理想的文學教育，課堂應該是一個情感的共振場——這樣的情感共振，有時是激昂亢奮的，更多的是一種情感的沉潛狀態，教師與學生在共同閱讀、鑒賞過程中，達到了精神的愉悅與生命的昇華。」〔註1〕這樣，文學教育被簡單地歸結於知識

〔註1〕錢理群：《關於文學教育的感言》，《湖北教育（政務宣傳）》2001年第5期，18頁。

的傳授、思想的灌輸、道德的引導。在這樣一個機械的過程中，不論是施教者還是受教者，真正的主體都很難是在場的。這樣的文學教育思路和模式並未隨著「文革」的結束、思想的解放而告終結，反而存續至今，成為當今文學教育弊端的根源。概括起來，這些弊端主要是：缺乏文學教育主體必要的情感投入，教學中只講知識和思想而不講感受，過於強調作品表達了什麼而較少探討作品如何表達，過於突出作品主題思想和藝術特點的辨析而忽視語言等形式因素。這樣，本該鮮活生動的文學接受過程，變成了機械呆板的純粹知識記憶過程。這是一個很嚴重的現象，當今的大學中文系（文學院）科班學生，或許具備紮實的文學知識，卻不一定具備良好的審美感知能力和文學鑒賞能力。

延安文藝教育更加注重思想道德教育，突出作品的思想價值和主題，這樣一種思路，對創作的影響也是顯而易見的。「主題先行」的概念化創作思路堂而皇之地在文學課堂上找到了一個位置，並曾一度佔據主要位置。它的影響是深遠的。寫作者首先需要考慮的是「為誰寫」和「寫什麼」，而至於相對並不重要的「怎麼寫」，也大體規定好了。這種思路以致於演化成「領導出主題思想、工農出生活、作家出創作」的固定模式，而且是「高產」的模式。不論是狂飆突進的十七年時期，還是在十年文化沙漠時期，我們都可以看到這種模式大行其道。然而大浪淘沙，除了在特殊背景下產生的《白毛女》等極少數精品，如果不是作為文獻，還能見到多少文學作品？這不能不引起人們的憂思。曾經看似「高產」、提現制度優勢的模式，其實是對包括人的才思在內的文化資源的浪費，更是一種文化災難。不過，將之歸罪於文學教育顯然有失公允。但這足可以敦促我們反思當下文學教育有無失當之處。

延安文藝教育的另一個重要經驗就是知識者的改造。這是由一個邏輯嚴密的教育體系所完成的。這些被改造的作家或知識者首先被置於「非其族類」的道德錯誤境地，進而觸發道德教化，作家被強制要求融入道德正確的工農兵。在這一過程中，作家失去了創作的合法地位。而這合法權自然而然地落在工農兵手中。我們看到，延安一度湧現出很多「農民詩人」，比如孫萬福。這一經驗在五六十年代的新民歌運動中得以發揚光大，在更大範圍內展開，也開始全面顯現這一文學發展思路的全部破壞力和衝擊力。有學者指出，「新民歌運動似乎是反右運動的一個合乎邏輯的延續。只不過這一次並不是用消滅或壓制的方法，而是以引導的方式，促使知識分子不再採取任何面對現實的批判姿態，從而將之融入到由黨的路線所規劃的勞動生活中去。」〔註2〕這只說對了問題的一部分，真正的問題是文學和文化合法權的歸屬。這是毛澤東等設計文學教育的題中應有之義，即通過文學教育，樹立黨的文學、人民的文學。《人民日報》社論《大規模地收集全國民歌》便提出了民歌創作的要求和方向：「到群眾中去，和群眾相結合，拜群眾為老師，向群眾自己創造的詩歌學習」。〔註3〕推而廣之，這樣的經驗必然適用於包括民歌在內的所有文學藝術的創作，顯然還在借鑒並強調陝甘寧邊區的這種經驗。

延安文藝教育機構除大部分因故停辦外，少部分以改編、重組、合併的方式留存下來。這種去留篩選的過程本身，一方面說明了延安文藝教育本身是一種特殊時空狀態下的權宜之計，另一方面透露出中國共產黨在堅持革命、堅信改造手段方面的一貫性。上世紀五十年代的大規模院系調整再次印證了這一點。教育只是一個功利性的手段，真正的目的是奪取並鞏固文化領導權。這一目標的實現，是需要不斷推進新的教育活動的。陝甘寧邊區形成的前教育機制，最初或許更多針對於作家、知識者，到和平時期則成為一套行之有效的教育機制。正是利用這一套機制，徹底完成了對所謂「小資產階級」作家的改造，掃清了共產黨在文學和文化上取得領導權的障礙。這樣，中國文學順利平滑地實現了從「現代」到「當代」的轉變。也正是由於延安文藝教育的前教育機制，這種轉變並未借助政治強力，並未造成大規模的衝突，相反，不少作家對此種境況是期待的、歡迎的、甚至是心悅誠服的。這種反應多少是出人意料的，卻又分明可以從當事人的回憶文章中把捉到。

有人說，文學是一種生活方式，是一種生存態度。荷爾德林主張的「詩意的棲居」，海德格爾所說的「歌者即生存」，大體是可以實現的。這不僅啟示著我們從繁重而瑣碎的生活中解脫出來，去觸摸自己的神性，更啟示著我們的文學教育可以而且應該在人的自由全面發展的追求上發揮更大的作用。面對當下文學教育存在的諸多弊端，是時候卸下文學教育的枷鎖，破除或許已被我們忽略的前教育機制的干擾，真正讓每一個文學課堂都生動起來、活躍起來、情感充沛起來。

當然，文學教育的形式可以而且應該是多種多樣的。限於篇幅、資料和精力等因素，本書的梳理和討論還存在一些不足，並未充分展開論題所應涵蓋的

〔註2〕楊小濱：《〈紅旗歌謠〉及其他》，《二十一世紀》（香港），1998年8月號。

〔註3〕《大規模地收集全國民歌》，《人民日報》1958年4月14日。

討論。比如，圖書的搜集、整理、借閱是文學教育得以展開的一個重要環節，它是文學教育的中介，極大地影響著文學教育的實現程度。因此就有必要梳理延安時期各個單位的圖書館、圖書室、資料室的開辦情況，以及教職學員個人藏書和贈閱情況，我們已經搜集了一些這方面的資料，有了一定基礎，這是今後應該補足的。再者，文學期刊是文學活動的另一個重要陣地，既有文學創作，也包含文學批評。編者的創刊辭、徵稿函、卷首卷尾語、讀者信件來往，期刊的用稿標準和編輯方針，以致於期刊中的論爭、作品本身，都體現著一定的文學觀念，都可以構成一種導向，這種導向作用對文學青年來說更加明顯。這樣，經由文學期刊的引導，影響讀者的文學觀念和文學創作，實質上也是一種文學教育，也可以納入本論題的論述範圍。

# 參考文獻

## 一、著作〔註1〕


1. 錢杏邨：《文藝批評集》，神州國光社 1930 年版。
2. 丁玲：《七月的延安》，向愚編：《抗戰文選（第三輯）》，戰時出版社 1937 年版。
3. 中國共產黨晉察冀中央局編：《毛澤東選集　卷四》，新華書店晉察冀分店 1938 年版。
4. 天行編：《丁玲在西北》，華中圖書公司，1938 年。
5. 任天馬：《活躍的膚施》，上海：上海雜誌公司 1938 年版。
6. 毛澤東：《井岡山的鬥爭（俄華合訂本）》，上海：中華書局 1953 年版。
7. 《中國工農紅軍第一方面軍長征記》，北京：人民出版社 1955 年版。
8. 吳伯蕭：《北極星》，北京：作家出版社，1963 年版。
9. 魯迅研究資料編輯部編：《魯迅研究資料．1》，北京：文物出版社 1976 年版。
10. 魯迅研究室編：《魯迅研究資料．2》，北京：文物出版社 1977 年版。
11. 陳瘦竹主編：《左翼文藝運動史料》，南京大學學報編輯部編輯出版，1980 年。
12. 茅盾：《我走過的道路（上）》，北京：人民文學出版社 1981 年版。
13. 《馬恩列斯文藝論著選講》編寫組編：《馬克思　恩格斯　列寧　斯大林


〔註1〕本書參考文獻原則上根據文獻出版年份從早至晚依次列出，年份相同的，則依據其在本書中引用的先後順序依次列出。

文藝論著選講》，瀋陽：春風文藝出版社 1981 年版。
14. 中國社會科學院文學研究所現代文學研究室編：《「革命文學」論爭資料選編．上》，北京：人民文學出版社 1981 年版。
15. 陝甘寧邊區財政經濟史編寫組、陝西省檔案館編：《抗日戰爭時期陝甘寧邊區財政經濟史料摘編》，西安：陝西人民出版社 1981 年版。
16. 陳元暉等編：《老解放區教育資料（一）》，北京：教育科學出版社 1981 年版。
17. 北京師範大學中文系文藝理論教研室編：《文學理論學習參考資料 上》，瀋陽：春風文藝出版社 1981 年版。
18. 中國社會科學院文學研究所《左聯回憶錄》編輯組編《左聯回憶錄》，北京：中國社會科學出版社 1982 年版。
19. 中國報告文學叢書編輯委員會編：《中國報告文學叢書　第二輯第二分冊》，武漢：長江文藝出版社 1982 年版。
20. 荒煤：《回顧與探索》，北京：中國社會科學出版社 1982 年版。
21. 瞿秋白譯，魯迅編：《海上述林（上）：辨林》，成都：四川人民出版社 1983 年版。
22. 毛澤東：《毛澤東新聞工作文選》，北京：新華出版社 1983 年版。
23. 劉增傑、趙明、王文金等編：《抗日戰爭時期延安及各抗日民主根據地文學運動資料．上》，太原：山西人民出版社 1983 年版。
24. 何其芳：《何其芳文集．第 3 卷》，北京：人民文學出版社 1983 年版。
25. 溫濟澤等編：《延安中央研究院回憶錄》，中國社會科學出版社、湖南人民出版社 1984 年版。
26. 周揚：《周揚文集．第一卷》，北京：人民文學出版社 1984 年版。
27. 莫耶：《生活的波瀾》，西安：陝西人民出版社 1984 年版。
28. 夏傳才：《中國古代文學理論名篇今譯．第 1 冊　先秦至唐代部分》，天津：南開大學出版社 1985 年版。
29. 汪木蘭、鄧家琪編：《蘇區文藝運動資料》，上海：上海文藝出版社 1985 年版。
30. 蕭三：《蕭三詩選》，北京：人民文學出版社 1985 年版。
31. 谷音、石振鐸合編：《魯迅文藝學院文獻（內部資料）》，瀋陽音樂學院《東北現代音樂史》編委會，1986 年。

32. 童小鵬：《軍中日記：1933 年～1936 年》，北京：解放軍出版社 1986 年版。
33. 《延安自然科學院史料》編集委員會編：《延安自然科學院史料》，北京：中共黨史資料出版社，北京工業學院出版社 1986 年版。
34. 曹占泉：《陝西省志 · 人口志》，西安：三秦出版社 1986 年版。
35. 易明善編：《何其芳研究專集》，成都：四川文藝出版社 1986 年版。
36. 艾克恩編：《延安文藝運動紀盛 1937.1～1948.3》，北京：文化藝術出版社 1987 年版。
37. 朱有瓛主編：《中國近代學制史料 · 第二輯上冊》，上海：華東師範大學出版社 1987 年版。
38. 鍾敬之、金紫光主編：《延安文藝叢書 · 文藝史料卷》，長沙：湖南文藝出版社 1987 年版。
39. 李維漢：《李維漢選集》，北京：人民出版社 1987 年版。
40. 〔美〕林毓生：《中國意識的危機——「五四」時期激烈的反傳統主義》，穆善培譯，貴陽：貴州人民出版社 1988 年版。
41. 中共中央文獻研究室、中共湖南省委《毛澤東早期文稿》編輯組編：《毛澤東早期文稿 1912.6～1920.11》，長沙：湖南出版社 1990 年版。
42. 韓辛茹：《新華日報史 1938～1947》，重慶：重慶出版社 1990 年版。
43. 劉運輝、譚寧佑主編：《沙可夫詩文選》，北京：文化藝術出版社 1990 年版。
44. 方敬、何頻伽：《何其芳散記》，成都：四川教育出版社 1990 年版。
45. 林賢治：《人間魯迅 · 第 3 部 · 橫站的士兵》，廣州：花城出版社 1990 年版。
46. 毛澤東：《毛澤東選集 · 第二卷》，北京：人民出版社 1991 年版。
47. 文化部黨史資料徵集工作委員會、《延安魯藝回憶錄》編委會編：《延安魯藝回憶錄》，北京：光明日報出版社 1992 年版。
48. 孫國林、曹桂芳編著：《毛澤東文藝思想指引下的延安文藝》，石家莊：花山文藝出版社 1992 年版。
49. 中央檔案館編：《中共中央文件選集　第 14 冊　1943～1944》，北京：中共中央黨校出版社 1992 年版。
50. 何沁主編：《中國革命史參考資料》，北京：北京大學出版社 1992 年版。

51. 戴淑娟編：《文藝啟示錄》，北京：中國戲劇出版社 1992 年版。
52. 艾克恩主編：《延安藝術家》，西安：陝西人民教育出版社 1992 年版。
53. 艾克恩編：《延安文藝回憶錄》，北京：中國社會科學出版社 1992 年版。
54. 陳登才主編：《毛澤東的領導藝術》，北京：軍事科學出版社 1993 年版。
55. 張聞天選集編輯組：《張聞天文集（第二卷）》，北京：中共黨史出版社 1993 年版。
56. 中共中央文獻研究室編：《毛澤東文集・第二卷》，北京：人民出版社 1993 年版。
57. 劉思齊主編：《毛澤東與文化人》，北京：中國書店 1993 年版。
58. 張志清、孫立、白均堂：《延安整風前後》，南京：江蘇文藝出版社 1994 年版。
59. 胡喬木：《胡喬木回憶毛澤東》，北京：人民出版社 1994 年版。
60. 馮牧：《我的三個故鄉》，北京：中國華僑出版社 1994 年版。
61. 蕭永義：《毛澤東詩詞史話》，北京：東方出版社 1996 年版。
62. 邵燕祥、林賢治主編：《散文與人 6》，貴陽：貴州人民出版社 1996 年版。
63. 陳安湖：《中國現代文學社團流派史》，武漢：華中師範大學出版社 1997 年版。
64. 陳晉：《文人毛澤東》，上海：上海人民出版社 1997 年版。
65. 廖超慧著：《中國現代文學思潮論爭史》，武漢出版社 1997 年版。
66. 安葵：《張庚評傳》，北京：文化學術出版社 1997 年版。
67. 牛興華等：《延安時代的毛澤東》，西安：陝西人民出版社 1999 年版。
68. 巢揚：《嚴文井評傳》，太原：希望出版社 1999 年版。
69. 〔意〕安東尼奧・葛蘭西著：《獄中札記》，曹雷雨、姜麗、張跣譯，北京：中國社會科學出版社 2000 年版。
70. 蔡若虹：《赤腳天堂：延安回憶錄》，長沙：湖南美術出版社 2000 年版。
71. 辛曉征：《國民性的締造者——魯迅》，武漢：湖北教育出版社 2000 年版。
72. 何其芳著，王培元編選：《何其芳文集》，北京：華夏出版社 2000 年版。
73. 藍棣之主編：《何其芳全集・2》，石家莊：河北人民出版社 2000 年版。
74. 朱鴻召：《延安文人》，廣州：廣東人民出版社 2001 年版。
75. 張炯主編：《丁玲全集・第 5 卷》，石家莊：河北人民出版社 2001 年版。
76. 張炯主編：《丁玲全集・第 10 卷》，石家莊：河北人民出版社 2001 年版。

77. 張炯主編：《丁玲全集．第 7 卷》，石家莊：河北人民出版社 2001 年版。
78. 〔法〕皮埃爾．布迪厄（Pierre Bourdieu）著；劉暉譯：《藝術的法則：文學場的生成和結構》，北京：中央編譯出版社 2001 年版。
79. 張炯主編《丁玲全集．第 12 卷》，石家莊：河北人民出版社 2001 年版。
80. 張炯主編《丁玲全集．第 8 卷》，石家莊：河北人民出版社 2001 年版。
81. 張炯主編：《丁玲全集．第 6 集》，石家莊：河北人民出版社 2001 年版。
82. 張炯主編：《丁玲全集．第 9 集》，石家莊：河北人民出版社 2001 年版。
83. 曉風：《我的父親胡風》，長春；春風文藝出版社 2001 年版。
84. 中共中央文獻研究室編：《毛澤東文藝論集》，北京：中央文獻出版社 2002 年版。
85. 陳來：《古代思想文化的世界——春秋時代的宗教、倫理與社會思想》，上海：三聯書店 2002 年版。
86. 王本朝：《中國現代文學制度研究》，重慶：西南師範大學出版社 2002 年版。
87. 朱漢民主編：《嶽麓書院》，長沙：湖南大學出版社 2004 年版。
88. 王培元：《延安魯藝風雲錄》，桂林：廣西師範大學出版社 2004 年版。
89. 牟決鳴選編：《何其芳詩文掇英》，北京：東方出版社 2004 年版。
90. 子通主編：《魯迅評說八十年》，北京：中國華僑出版社 2005 年版。
91. 魯迅：《魯迅全集．第六卷》，北京：人民文學出版社 2005 年版。
92. 魯迅：《魯迅全集．第十四卷》，北京：人民文學出版社 2005 年版。
93. 陳雪虎：《傳統文學教育的現代啟示》，廣州：廣東教育出版社 2006 年版。
94. 雙傳學：《毛澤東幹部教育思想研究　新民主主義革命時期》，南京：江蘇人民出版社 2006 年版。
95. 錢理群：《豐富的痛苦：堂吉訶德與哈姆雷特的東移》，北京：北京大學出版社 2007 年版。
96. 劉小楓：《沉重的肉身》，北京：華夏出版社 2007 年版。
97. 卓如：《青春何其芳：為少男少女歌唱》，太原：北嶽文藝出版社 2007 年版。
98. 鍾兆雲：《辜鴻銘（下卷）》，北京：中國青年出版社 2008 年版。
99. 張澤賢：《民國出版標記大觀》，上海：上海遠東出版社 2008 年版。
100. 人民教育出版社編：《毛澤東論教育》，北京：人民教育出版社 2008 年版。

101.〔英〕約翰·斯圖亞特·穆勒著，葉建新譯：《功利主義》，北京：中國社會科學出版社 2009 年版。
102. 李繼凱等：《20 世紀中國文學的文化創造》，北京：中國社會科學出版社 2009 年版。
103. 鍾俊昆：《贛南蘇區文藝研究》，北京：中國社會科學出版社 2009 年版。
104. 李潔非、楊劼：《解讀延安——文學、知識分子和文化》，北京：當代中國出版社 2010 年版。
105. 劉增傑、趙明、王文金、王介平、王新韶編：《抗日戰爭時期延安及各抗日民主根據地文學運動資料（上）》，北京：知識產權出版社 2010 年版。
106.〔匈〕赫勒著：《日常生活》，衣俊卿譯，哈爾濱：黑龍江大學出版社 2010 年版。
107. 陳平原：《現代中國的文學、教育與都市想像》，北京：北京師範大學出版社 2011 年版。
108. 吳敏：《寶塔山下交響樂——20 世紀 40 年代前後延安的文化組織與文學社團》，武漢：武漢出版社 2011 年版。
109. 盧志丹：《毛澤東品國學》，北京：國際文化出版公司 2012 年版。
110. 杜書瀛：《新時期文藝學前沿掃描》，北京：中國社會科學出版社 2012 年版。
111. 蔡桂林：《秋白之華：瞿秋白傳》，北京：解放軍文藝出版社 2013 年版。
112.《紅色檔案　延安時期文獻檔案彙編　陝甘寧邊區政府文件選編　第 7 卷》，西安：陝西人民出版社 2013 年版。
113. 蕭軍：《蕭軍　延安日記（1940～1945·上卷）》，香港：牛津大學出版社 2013 年版。
114. 高傑：《延安文藝座談會紀實》，西安：陝西出版傳媒集團，陝西人民出版社 2013 年版。
115. 中共中央黨史研究室編：《兩個歷史問題的決議及十一屆三中全會以來黨對歷史的回顧（簡明注釋本）》，北京：中共黨史出版社 2013 年版。
116. 趙超構：《延安一月》，北京：中國國際廣播出版社 2013 年版。
117. 陳學昭：《延安訪問記》，北京：中國國際廣播出版社 2013 年版。
118.《紅色檔案 延安時期文獻檔案彙編》編委會編：《紅色檔案　延安時期文獻檔案彙編　解放　第 4 卷（第 60 期至第 80 期）》，西安：陝西人民出版社 2013 年版。

119. 任文主編：《我要去延安》，西安：陝西師範大學出版總社有限公司 2014 年版。
120. 何文主編：《延安時期的日常生活》，西安：陝西師範大學出版社 2014 年版。
121. 《中央蘇區文藝叢書》編委會編：《中央蘇區文藝史料集》，武漢：長江文藝出版社 2017 年版。
122. 丁玲主編，董必武、陸定一、舒同等著：《紅軍長征記．上冊》，桂林：廣西師範大學出版社 2017 年版。
123. 〔美〕埃德加．斯諾著，王濤譯：《紅星照耀中國：新譯本》，武漢：長江文藝出版社 2018 年版。
124. 劉統整理注釋：《紅軍長征記：原始記錄》，北京：生活．讀書．新知三聯書店 2019 年版。

## 二、期刊雜誌

1. 洛甫：《論蘇維埃政權的文化教育政策》，《鬥爭》1933 年第 26 期。
2. 周起應：《文學的真實性》《現代》第三卷第一期「五月特大號」，1933 年 5 月。
3. 李伯釗：《藍衫團學校學生生活片段》，《青年實話》第 3 卷第 2 號，1933 年 12 月 3 日。
4. 黄凡：《丁玲印象記》，《人報》（無錫）1934 年 7 月 6 日。
5. 《紅色中華．紅中副刊》（《新中華副刊》），1936 年 11 月 30 日至 1937 年 2 月 3 日，第一期至第六期。
6. 丁玲：《文藝在蘇區》，《解放週刊》第一卷第三期，1937 年 5 月。
7. 浩歌：《丁玲會見記》，《新西北》第一卷第四期，1937 年 6 月。
8. 幽谷：《紅軍二萬五千里西引記》，《逸經》第三十三期，1937 年 7 月。
9. 劉白羽：《父與子——延安雜記》，《文藝陣地》第 1 卷第 11 期，1938 年。
10. L.Insun 著，正明譯：《丁玲在陝北》，《文摘．戰時旬刊》第十六號，1938 年 3 月 28 日。
11. 何其芳：《從成都到延安》，《文藝陣地》第二卷第三期，1938 年。
12. 《丁玲女士會見記》，《大地圖文旬刊》第一卷第八期，1938 年。
13. 何其芳：《我歌唱延安》，《文藝戰線》（創刊號），1939 年 2 月 16 日。
14. 師田手：《記邊區文協代表大會》，《中國文化》第一卷第二期。

15. 艾思奇：《抗戰中的陝甘寧邊區文化運動二十九年一月六日在邊區文協第一次代表大會上的報告》，《中國文化》第一卷第二期。
16.《中央宣傳部中央文化工作委員會關於各抗日根據地文化與文化人團體的指示》，《共產黨人》第 12 期，1940 年 12 月 1 日。
17. 《關於部隊文藝工作的指示》，《八路軍軍政雜誌》第 3 卷第 2 期，1941 年 2 月 15 日。
18. 《給讀者們》，《草葉》第五期，1942 年 7 月 1 日。
19. 何其芳：《雜記三則》，《草葉》第六期，1942 年 9 月 15 日。
20. 何其芳：《一個平常的故事》，《中國青年》第二卷第十期，1943 年。
21. 周而復：《人民文化的時代》，《群眾》第十卷第三、四期，1945 年 3 月 8 日。
22. 陳瓊芝：《在兩位未謀一面的歷史偉人之間——記馮雪峰關於魯迅與毛澤東關係的一次談話》，《中國現代文學研究叢刊》1980 年第 3 期。
23. 陸地：《七十回首話當年》，《新文學史料》1989 年第 4 期。
24. 茅盾：《記「魯迅藝術文學院」》，《榕樹文學叢刊》1981 年第 2 期。
25. 李又然：《毛主席——回憶錄之一》《新文學史料》，1982 第 2 期。
26. 丁玲：《延安文藝座談會的前前後後》，《新文學史料》1982 年第 2 期。
27. 劉錦滿：《油印本〈新詩歌〉集目拾記》，《新文學史料》1982 年第 2 期。
28. 朱正明：《〈紅色中華〉報文藝附刊的一些情況》，《新文學史料》1983 年第 3 期。
29. 成仿吾：《延安作風和延安時代的學校生活》，《文史哲》1984 年第 1 期。
30. 茅盾：《延安行——回憶錄（26）》，《新文學史料》，1985 年第 1 期。
31.《中國共產黨魯藝總支部第一次黨員代表大會敬告全校教職員工書》，《新文化史料》1987 年第 2 期。
32. 蔣勤國：《何其芳傳略》，《新文學史料》1987 年第 2 期。
33. 甄崇德：《西北戰地服務團的文學創作活動》，《新文學史料》1989 年第 1 期。
34. 岳瑟：《魯藝漫憶》，《中國作家》1990 年第 6 期。
35. 丁玲：《不算情書》，《名作欣賞》1991 年第 6 期。
36.《胡喬木回憶毛澤東》編寫組：《胡喬木回憶延安整風（下）》，《黨的文獻》1994 年第 2 期。

37. 王富仁：《中國魯迅研究的歷史與現狀（連載六）》，《魯迅研究月刊》1994年第6期。
38. 夢花：《瞿秋白與丁玲》，《江海學刊》1999年第1期。
39. 劉白羽：《延安文藝座談會的前前後後》，《人民文學》2002年第5期。
40. 朱鴻召：《秧歌是這樣開發的》，《上海文學》2002年第10期。
41. 吳康寧：《「有意義的」教育思想從何而來——由教育學界「尊奉」西方話語的現象引發的思考》，《教育研究》2004年第5期。
42. 吳炫：《中國古代三大文學觀局限分析》，《文藝研究》2005年第1期。
43. 袁盛勇：《命名、起訖時間和延安文學的性質——從一個側面論如何建構一部獨立而合理的延安文學發展史》，《延安大學學報（社會科學版）》，2005年第2期。
44. 高浦堂：《周揚與〈講話〉權威性的確立》，《文學評論》2006年第1期。
45. 黃發有：《中國文學教育的工具情結》，《天津師範大學學報（社會科學版）》2007年第1期。
46. 劉忠：《〈講話〉對左翼文學的吸收與改寫》，《中州學刊》2007年第4期。
47. 張緒山：《毛澤東棋局中的魯迅——從「假如魯迅還活著」說起》，《炎黃春秋》2009年第6期。
48. 姜濤：《革命動員中的文學和青年——從1920年代〈中國青年〉的文學批判談起》，《中國現代文學研究叢刊》，2009年第4期。
49. 楊洪承：《空間視域中的文學史敘述和其構形考察——以二十世紀四十年代「延安文學」為例》，《當代作家評論》，2012年第4期。
50. 翟二猛：《論現代中國文學教育中的前教育機制》，《新文學評論》2018年第2輯。

## 三、報紙

1. 《紅色中華》，1931年12月11日至1937年1937年1月25日。
2. 《解放日報》，1941年5月16日至1947年3月27日。
3. 《文藝月報》，1941年1月1日至1942年9月1日，第1期至第17期。
4. 《新中華報》，1937年1月29日至1938年12月25日。
5. 蔡明：《文學教育的可能與文學教育學的建設》，《文藝報》，2005年7月28日第6版。

# 後　記

本書對延安文藝教育的整體觀照，始終基於它誕生於中國共產黨領導的革命戰爭這一基本史實。簡言之，是「革命戰爭需要文學教育」催生了延安文藝教育。為了理清這一文化邏輯，本書從兩條歷史線索上把握和歸納延安文藝教育。其一是在近代以來擺脫精神困境的文化創造期待裏，延安提出建構「中國作風」「中國氣派」，能夠充分發掘作為弱小民族之一的中國人的內在經驗，並基於這種內在經驗建構自己的批判性資源。其二是在西方主導的「現代化」推進下，人類認知結構逐漸發生分化，現代文學教育是這種知識更迭和分化的自然結果，文學教育成為一種知識生產。這兩條歷史線索最終合流歸結為中國人試圖通過文學教育解除近代以來的家國危機及其衍生的精神困境，「抗戰」是其階段性價值訴求。延安文藝教育處於這一文學教育的價值鏈條之中，又有一些新的訴求和特質。在這樣的歷史線索中，我們可以明顯看出，不論是文學理論探索，還是文學創作實踐，中國現代文學教育始終在「西方」之後亦步亦趨，始終難以跳出「西方」話語邏輯框架。直到延安文藝教育的出現才起到「撥亂反正」的效用，將中國主流知識界從「歐化」偏頗中逐漸拉了回來。這是中國共產黨在其革命鬥爭中逐漸擺脫共產國際的「陰影」、立足中國革命實際的必然結果，是整體的革命鬥爭經驗在具體的文學教育事業上的自然投射。儘管難免出現不少漢學家談「革命」色變、因而詬病延安文藝的現象，但我們更應該看到延安文藝教育在理論探索上的突破。可以說，延安文藝教育有扎根中國現實的理論品質，是中國人在現代文學藝術領域建立理論自信的開始。

在上述歷史定位下把握延安文藝教育，本書分析了延安文藝教育發生、發展的過程，找出了「青春氣息」、「道德共同體」、「前教育機制」等影響延安文藝教育樣貌的關鍵因素，闡述了它的歷史意義，闡明了它的理論品格。此外，本書還試圖通過分析一些著名作家在延安文藝教育中的「姿態」，點出延安文藝教育的特殊性。當然，我們時刻謹記，在探討延安文藝教育時分析出其理想化追求，固然有很深刻的歷史意義，但切不可單方面放大。因為延安文藝教育，不論是功利訴求還是理想化追求，都是建立在對施教者和受教者完成了革命倫理再造的基礎之上的，是戰時教育的必要組成部分。不理清這一點，我們也就很難在整體上總結其經驗和教訓。

在具體的篇章結構上，第一章、第二章、第三章、第四章主要是基於史脈梳理，闡述了延安文藝教育發生、發展的詳細過程，並試圖從中總結延安文藝教育的歷史特征和歷史意義。第五章、第六章則是從某個斷面嘗試對延安文藝教育進行理論化闡釋。第七章著眼於延安文藝教育中作家身份的猶疑與變化，試圖從一些代表性的個案分析，探討作家、理論家在黨的文學教育體系究竟發揮了怎樣的作用、扮演了怎樣的角色。限於篇幅，我們只選了何其芳、丁玲和周揚，分別作為文學教員、文學社團、文藝界領導的代表，難免掛一漏萬。周立波、陳荒煤、沙汀、嚴文井、卞之琳、蕭三、茅盾等等，都或多或少地參與了延安文藝教育，他們與延安文藝教育的雙向互動，都值得探究。

本書的寫作過程，得到了王榮教授、李繼凱教授的耐心提點，在此特別致以誠摯的謝意。當然，本書中尚存在一些不足，文責是要由本人承擔的。

本書撰寫過程中，我的妻子和岳父母替我分擔了很多教養孩子的責任，他們是本書能夠完成的牢固的後勤保障，感謝他們的理解與支持。

翟二猛